知念実希人

時限病棟

実業之日本社

実業之日本社文庫

目次

第一章　クラウンのゲーム　7
第二章　0918の真実　90
第三章　紅蓮病棟　249
エピローグ　360

『時限病棟』病院 各階フロア図

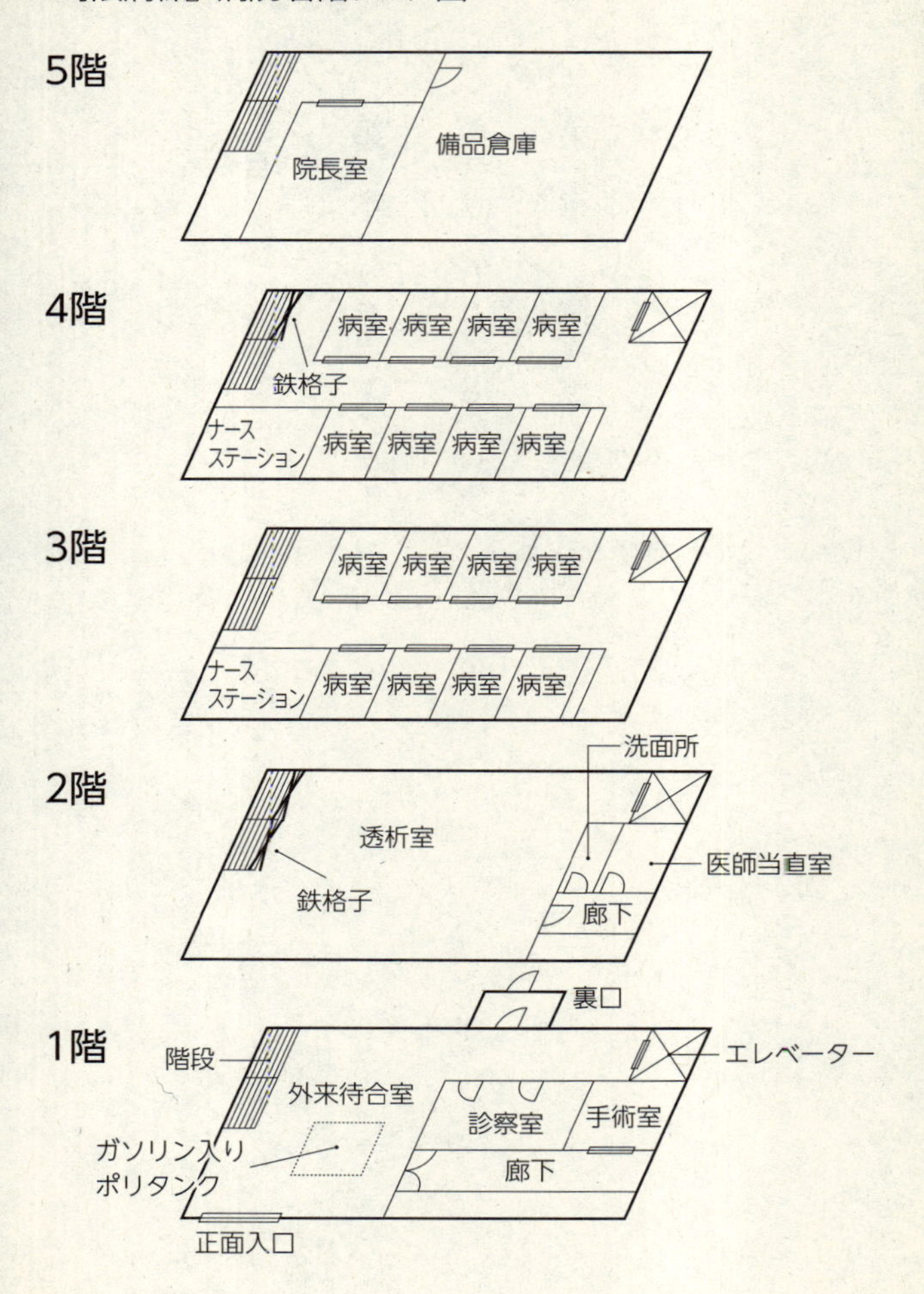

時限病棟

本文イラスト／げみ

第一章　クラウンのゲーム

1

深い闇の底から意識が浮上していく。やけに重い瞼を開けた瞬間、視界が真っ白に染まった。眩しさに小さくうめき声を上げながら、倉田梓は目を細める。

目が光に慣れてくるにつれ、染みの目立つ天井が網膜に映し出されていった。煌々と灯る蛍光灯の漂白された光が、顔に注がれている。

ここは……？　そう思った瞬間、激しい嘔気が襲いかかってきた。食道を熱いものがこみ上げてくる。梓は反射的に顔を横に向けた。口から零れた黄色く粘ついた液体が、一メートルほど下の床に落下し、びしゃっと音を立てる。痛みにも似た苦みが口腔内を冒していく。

二、三度えずいたあと、梓は口元を袖でぬぐった。

「え……？」

呆けた声を漏らしながら、梓は顔の前にある袖、続いて自分の体を見る。薄い青色で、浴衣のようなゆったりした服。それは梓には見慣れたものだった。入院着。病院に入院する患者が身に着ける服。

梓は首を回して左手を見る。手背に点滴針が留置され、脇に置かれた点滴棒につるされた点滴パックから細いプラスチック製の管が伸びていた。

ここは……病院？　私、入院しているの？

霞がかかったように思考がまとまらない頭で必死に状況を把握しようとしながら、梓は上体を起こそうとする。なぜか全身の関節が錆びついたかのように、体がうまく動かなかった。両手を使ってなんとか体を起こし、周囲を見回す。

横たわっているのは古びたベッドで、四方は白いカーテンで囲まれていた。ベッドの脇には点滴棒のほかに金属製のカートが置かれている。カートには丁寧に折りたたまれた服とバッグが載っていた。

私の服とバッグ？　梓の胸に不安が広がっていく。

最初は、事故にでも遭って入院したのかと思った。しかし、普通の病院なら患者の持ち物を、このような形でベッドサイドに置いておくことはない。

梓は点滴パックを見上げる。その中身はすでになくなっていた。本来なら空になったら、看護師が新しいものに取り換えるか、点滴針を抜くかするはずだ。それに、点滴パックには誤投薬を防ぐため、患者の名前が記載されなければならない。それなのに、パックに梓の名前はなかった。

自分の両肩を抱くようにしながら、梓は最後の記憶を思い出そうとする。しかし、頭がうまく働かない。

たしか、日勤が終わったあとタクシーに乗って……。そこまで思い出したとき、視界の隅に映るものに気づき、梓は目を見開く。カートの上に畳まれているジーンズと長袖のシャツ、その奥に薄い青色が見えた。全身が細かく震えだす。それはショーツとブラジャーだった。梓がよく身に着けているブランドの下着。

酒などに睡眠薬を盛られ昏睡状態に陥った女が、拉致されて暴行を受ける。かつてニュース番組で見た卑劣な犯行が脳裏をかすめ、梓は入院着の胸元に右手を滑り込ませる。ブラジャーは身に着けていなかった。胸元から手を抜いた梓は、息を乱しながら入院着をたくし上げる。

露わになった自らの下半身を見て、手の動きが止まる。たしかにショーツは穿いていなかった。しかし、その代わりにボリュームのある白いものが下腹部を覆っていた。

「おむ……つ……？」

震え声が漏れる。それは介護現場などで使用される、大人用のおむつだった。

自らの下半身と、カートの上に畳まれている下着の間で、梓は視線を往復させる。それからは性的な意味合いは感じ取れず、ただ排泄(はいせつ)によって下着や服、そしてベッドなどが汚れないようにという意図がうかがえた。

梓は自らの下腹部にそっと触れる。痛みや不快感はなかった。意識がない間に性的暴行を受けたということはなさそうだ。

深い安堵(あんど)と、何者かに服を剝ぎ取られ、あまつさえおむつまで穿かせられたという屈辱が、胸の中で混ぜ合わされる。唇を嚙(か)んだ梓は体を震わせると、下腹部に触れていた手を素早く引いた。

手が触れていた場所よりわずかに上、膀胱(ぼうこう)が張り詰めていた。強い尿意に襲われ、せわしなく左右に視線を送る。しかし、四方はカーテンで仕切られていて、どこに洗面所があるのか分からなかった。

ベッドから降りようとした梓は、左手に軽い痛みをおぼえて顔をしかめた。点滴ラインが限界まで延び、手の甲に留置してある点滴針が引っ張られていた。

一瞬の躊躇(ちゅうちょ)のあと、固定用のテープを剝がし、手背静脈から点滴針を引き抜いた。針が刺さっていた部分から血が滲(にじ)みはじめる。傷口を指で押して圧迫止血をしながらベッドから降りるが、足に力が入らず大きくよろめいてしまう。反射的に目の前にあったカーテンを掴んだ。カーテンが横に滑っていき、バランスを崩した梓はその場に膝をつく。

座り込んだまま顔を上げ、カーテンの奥に広がっている光景を眺める。数メートル先に開いた扉があり、その奥に短い廊下が延びていた。廊下の左側に二つ、扉が並んでいる。

あのどちらかがトイレかもしれない。耐えがたい下腹部の張りに歯を食いしばりながら立ち上がる。時間が経つにつれ、言うことを聞かなかった体も少しずつ動きを取り戻してきた。素足の裏に伝わってくる床の冷たさに耐えながら、梓は扉をくぐって廊下に入る。手前の扉に『洗面所』の文字を見つけ、せわしなくノブを引いた。

洗面所の個室に入り、入院着をたくし上げおむつを下げると、年季の入った洋式トイレに腰掛ける。個室に響く水音を聞きながら、梓は天井を仰いで大きく息を吐いた。

ここはいったいどこなのだろう？　生理的な欲求が解消されるにつれ、疑問が再び湧き上がる。少なくとも普通の病院ではない。総合病院に勤務している梓にとって、それは明白だった。脳裏を『拉致監禁』という言葉がかすめ、梓は身を震わせる。

そんな映画のような出来事が自分の身に起こるとは、にわかには信じられなかった。しかし、いま置かれた状況を見ると、その可能性が高い。

もし拉致監禁されたとして、なんのために私なんかを……。そのようなトラブルに巻き込まれる心当たりはなかった。

もしかしたら、無差別に若い女を攫ったただけなのだろうか？

用を足し終えた梓は、震える手でトイレットペーパーを取り、下腹部を拭く。その時、狭い個室の空気が震えた。扉がノックされている。梓は素早く立ち上がると、下げていたおむつを慌てて穿きなおした。

扉の外に、自分を拉致した犯人がいるかもしれない。その恐怖に体が硬直する。ノックの音が大きくなっていく。

どこか逃げるところは？ 個室の中に視線を這わせるが、窓すらない狭い空間には脱出経路はおろか、身を隠す場所すら存在しなかった。鼓膜を震わせる音は、もはやノックというよりもドアを殴りつけているかのように大きくなっていた。

「やめて！ どこかにいって！」梓は頭を抱える。

「お願い、トイレを使わせて！ 早く！」

扉を隔てた外から聞こえてきた声に、梓は顔を上げる。明らかに若い女性の声。梓は扉に近づくと、外の人物におずおずと話しかける。

「トイレを……使いたいだけなの？」

「そう！　だから早く！」

切羽詰まった声が返ってきた。梓は一瞬躊躇したあと、ゆっくりと鍵を開ける。それと同時に、勢いよく扉が開いた。

「ごめんなさい！」

脇を入院着姿の小柄な女が通り抜けていく。年齢は三十歳前後というところだろうか。黒髪をポニーテールにまとめ、縁の太い眼鏡（めがね）をかけている。

女は便器の前で振り返ると、眼鏡の奥から訴えかけるように見てきた。その視線の意味を理解した梓は、後ずさって個室から出て、扉を閉めた。中から錠が下ろされる音が響いてくる。

梓は扉の前で立ち尽くす。いまの女性は誰なのだろう？　服装やトイレに駆け込んだ様子から見るに、自分と同様にいまさっき目覚めたようだ。

自分と同じ立場の人間がいた。状況が好転したというわけではないが、それだけでいくらか落ち着いてくる。恐怖と混乱で狭まっていた視野も広くなり、周囲を見回す余裕も生まれてきた。

梓は短い廊下の奥に視線を向ける。そこにある扉には『医師当直室』と記されていた。それを見て、この施設が病院であるということを確信する。

ならやっぱり、私は事故か急病かで病院に運び込まれただけなの？　でも、ナースもいないし……。そこまで考えたとき、突然肩に手を置かれた。梓は小さな悲鳴を上げながら振り返る。

いつの間にか、スーツ姿の細身の男が背後に立っていた。年齢は五十前後というところだろう。梓より頭一つ分は身長が高い。

「だ、誰!?　なにをするつもり!?」

「落ち着いて。危害を加えたりしないから」

男はゆっくりと言う。その低い声は、恐怖心をいくらか希釈（きしゃく）してくれた。

「よかったら、名前を教えてくれないかな？」

男はその渋く整った顔に、柔らかい微笑を浮かべる。

「倉田……梓です」梓は警戒を解くことなく、男を見つめながら名乗った。

「倉田さんだね。君もここに連れてこられたのかい？」

「君も……？」梓は首を傾ける。

男は浮かべている笑みを皮肉っぽいものに変化させると、親指を立てて背後を指さした。

「ああ、私たちも全員、ここに拉致されてきたんだ」

男の後ろ、廊下を出たところには、ジーンズに長袖のポロシャツというラフな服装の大柄な男と、ワンピース姿の化粧の濃い女が、硬い表情を浮かべて立っていた。

2

「私の名前は月村一生。景葉医大付属病院で外科教授をしている」

スーツ姿の長身の男が慇懃に言うのを聞きながら、梓は目だけ動かして周囲の人々を見る。

月村と名乗った男は、数分前に眼鏡の女がトイレから出ると、「とりあえず話をしよう」とよく通る声で言った。梓は数秒迷ったあと、「……分かりました」と頷いた。

男の正体は不明だが、すぐに危害を加えてくる様子はなさそうだ。まずは話をして、少しでも情報を集めた方がいい。そう判断した。

梓と眼鏡の女は月村に促されて廊下から出ると、そこで待っていた二人の男女も合わせて円を組むように向かい合った。

そうして、重苦しい雰囲気のなか、月村が口火を切って自己紹介をはじめたのだった。

「あの……月村さん。さっき、皆さんも拉致されたっておっしゃいましたよね」

梓の質問に、月村は大きく頷いた。

「そう、気がついたらこの部屋で点滴を受けていたんだ。君も同じだろ？」

「そうですけど、私は目が覚めたときこんな格好でした。なんで、皆さんは私服なんですか？」

梓が訊ねると、隣に立つ眼鏡の女が同意をするようにおずおずと顎を引いた。

「私もさっきまでその入院着姿だったよ。下着すら脱がされて、……おむつをつけられていた。けれど、ベッドわきのカートに服が載っていたから、それに着替えたんだよ。この二人もね」

月村はあごをしゃくって、私服姿の男女を指さす。

「じゃあ、私と同じ状態だったっていうことですか？」

月村の言葉を信じていいものかどうか迷いつつ、梓は質問を重ねる。

「ああ、そうだ。僕も君たち二人と同じように、起きてすぐにパニックになりながらトイレに駆け込んだ」

「それはいつですか？」

「三十分ぐらい前だね」月村は天井辺りに視線を送る。「僕がトイレから出たら、ちょうど目を覚ましたそこの小早川君に見つかったんだ。混乱状態の彼に『俺になにをしたんだ!?』って迫られて、説明するのが大変だったよ」

　梓は小早川と呼ばれたポロシャツの男に視線を向ける。おそらく年齢は自分より少し上といったところだろう。身長は月村よりやや低いが、体の厚みははるかに勝っている。厚い胸板と太い上腕がシャツの上からでも見て取れた。

　男はふて腐れたような態度で自己紹介をはじめる。

「小早川賢一（けんいち）、三十二歳、俺も外科医だ。南陽（なんよう）医大世田谷（せたがや）病院の腹部外科勤務。俺も気づいたら入院着でベッドの上で寝ていた」

　この男も月村と同じ外科医？　梓の眉根が寄る。

「そして、数分後に、今度は彼女が起きてきた。彼女も最初はパニックになって大声で叫んでいたけど、小早川君がなんとか落ち着かせてくれたよ」

　月村は視線を化粧の濃い女へと移す。女は俯（うつむ）いたまま、上目づかいに周囲の人々を見回した。

「なによ、自己紹介ならさっきしたじゃない」

「僕と小早川君は聞いているけれど、そこのお二人はまだだからね」

　月村がとりなすように言うと、女は小さく舌打ちをした。

「桜庭和子（さくらばかずこ）よ。仕事は派遣。これでいいの？」

　不満そうに必要最低限の情報を口にした女を、梓は横目で見る。体にフィットしているワンピースが、グラマラスな体型を浮き上がらせていた。

かなりの美人だが、化粧が濃いせいか、全身からどことなく水商売の雰囲気を醸し出している。年齢は口にしなかったが、三十歳は過ぎているだろう。

「目を覚ますまでにタイムラグがあるのは、たぶん体格の問題だろうね。体の大きい僕や小早川君の方が、鎮静剤が速く代謝されたんだ」

「鎮静剤!?」眼鏡の女が甲高い声を上げる。

「ああ、そうだよ。みんな起きたとき点滴が投与されていただろ。おそらく、あの中に鎮静剤が入っていたんだ。そして、点滴が切れたんで目を覚ましたっていうわけだ」

月村が説明すると、眼鏡の女は細かく震えながら爪を嚙みはじめた。

「え、えっと。私は、倉田梓です。新宿（しんじゅく）にある豊明（ほうめい）病院の手術部でナースをしています」

月村たちの視線が自分に注がれていることに気づき、梓は首をすくめながら自己紹介をする。月村の目が大きくなった。

「ナース？　君も医療関係者なのか？　じゃあ、君は？」

声を上げながら、月村は視線を眼鏡の女に移した。

「七海（ななみ）……七海香（かおる）。青藍（せいらん）病院の麻酔科医……です」

七海と名乗った女は、爪から口を離すと弱々しい声で言う。

青藍病院？　かすかに聞き覚えがあるその名前に、梓は眉根を寄せた。

「拉致された五人中、三人が医者で、一人がナースってわけか。どうなってんだよ、これは？」小早川が苛立たしげに床を蹴る。

「あの……、ここにいるのって私たち五人だけなんですか？」

梓が小声で訊ねると、月村は頷いた。

「さっき部屋を調べて回ったんだ。僕たち五人しかいないよ。ほら」

月村は手招きをしながら少し移動する。ベッドを囲むカーテンで遮られ見えなかった部屋の全体像が露わになる。

広い部屋だった。おそらくバスケットコートほどの面積があるだろう。天井も高く、開放感のある空間に古びたベッドが二十床ほど並んでいる。それらのベッドのうち、梓が横たわっていたものも含めた五床が、天井から垂れる白いカーテンで囲まれていた。

「カーテンがかかっている五つのベッドに、一人ずつ寝ていたんだ。目が覚めて着替えたあと、閉まっているカーテンを開けて中を見ると、君たちが横になっていた」

月村のセリフを聞いて、梓は目を剝く。

「なんで起こしてくれなかったんですか？　それに、点滴針を外してくれてもよかったじゃないですか！」

「でかい声出すなよ。頭に響くだろ」小早川が大きく舌を鳴らした。

自分の倍は体重がありそうな大男に睨まれ、梓は一歩後ずさる。

「倉田さんだっけ？　あんた勝手なこと言っているけどな、俺たちだって混乱していたんだ。丁寧に点滴針抜いて、起こしてやる余裕なんてなかったんだよ。そもそも、あんたらが本当に病人で、必要な薬を点滴されていた可能性だってあんだろ」

口調こそ乱暴なものの、小早川の口にしたことは正論だった。梓は俯くと「すみません、取り乱しちゃって」と謝罪する。小早川は梓を睥睨しつつ鼻を鳴らした。

「ここ、……ここはどこなんですか？　なんで私たちはここに？」

梓よりも恐慌状態に陥っている七海が、声を上ずらせながら訊ねる。

「分からない。設備から見ると、おそらくは病院なんだろうが、この汚れ具合を見ると最近は使われていないようだね」

月村が硬い声で言う。たしかに床にはうっすらと埃が溜まり、壁や天井には染みが目立った。

「もう警察には連絡したんですか⁉　拉致されたって！　いつ助けに来てくれるんですか⁉」

七海は身を乗り出す。小早川の唇が歪んだ。

「だから、でかい声出すなって言っているだろ。ここがどこかも分かっていないんだぞ、警察が来てくれるわけがないだろうが」

「でも。携帯電話の電波とかをたどれば、ここの位置が……」

「携帯なんてどこにあるのよ」

それまで黙っていた桜庭が、苛立たしげに七海の声を遮った。七海は「え？」と目をしばたたかせる。

「だからさ、あんた携帯持っているわけ？　なら、さっさと通報してよ。私はバッグに入れていたスマートフォンがなくなっている。そこの二人も同じ。きっと私たちを拉致した奴に奪われたのよ」

桜庭はあごをしゃくって、月村と小早川を指す。

「じゃ、じゃあ。早くこの建物から逃げましょうよ！　私たちを攫った人が戻ってくる前に！」

七海が金切り声を上げると、小早川は嘲笑するように唇を歪めた。

「それができたら、とっくにそうしている。見ろよ、あれ」

小早川が指さした方向を見て、梓はうめき声を漏らす。壁の一部に金属が埋め込まれていた。

「もしかして、……窓？」

「ああ、そうだよ。このフロアの全ての窓が、分厚い鉄板で溶接されて塞がれているんだ」

月村の言葉を聞いた梓は、ふらふら金属部分に近づくと、そこを拳で叩く。重い音とともに、痺れるような痛みが手に走った。想像以上に厚い鉄板で塞がれているようだ。見ると、壁には等間隔に鉄板が並んでいた。全ての窓が塞がれている。

「無駄だって。あんたが起きる前、俺が何度もやったけど、びくともしないんだ。そこは開かねえよ」背後から小早川が声をかけてきた。

「それじゃあ、あっちの階段は？」

まだ痺れの残る手を押さえた梓は、小走りに窓際を走っていく。さっき部屋の奥に、上下への階段が見えた。階段に近づいた梓は、そこで立ち尽くす。上下への階段は、両方とも太い鉄格子によって閉じられていた。階段の手前の床には「２Ｆ」の文字が記されている。

「なによ、これ！」

梓は両手で鉄格子を摑み、力いっぱい揺する。しかし、ガチャガチャと音が鳴るだけで、開くことはなかった。手元に視線を落とすと、そこに巨大な南京錠がかけられていた。これを外さない限り、鉄格子を開けない。

「それもさっきやった。時間の無駄だから、少し落ち着けよ」

振り向くと、いつの間にか近づいていた小早川が冷たい視線を向けていた。月村、桜庭、七海もその後ろにいる。

「鉄格子ごと力ずくで外そうとも思ったけどよ、びくともしなかった。俺たちはこのフロアに閉じ込められたんだよ」小早川は深いため息をついた。

「なんでそんなに落ち着いていられるんですか⁉」

梓が叫ぶと、月村が小早川の前に出た。

「もちろん、僕たちもパニックになったよ。いや、いまだって完全に落ち着いたわけじゃない。けれど、おかしなものを見つけたんで、まずはそれに意識を集中しようと思っているんだ」

「おかしなもの……？」

梓がつぶやくと、月村は「こっちだよ」と手招きをする。梓は月村のあとを、他の面々とともに追った。

部屋を半分ほど戻ったところで足を止めた月村は、「ここだよ」とさっき梓が確認したのとは反対側の壁を指さす。そこにはスプレー缶を使って書きなぐられたと思われる文字が記されていた。

襟をただし、
真実を見つけるための
鍵を探せ
クラウン

『クラウン』という文字の下に描かれた醜悪なピエロの絵に、梓は首をすくめる。

文字の上の壁には、なぜか液晶のタイマーが埋め込まれていた。

「この文章って、どういう意味ですか？　それに『クラウン』っていうのと、そこに描かれているピエロは……？」

梓のそばに移動した七海が、小声で訊ねる。月村は肩をすくめた。

「さっぱり分からない。なんだか気味悪いね」

「私たちを拉致した犯人からのメッセージじゃないでしょうか？」

梓がつぶやくと、月村が「どういうことだい？」と首をひねった。

「クラウンっていうのはたしか、サーカスで芸をする道化師のはずです」

「ピエロと同じ意味ってことかな？」

「厳密には少し違いがあるはずですけど、ほとんど同じと考えていいと思います。

そして、指示らしい文章のあとに、『クラウン』の文字とピエロの顔がある。つまり、この『クラウン』とピエロの絵は署名みたいなものなんじゃないでしょうか」

「僕たちを拉致した犯人が『クラウン』と名乗っていると？」

梓が「はい」と頷くと、七海が「あの数字は？」とタイマーを指さす。

『6：08：46』『6：08：45』『6：08：44』

液晶画面に点滅している数字が、少しずつ減っている。

「これがゼロになったら……なにが起こるんですか？」

七海の問いに答える者は誰もいなかった。周囲に充満する不吉な空気に、梓は寒気をおぼえる。

「六時間八分後か、ちょうど午後十時だな」

小早川がシャツの袖をめくるのを見て、梓は目を見張った。

「腕時計があるんですか!?」

「ん？　腕時計は取られていねえよ。なくなっているのは携帯だけだ。いまは四月十九日の午後三時五十分すぎだな」

月村もスーツの袖を上げ、自分の腕時計を見て、「ああ、その時間だね」とつぶやく。

四月十九日……。そうだ、私は四月十八日の夜に……。ここに来る前に見た最後の光景が、おぼろげに浮かび上がってきた。梓は目を閉じ、奥歯を食いしばって記憶をさぐる。

「ちょっと待ってよ。その時計、本当に正確なの？　犯人にずらされているかもしれないじゃない」

桜庭の甲高い声で、梓の思考は遮られた。

「これは電波時計だ。日本中どこにいようが、正しい時間を指すんだよ」

小早川が乱暴に腕時計を指さすと、桜庭は「そういうことは早く言いなさいよ」と吐き捨てる。

「なんだよ、その言いぐさは」

「あんたこそなんなわけ？　図体がでかいからって偉そうに」

小早川と桜庭が睨み合う。慌てて月村が二人の間に入った。

「二人とも落ち着いて。しかし、この文章の意味はなんだろうねえ。襟をただし、真実の鍵を……か」

「たぶん、脱出するためのヒントだと思います」

つぶやいた梓に、その場にいる全員の視線が集中する。

「ヒント？　どういうことだよ？」小早川が身を乗り出してくる。

「いえ、ちょっとそう思っただけで……。『鍵を探せ』っていう言葉が気になったんです。もしかしたら、その『鍵』って、階段の鉄格子についている南京錠の鍵のことじゃないでしょうか？」

「じゃあ、このフロアのどこかに鍵が隠されているっていうわけ？」

桜庭が甲高い声で言う。

「あくまで予想ですけど……」

「鍵はいいとして、他の言葉はどういう意味なんだよ。真実とか襟をただすとか、意味が分からねえよ」小早川が大きくかぶりを振った。

「普通に考えれば、襟をただしてまじめに探せば、鍵がある場所という真実に近づけるということかな？」月村は腕を組む。

「なんの冗談なのよ、これ！　誰がこんなふざけたことやったわけ？　私、こういう下らないゲームみたいなの、大っ嫌いなのよ！」

桜庭は茶色がかった髪を掻き乱した。

ゲーム、たしかにこれはゲームだ……。梓の脳裏を、少年のように屈託のない笑顔を浮かべた男の姿がかすめる。胸に鋭い痛みが走った。

「あの……」七海が小さく手を上げた。「私、着替えてきてもいいでしょうか？　この格好は落ち着かないので……」

梓は自分の体を見下ろす。薄手の入院着、その下には……。混乱で忘れていた羞恥心が蘇ってくる。

「あ、ああ、もちろんだよ。気が利かなくてすまないね」

月村が慌てて言うと、七海は「すみません」と頭を下げ、カーテンに囲まれたベッドの一つに小走りで向かっていった。梓も「私も着替えてきます」と、自分が横たわっていたベッドに走っていき、カーテンを引く。周囲が白いカーテンで囲まれた。

梓は肺の奥に溜まっていた空気を吐き出す。軽いめまいをおぼえ、ベッド柵に手をついた。

一時の恐慌状態は脱することができた。しかし、まだ混乱は続いている。柔らかい綿の上を歩いているかのように足元が定まらない。自分が置かれている状況が現実のものだとは、未だに信じられなかった。

こんな状態じゃだめだ。梓は両手で挟むように、自分の頰を強く張った。小気味いい音とともに鋭い痛みが走り、足元のふらつきがおさまった。

これは現実だ。私は誰かに拉致監禁された。なんとかここから逃げ出さなくては。

まずは、一緒に監禁されている人々と協力して……。入院着の紐をほどきながらそこまで考えたとき、背筋に冷たい震えが走った。梓は反射的に自らの肩を抱くように体を小さくする。

本当に彼らを信用してよいのだろうか？　拉致犯が被害者を装って紛れているかもしれない。いや、それどころか全員が示し合わせて私を監禁している可能性だって否定できない。

鎮静剤が代謝されてきたせいか、頭の回転が上がっていく。クリアになった思考は、次々と不吉な仮説を脳裏に浮かび上がらせる。

ここにいる人々には、誰一人として心を許すわけにはいかない。油断することなく、最善の道を探し出さなくては。

決意を固めつつ、梓は入院着の中に手を入れておむつを脱ぐと、カートの上に載っているショーツに素早く足を通す。周囲に視線を送ってカーテンがしっかり閉まっていることを確認すると、梓は入院着を脱ぎ、せわしなくブラジャーをつけると、ジーンズと長袖のブラウスを着た。ベッドの下に自分の靴が置いてあることに気づき、それを履くと、バッグから定期入れを取り出し、ジーンズのポケットに入れる。

普段着になったことで、わずかながらに不安が希釈される。梓は細く息を吐きながら目を閉じた。瞼の裏に壁に記されていた文字が浮かぶ。

『襟をただし、真実を見つけるための鍵を探せ』

襟を正す。気持ちを引き締め、態度を改めるという意味。もしかしたら、ここに監禁したのは私たちの日頃の行動に不満があったからだという意思表示か？

いや、違う。梓は軽く頭を振る。これはそんな抽象的な意味じゃない。もっと具体的に、『鍵』がある場所を示しているはずだ。

「……平仮名」無意識に口からその言葉が漏れる。

なぜ、漢字ではなく平仮名で『ただし』と書かれているのだろう？　特に意味はないのかもしれないが、そこに意図が込められていたら……。

もしかして！　俯いていた梓は勢いよく顔を上げると、ベッドの上に脱ぎ捨てていた入院着を手に取る。襟をつまみながらなぞっていくと、指先にかすかに硬い感触が触れた。

ここだ！　梓は入院着に顔を近づける。よくよく見ると、襟の裏側の一部に小さな切れ込みがあり、そこが丁寧に縫い付けられていた。梓はその部分に口を近づけると、糸に犬歯をかけて引く。糸は容易に切断され、切れ込みが開いた。中に入っていた物体を梓は指で押し出していく。

「見つけました！」

カーテンを勢いよく開けながら梓が叫ぶと、固まって壁の文字を見ていた月村、小早川、桜庭の三人が振り返った。梓は親指と人差し指でつまんでいるものを掲げる。それは一辺三センチほどの薄いプラスチックの板だった。その表面には油性ペンで、『裏』という文字が記されていた。

「これです！　これを見つけたんです」

「なによ、それ？」桜庭が近づいてくる。

「これが『鍵』のありかを示す手がかりです。壁にかかれていた文字は、これを見つけるためのヒントだったんです。『襟をただせ』っていうのは、こういうことだったんです！」梓は早口でまくしたてる。

「倉田さん、少し落ち着いて。申し訳ないけど、僕たちにも分かるように説明してくれないかな？」

月村に諭され、梓は深呼吸を繰り返す。興奮で過熱した脳細胞が、少しずつ冷えてきた。近くのカーテンの中から、私服姿に着替えた七海が、「あの、なんの騒ぎですか？」と出てくる。無地のTシャツの上にデニムジャケットを羽織り、ロングスカートを穿いている姿は、黒縁の眼鏡ともあいまって、どこか野暮ったく見えた。

「ここに書かれている、『襟をただせ』の『ただせ』が平仮名だったことが気になったんです」

梓は壁の文字を指さすと、説明をはじめる。

「書いた奴の気まぐれじゃないのか?」小早川は短髪の頭を掻いた。

「はい、もちろん気まぐれだった可能性もありました。けれど、もしかしたら漢字では書けなかったのかもしれないと思ったんです」

「漢字では書けなかった? どうして?」月村の眉間にしわが寄る。

「それだとあまりにも簡単になるからです。ここでは、正解の『正』という漢字は使えなかったんです。それだと、意味が変わるから」

「意味が変わる?」

「そうです。ここの『ただす』は、質問の質の字の『質す』。つまり、『襟をたしかめろ』っていう指示だったんです!」

話を聞いていた四人の目が大きくなる。彼らはほぼ同時に、自分が着ている服の襟元を探りはじめた。

「自分の服じゃありません。最初に着ていた入院着です。その襟にプラスチック片が仕込まれています。それを見つけてください」

梓が指示を出すと、四人は一瞬顔を見合わせたあと、カーテンに囲まれた各々のベッドへと走っていく。すぐに「あった!」「私も!」という声が聞こえてきた。やがて全員が小さなプラスチック片を持って集合する。

「みんなが見つけた物を見せてくれ」

月村が自らのプラスチック片を載せた手を差し出す。梓たちは次々にその上に、プラスチック片を置いていく。

『裏』『ッ』『の』『べ』『ド』。プラスチック片にはそう記されていた。

「ベッドの裏！」梓が声を上げると、小さな歓声が上がった。

「手分けをしてここにあるベッドを探そう。きっと鍵があるはずだ」

月村の言葉を合図に、全員が手近にあるベッドを調べはじめた。梓も自分が横たわっていたものをはじめ、いくつかのベッドで、四つん這いになって下から覗き込んだり、マットレスをひっくり返したりする。しかし、鍵を見つけることはできなかった。

「こっちにはないわよ！　誰か見つけた？」

遠くから桜庭の声が聞こえる。五つ目のベッドを調べていた梓が顔を上げると、フロアにある全てのベッドのマットがひっくり返されていた。

「なんだよ、どこにもないじゃないか！」

小早川が八つ当たりするように、マットを殴る。

「小早川君、落ち着いて」

月村が声をかけるが、小早川は再びマットを殴りつけた。

「落ち着いていられるわけないだろ！　この『ベッドの裏』っていうのは、俺たちをぬか喜びさせるための嫌がらせだったんだ！」

いや、そんなはずない。小早川の怒声を聞きながら、梓は壁の文字を見つめた。これを書いた者は、間違いなく『ゲーム』の作法を知っている。一定のルールは守るはずだ。きっと、なにかを見落としているのだ。

「あの……、あっちは調べなくていいんですか？」

七海がおずおずと、トイレがある短い廊下を指さした。梓は廊下の奥にあった扉を思い出し、声を上げる。

「当直室！　たしか、あの廊下の奥にあったはずです。当直室ならベッドがあるはず！」

走り出した梓は、廊下に入り洗面所の前を通過すると、その奥にある扉を開く。そこは四畳半ほどの狭い部屋だった。錆びが目立つロッカー、古ぼけたデスク、そして安っぽいシングルベッドが置かれている。

ベッドに近づいた梓は、マットの下に両手を差し込み力を込める。他の者たちも部屋に入ってきた。月村が「手伝おう」と隣に並んでマットを持ち上げてくれる。古びたマットがひっくり返され、埃が大量に舞い上がる。せき込んだ梓の目が、マットの裏側にセロハンテープで貼り付けられた小さな金属を捉えた。

「あった！　ありました！」梓は鍵を摑み、手を掲げる。

「……あんたさ、なんなわけ」

背後からかけられた低い声が、梓の興奮に水を差す。振り返ると、入り口近くに立つ桜庭が、冷めた目を向けてきていた。

「えっ、どうしたんですか？　鍵が見つかったんですよ」

七海がつぶやくと、桜庭は「あんたは黙ってて！」と鋭く言う。七海は慌てて目を伏せた。

「あんたさ、なんでここに鍵があるって分かったのよ」

桜庭は大股で近づいてきた。

「なんでって、壁の文章を見て考えたからですけど……」

桜庭がなぜ激昂(げきこう)しているのか分からず、梓はしどろもどろになる。

「壁に書かれたあれから？　あんなの私にはたわ言にしか見えなかった」

梓は説明をしようとするが、桜庭はその隙を与えずまくしたてる。

「そもそも、ここに閉じ込められているって分かったときも、あなたはけっこうすぐに冷静になったじゃない。私は落ち着くまでに、もっと時間がかかった。ううん、いまだって落ち着いてなんていないわよ。悠長に鍵のありかを考えるような余裕なんてない」

桜庭のセリフに同調するように、七海が小さく顎を引いた。桜庭はすっと目を細める。

「あんたが鍵を見つけられたのは、全部知っていたからじゃないの？　あんたが私たちを監禁した張本人で、私たちが怯えているのを見て楽しんでいるんじゃないの？」

「そ、そんなわけ……」

ない、と続けたいのだが、舌がこわばってうまく喋れなかった。いつの間にか桜庭以外の三人も、不信を湛えた目を向けてきていた。

まさか、そんな疑惑をかけられるなんて……。

こんな極限状態で疑われたら、なにをされるか分かったものではない。特にこれまでの言動を見ると、小早川はかなり粗野な男のようだ。暴力でここからの脱出方法を聞き出そうとしてもおかしくはない。

「お前が俺たちをここに閉じ込めたのか？」

唸るように言いながら、小早川が近づいてくる。なんとか弁明をしなければとは思うのだが、どうすれば疑惑を晴らせるのか分からなかった。

「おい、なんとか言えよ！」小早川は丸太のような腕を伸ばしてくる。

「こういうゲームが好きだからです！」

梓は体を丸めて叫んだ。梓の肩を摑む寸前で、小早川の手が止まる。

「ゲーム？」

「そうです。私、この状況に似たゲームが好きで、よく参加しているんです。そのゲームだと、壁にヒントが書かれているっていうのは、定番だから……。それで、あそこに書かれていた文字も、すぐにそうだと……」

梓は必死に説明していく。小早川は腕を引くと、隣に立つ桜庭の反応をうかがった。顔をしかめた桜庭は、苛立たしげに舌を鳴らす。

「なに言っているのよ！　なんなのよ、そのゲームって！」

「リアル脱出ゲームです！」梓は声を張り上げる。

「リアル……脱出ゲーム？」桜庭の鼻の付け根にしわが寄った。

「そうです。参加者がある場所に閉じ込められたっていう設定で、暗号を解いたり、ヒントを探したりしながら脱出をするゲームです！　いまの状況は、それにそっくりなんです」

全員の顔に戸惑いの表情が浮かんだ。

「それじゃあ、僕たちが拉致されたのは、ゲームの一環だっていうわけかな？　そのゲームはこうやって強引に人を参加させているのか？」

月村が「理解できない」といった様子で首を左右に振る。

「いえ、そんなことありません。普通はスタッフに料金を払ってスタート地点まで連れて行ってもらうんです。参加者はそこからゲームをはじめて、制限時間内に建物を脱出しようと謎を解いていきます」

「ああ、なるほど。そういうアトラクションなのか。じゃあ、今回とはまったく違うじゃないか」

「そうです。ただ、私たちを拉致監禁した犯人は、明らかにリアル脱出ゲームを意識しています。壁に書かれたヒントは本当によくある設定なんです。だから、私はすぐに犯人の、『クラウン』の意図に気づいたんです」

梓は早口で言うと、目の前に立つ小早川と桜庭の表情をうかがう。

「それで……、そのゲームだとこのあと、なにをすればいいのよ？」

数秒の沈黙のあと、桜庭がぼそりとつぶやいた。梓は安堵の息を吐く。完全に疑いが晴れたわけではないだろうが、少なくともすぐに危害を加えられる状況からは逃れることができたようだ。

「きっと、この鍵で階段の南京錠を開けられるはずです。まずはあの鉄格子を開けて他の階に移動しましょう」

梓の提案に反対する者はいなかった。五人は当直室を出ると、梓を先頭にフロアを横切っていく。

「あの、……倉田さん」七海が声を上げる。

「はい、なんですか？」

梓が足を止めて振り返ると、七海は壁を見ていた。禍々(まがまが)しい文字が書かれた壁を。

「そのゲームって、制限時間内に建物からの脱出を試みるんですよね」

「ええ、そうですけど……」

「じゃあ、どうなるんですか。……制限時間をオーバーしたら」

梓は震える指先を向ける。壁に埋め込まれたタイマーへと。液晶の数字は『5：49：21』を示していた。

梓は言葉に詰まる。リアル脱出ゲームでは、制限時間内にミッションを完了できなければ、ゲームオーバーとなる。

あと六時間弱。そのとき、もしこの建物から脱出できていなかったら……。いいようのない不安で、全身に鳥肌が立った。

「……行こう。いまはこの階から移動することに集中しないと」

月村に促され、梓たちは階段の前まで来る。鍵を持っている梓は上り階段の鉄格子の南京錠を手に取り、鍵を差し込む。手首を返そうとするが、強い抵抗があり鍵はピクリとも動かなかった。

「開くか？」背後から小早川の期待が籠(こも)った声が響く。

「いえ……、この南京錠の鍵じゃないみたいです」

「じゃあ、下に行く方の階段はどうなんだ。そっちを試してみろよ」

小早川に急(せ)かされた梓は、下り階段の鉄格子前に移動すると、期待せずに南京錠に鍵を差し込んだ。リアル脱出ゲームでは、一階に下りるのは最後のことが多い。普通は上の階でいくつかミッションをこなしたあと、ようやく脱出口のある一階へとたどり着けるのだ。

手首をひねると抵抗なく鍵は回転し、錠が外れる軽い音が響いた。梓は「えっ?」と、外れた南京錠を見下ろす。

「やったじゃない！　これで出られるのね」

桜庭が梓の体を押しのけるようにして前に出ると、鉄格子を開けて階段を下っていく。「僕たちも行こう」と月村に促され、梓も階段を下りはじめた。自然に閉じるようになっているのか、背後で鉄格子の閉まる金属音が響く。途中の踊り場で折り返し、たどり着いた一階は、闇に覆われていた。階段の周辺には二階の明かりがいくらか届いているが、奥は全く見えない。

「ああ、スイッチがあるよ」月村が階段の脇にあるスイッチに手を伸ばした。

フロアが蛍光灯の光で満たされる。暗順応(あんじゅんのう)しかけていた目には強すぎる光量に、梓は目元に手をかざした。次第にフロアの全容が網膜に映し出されていく。そこは広々とした空間だった。二階に比べれば幾分狭くはなっているが、小学校の教室程度の広さはある。ここが病院であったことを考えると、おそらく外来待合だったのだろう。

フロアの中心には赤いポリタンクが無数に置かれていた。一つにつき二十リットルは入るであろうそれらのポリタンクを囲むように、四本の杭が床に埋め込まれ、そこに有刺鉄線が張り巡らされている。

梓の視線は有刺鉄線に取り付けられた看板に引きつけられる。

爆発物

さわるな危険！

クラウン

全員が吸い寄せられるように看板の前に移動していく。有刺鉄線の前で梓は唇を噛んだ。

数十個のポリタンクの中心で、巨大な液晶タイマーが不吉な赤色に点滅していた。

液晶画面に赤く表示される数字が『5:42:46』『5:42:45』『5:42:44』と減っていく。視界から遠近感が消え去り、数字が襲い掛かってくるような錯覚を梓はおぼえる。

タイマーからは数十の配線が延び、ポリタンクの隙間に設置されている物々しい装置に接続されていた。

「なんなんだよ、これ。なにが爆発物だ……」

小早川が有刺鉄線越しに手を伸ばすのを見て、梓は息を呑む。

「止めろ!」

怒声が響き渡った。小早川の手がポリタンクに触れる寸前で止まる。

「臭いに気づかないのか!」月村の鋭い視線が小早川を射抜いた。

臭い? 梓は嗅覚に神経を集中させる。鼻先を刺激臭がかすめた。

「ガソ……リン……?」梓は数十個のポリタンクを見渡す。

「そう、きっとガソリンだ。もし引火したりしたら、このフロアは、いや、この病院全体が火の海になる」

月村のセリフに、誰もが言葉を失い黙り込む。

「これが……ゲームオーバー……」七海がかすれ声でつぶやいた。

「じゃ、じゃあ、あのタイマーがゼロになったら……」

カウントダウンを続けるタイマーを、桜庭が震える指でさす。月村が頷いた。

「見たところ、ポリタンクに設置されている装置とタイマーはコードで繋がっている。たぶん、あのタイマーの表示がゼロになった瞬間に、ガソリンに点火されるんだろう。そうなれば、大爆発だ」

「その前にあの装置をポリタンクから外さないと！　早く！」

金切り声を上げた桜庭が有刺鉄線に近づく。

「落ち着きなさい！」

月村に一喝され、桜庭は動きを止めた。

「よく見るんだ。ポリタンクについている装置同士もコードで繋がれている。強引に外したら、他の装置が作動して火が放たれるかもしれない」

「じゃあ……、じゃあどうすればいいのよ！」桜庭は月村の両襟を掴む。

「まずは落ち着くことだ。ゆっくりと深呼吸をするんだ」

月村は諭すように言いながら、桜庭の目を覗き込んだ。襟を掴んでいた両手を力なく放すと、桜庭は言われた通り深呼吸を繰り返していく。

「みんなも一度、息を整えて落ち着いて」月村は全員を見回す。

梓は胸に手を当てる。いつの間にか、呼吸が浅く早くなっていた。

「まず、状況を確認しよう」

全員がいくらか落ち着きを取り戻したのを見て、月村が声を上げた。

「たしかに、このままだとこの病院は火の海になる可能性が高い。けれど、それは五時間四十分後だ。……倉田さん」

唐突に声をかけられた梓は、慌てて「はい！」と答える。

「さっき言っていたよね、そのなんだっけ……なんとか脱出ゲームっていうものは制限時間があって、それを過ぎたらゲームオーバーだって」

「え、ええ。言いました」

「そうすると、ここにある大量のガソリンは、僕たちがゲームオーバーになった際に作動すると考えるのが妥当だな」

「ゲームオーバーになったら、焼き殺されるっていうのかよ！　ふざけんな、誰がそんなことを!?」小早川がだみ声を上げた。

「クラウンと名乗る人物だろうね。けれど、いま重要なのは誰がやったかじゃない。これからどうするべきかだ。違うかな？」

月村の言葉に、小早川は不満げながら頷いた。月村は梓に向き直る。

「倉田さん、私たちはこれからなにをすればいい。指示をくれないか?」

「指示?　私がですか!?」声が高くなる。

「いまの状況がある種のゲームに似ていると指摘したのは君だ。そして、君はそのゲームに精通している。なら、いまからどう動くべきか、君に教えてもらうのが一番理に適(かな)っていると思う」

「でも、私がやっていたのはあくまでアトラクションで、こんな……失敗したら命を落とすような……」梓は首を細かく左右に振る。

「倉田さん、僕を見るんだ!」

近づいてきた月村が梓の両肩を摑んだ。すっと通った鼻筋、意志の強そうな双眸(そうぼう)。俳優のように整った顔が網膜全体に映し出される。

「たしかに、これはアトラクションなんかじゃない。失敗したら命を落とすゲームなんて狂気の沙汰だ。けれど現状では僕たちには、これに参加する以外に選択肢はない。だから教えてくれ。僕たちがいまなにをするべきか!」

力強い月村の言葉が体に染み入ってくる。梓は数秒躊躇したあと、口を固く結んで頷いた。月村は微笑(ほほえ)むと、梓の肩から手を放した。

口元に手を当てながら梓は思考を巡らせる。沸騰していた脳細胞がいくらか冷やされ、頭が回るようになっていた。

「まず、ここにあるポリタンクには触らない方がいいと思います」

「なんでそう言い切れるの!?」すぐさま桜庭が嚙みついてきた。

「看板に『触るな』と書いてあるからです。リアル脱出ゲームでは、ゲームで提示された指示に従うことが大前提です。そうしないと、ゲームオーバーになります。今回の場合、ゲームオーバーは……死ぬことです」

ファンデーションが濃く塗られた桜庭の頬が引きつる。

「けど、この装置が解除できたら、そんなゲームをしないでも済むんじゃないですか？　犯人の思惑どおりに動かない方がいいんじゃ……」

七海が小さく手を上げながら、か細い声で言う。

「そうかもしれませんけど、見たところ、かなり複雑なつくりになっています。専門的な知識がないと解除は難しいと思います。下手に解除しようとすると、爆発するかもしれません。装置の解体は最終手段にするべきです。幸い、装置が作動するまではまだ時間がありますから」

「そのタイマーがゼロになるまで、装置が作動しないって保証はどこにあるんだよ？」今度は小早川が声を上げた。

「保証は……ありません。でも、もし私たちを殺すことだけが目的なら、いつでもできたはずです。けれどそうせず、このゲームに私たちを引きずりこんだ。ここまで手間をかけて準備されたゲームです。クラウンと名乗る犯人は、自分で作ったゲームのルールを歪めようとはしないと思います」

「でも、絶対じゃない。違うか？」

小早川の低いつぶやきに、あたりに緊張が満ちる。

「確率の問題だよ、小早川君。少なくとも、確実にこの装置を解除できる者は僕たちの中にいない。それなら、まずは装置の解除以外の方法で助かる道を模索するのがベストだ」

とりなすように月村が言うと、小早川は硬い表情ながらも反論はしなかった。月村は「続けて」と梓を促す。

「はい。リアル脱出ゲームでは通常、与えられたミッションを一つ一つクリアすることで、脱出に近づいていくようになっています」

「ミッション？」月村が首をひねる。

「二階での鍵の発見のようなものです。さっきの場合は、壁の文字から入院着に隠されていたプラスチック片を見つけ、それを元にベッドの裏側にある鍵を見つけました。そのことによって到達できたこの一階にも、似たようなミッションの指示があるはずです。まずはそれを探すべきです」

「つまり、まずはこの階を手分けして探すべきだと？」

自信なげにつぶやく月村に、梓は「はい」と答えた。

「それじゃあ、さっさと探しましょうよ！　時間がないんだから！」

桜庭が声を張り上げる。それを合図に、梓たちはゆっくりとポリタンク群の前から離れていった。梓は立ち止まってフロアを見回す。

壁にはいくつもの鉄板が張られていた。二階と同じように、窓を鉄板で塞いでいるのだろう。

金属の鳴る音が響く。音のした方を見ると、ポリタンク群の向こう側で、小早川が『手術部』と記された観音開きの鉄製の扉を乱暴に開こうとしていた。しかし、ノブが太いチェーンで固定されていて、開くことができない。チェーンには二階の鉄格子と同じように南京錠が付いていた。

「ちくしょう！　ふざけやがって」

悪態をつきながら、小早川は扉を蹴った。梓は小早川から視線を移す。外来待合の奥には左右に扉のある廊下が延びていた。廊下の突き当りに、エレベーターの扉が見える。七海が廊下の右手にある扉に触れていて、エレベーターの扉は月村が調べていた。

「なにか見つかりましたか？」

梓は離れた位置にいる二人に声をかける。月村が首を左右に振った。

「二階と同じだね。エレベーターは扉が溶接されて使えそうにない」

「こっちの二つの扉も溶接されていて開きません」

廊下の右側に並んだ二つの扉に触れながら七海が答えた。

「分かりました。もう少しその辺りを探してください」

梓は振り返って反対側の壁に近づいていく。そこには高さ二メートル、幅三メートルほどの巨大な鉄板があった。鉄板に向かって手を伸ばすと、冷たく硬い感触が指先に伝わってくる。

このフロアが外来待合だとするならば、構造上ここは正面出入り口であった可能性が高い。そのとき梓は、視界の隅にあるものに気づく。脇の壁に、小さなプラスチック製の板が張られていた。

「皆さん、ちょっと来てください！」

声を上げると、近くにいた小早川が「なんかあったのか！」と、桜庭とともに近づいて来た。廊下を調べていた月村と七海も戻ってくる。

「これを見てください」

梓は壁に張り付いている板を指さす。それはこの建物の案内図だった。

「案内図だね……。なんで病院の名前が塗りつぶされているんだろう？」

月村のつぶやきに、梓は顎を引く。

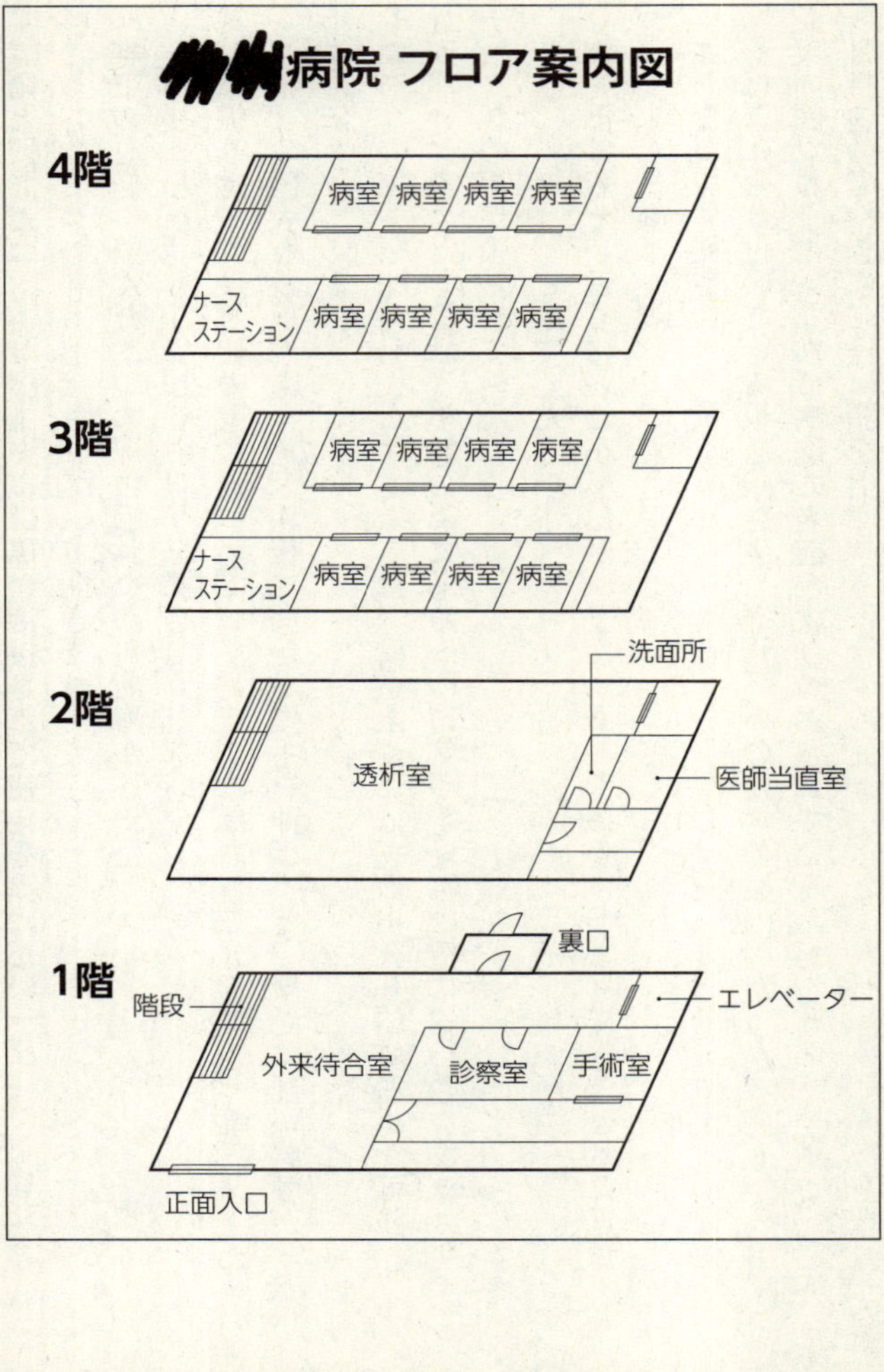

病院 フロア案内図

4階

病室 病室 病室 病室

ナース
ステーション

病室 病室 病室 病室

3階

病室 病室 病室 病室

ナース
ステーション

病室 病室 病室 病室

2階

洗面所

透析室

医師当直室

1階

裏口

階段

エレベーター

外来待合室

診察室

手術室

正面入口

「はい、私も気になったんです。これもヒントなのかもしれません」

「なんだよ、外に出る方法じゃないのかよ。病院名を塗りつぶしたことがそんなに重要なのか？」小早川は苛立たしげにかぶりを振った。

「いえ、重要かどうかは分かりませんけど……」梓は言葉を濁す。

「分かんねえなら、のんびり眺めていないで、出口を探すべきだろうが」

小早川は身を翻すと、大股で廊下の方に向かっていった。一瞬遅れて、桜庭もそのあとについて行く。

「探索は彼らに任せて、僕たちはこの案内図をもう少し見てみよう」

月村は小さく肩をすくめると、案内図に向き直る。

「私がさっき調べていた溶接された扉の奥には、診察室があるんですね」

七海は案内図を指でなぞる。

「僕たちが寝かされていた二階フロアが透析室で、三階、四階は病室だったのか。つくりからしたら、透析が必要な腎不全患者も入院可能な療養型病院って感じだな。まあ、よくあるタイプの病院だ。けれど、なんでわざわざ病院名を隠す必要があるんだろう？」

月村がつぶやくと、遠くから小早川の声が響いた。

「おい、みんな早く来い！　見つけたぞ！」

梓たちはいっせいに振り向く。

「なにか見つけたみたいだ。行こう！」月村が声を上げた。

ポリタンク群を回り込んだ梓たちは、さっき月村たちが調べていた廊下の前で足を止めた。廊下に小早川たちの姿は見えなかった。

「小早川君、どこだ？　どこにいるんだ」

「こっちだよ、早く来いって！」

声は廊下の左側にある開いた扉から聞こえてきた。廊下を進んだ梓は、扉の中を覗き込む。

そこは八畳ほどのスペースになっていた。胸の高さほどの大きさがある靴棚が置かれ、その上には埃をかぶった業務用のタイムレコーダーが載っている。壁にはコルクボードがかけられていた。タイムレコーダーの液晶画面を見て、梓の頬が引きつる。そこには『5：31：54』の数字が点滅していた。ゲームオーバーまでの時間。梓はカウントダウンされていくその数字から強引に目を逸らして、部屋の観察を続ける。

水を張ったバケツや雑巾などが無造作に置かれている。正面には鉄製の扉があった。おそらくは職員が出入りするための裏口だったのだろう。扉の脇には数字盤が埋め込まれていた。

ここが脱出ルートだ。あの数字盤に正しい数字を打ち込むことでこの扉が開き、外に逃げ出すことができるはずだ。これまで、数えきれないほどリアル脱出ゲームに参加した経験から、梓は瞬時にそう判断した。しかし、梓の視線は扉や数字盤よりも、その脇にある壁に注がれていた。

向かって左側の壁だけが、ペンキを塗られたばかりのように光沢のある色をしている。そこに大きく文字が記されていた。

0918の真実を探れ

そうすれば
扉は開かれる

クラウン

「0918の真実？　なんのことだ？」月村が首をかしげる。

「なんにしろ、この扉は溶接されていない。これは開くはずだ」

小早川は文字を横目に扉に近づくと、ノブを摑んで無造作に押す。しかし、がちっという重い音が響くだけで扉は開かなかった。小早川は繰り返し力任せにノブを押すが、扉はびくともしない。

大きく舌を鳴らすと、小早川は扉の脇にある数字盤を押しはじめる。小早川の指が数字盤に触れるたび、軽い電子音が響いた。

「なにやっているのよ？」

桜庭が声をかけるが、小早川は振り返らなかった。

「適当な数字を打ち込んでいるんだよ。うまくいきゃ、扉が開くかもしれない。とりあえず、そこに書いてある『０９１８』で試してみる」

数字盤の上部にある液晶画面には、『０９１８』のデジタル数字が表示されていた。梓は制止しようと慌てて口を開く。しかし、その前に大きな声が響き渡った。

「やめて！　そんな簡単に開くわけがない！」

梓の隣にいた七海が、その小さな体躯に似合わない声量で叫んだ。小早川は振り返って七海を睨む。

「やってみないと分からないだろ。黙ってろ」

「間違っていたらどうするの！」

「うるせえなあ。間違ったら、正解にたどり着くまで順番に試していけばいいんだよ。四桁の数字を打ち込むタイプだから、一万回試せば必ず正解の数字にたどり着く。まだ五時間以上残っている。いまからやれば間に合うだろ。下らないゲームに参加するより、こっちの方が確実だ」

小早川は数字盤の『Ｅｎｔｅｒ』のキーを押そうとする。

「待ってって言っているでしょ！」

七海が再び怒声を上げる。小早川は苛立たしげに頭を掻いた。

「さっきからなんなんだ。俺は確実に助かる方法を取ろうとしているんだ。この馬鹿げたゲームをやりたきゃ、一人で勝手にやって……」

「爆発しないって言い切れるんですか⁉」

小早川のセリフを七海が遮る。小早川は「爆発？」と分厚い唇を歪めた。

「間違った番号を打ち込んだら、爆発するかもしれないでしょ」

小早川の顔に動揺が走る。梓は思わず振り返り、開いた扉を見た。

小早川が『Ｅｎｔｅｒ』のキーを押した瞬間、ガソリンから生み出された炎の龍(りゅう)が廊下を這ってくる。そして自分たちは、生きたまま焼かれてしまう。恐ろしい想像に呼吸が荒くなる。

「な、なに言ってんだよ。そんなことあるわけないだろ」

小早川が言うと、月村が「いや、可能性はある」と話に割って入った。

「ポリタンクに付いていた装置には、アンテナのようなものがあった。もしかしたら、間違った番号を打ち込んだら、ここから電波が飛んであの装置が作動するかもしれない」

「それに、あの装置と繋がっていないとしても、適当な数値を打ち込むのは危険です！　一定回数間違えると、入力を受け付けなくなるかもしれません。そうなったら、もう逃げ道がなくなる」

慌てて梓も加勢した。小早川は数字盤に指を添えたまま、頬を引きつらせる。その指が細かく震えはじめた。

「畜生が！」

吠えると、小早川はキーを押し込んだ。爆発を予感し、梓は身をこわばらせる。しかし、なにも起こらなかった。見ると、小早川の太い指は『Ｃｌｅａｒ』のキーを押していた。液晶に表示されていた数字が消えている。

張り詰めていた空気が一気に弛緩した。梓は肺の底に溜まっていた空気を吐き出す。安堵でその場にへたり込んでしまいそうだった。

「ありがとう、思いとどまってくれて」

月村が礼を言うと、小早川は虫でも追い払うように手を振った。

「で、どうするんだよ？『０９１８の真実』ってやつを探すのか？」

「いえ、多分違うはずです」梓は首を横に振る。「これは扉を開いて脱出するための指示、つまりは今回のゲームの最終目的なんだと思います。それにたどり着くために、まずはもっと小さなミッションをクリアしていくのが、リアル脱出ゲームのセオリーです」

「その『小さなミッション』ってなんなの。具体的に言ってよ」

一歩引いた位置で事態を見守っていた桜庭が近づいてくる。

「ここに最終目的が記されているということは、ある意味ここが本当のスタート地点ともいえます。ですから、この部屋のどこかに、ミッションの指示かヒントがあると思います」

説明しつつ、梓は視線を彷徨わせる。梓につられるように、他の者たちも部屋の探索を開始した。すぐに月村が「あった！」と声を上げる。その手には、タイムカードの用紙があった。

「この紙が、タイムレコーダーに差し込んだままになっていたんだ」

月村は用紙を裏返す。

梓は靴棚を見る。そこには数足の室内履きが入っていた。

すぐに全員が靴棚に近づくと、一足一足手に取って調べはじめる。

「あった！　あったわよ！」

室内履きの中から鍵を取り出した桜庭が声を上げた。

「きっと、手術エリアに入るための鍵です。皆さん、行きましょう！」

梓の言葉を合図に、全員が競うように部屋から出る。最後に部屋を出る寸前、梓は足を止め、振り返って出口の扉を見た。数秒考え込んだあと、梓は髪の毛を数本抜いた。頭皮に走る痛みに顔をしかめつつ、髪を目立たぬように扉の上部にあるわずかな隙間に差し込む。髪がしっかりと固定されていることを確認した梓は、身を翻して部屋を出た。

廊下を戻り外来待合に置かれた禍々しいポリタンク群のそばを通って、観音開きの大きな扉の前で梓は他の面々に追いついた。

桜庭が手にしていた鍵で南京錠を必死に外している。鍵が外れる音が響き、扉を固定していた太い鎖が重い音を立てながら床に落ちた。小早川がドアノブに両手をかけると、軋(きし)みを上げながら扉が開いていく。

扉の奥には廊下が伸びていた。その右手にはホワイトボードやポータブルレントゲン、点滴棒などが無造作に置かれている。廊下の突き当り手前の右側には、手術前に外科医が手を消毒する手洗い場が、左側には手術室の出入り口とおぼしき両開きの鉄製の扉があった。その扉には小さな窓が付いている。

この廊下から先が『手術部』と呼ばれる清潔エリアになっていたのだろう。手術看護師の梓にとって、それは見慣れた光景だった。普通の手術部と違うところ、それは廊下の左側の壁に巨大な文字が書かれていることだった。

廊下を進んでいった月村は、その中ほどで足を止め、壁に向き直る。

「これが、……次の指令というわけか」

「ええ、そうだと思います」梓は月村に近づく。

腹を割って
真実を探せ
クラウン

「『腹を割って』ってどういうことだよ？」小早川が角ばった顎を撫でる。

「普通なら、隠していることを全部さらけ出すという意味だろうね」

月村がつぶやいたとき、梓ははっと顔を上げた。

「いまの声……」

「声？」月村は目をしばたたかせる。

「聞こえませんでした？　いま、どこからか声が……」

今度はさっきよりもはっきりした声が響き、梓は口をつぐむ。低く籠ったうめき声。全員の視線が声の聞こえてきた方向、廊下の奥を向いた。

「なによ、……いまの？」桜庭が首をすくめる。

「行こう。誰かいるなら、確認しないと」

月村が歩き出した。梓たちもそのあとについていく。廊下を進むにつれ、うめき声はさらにはっきりとしてきた。おそらくは男性の声。

月村の後ろを歩きながら、梓は自らの手を見る。いつの間にか、掌にびっしょりと汗をかいていた。

「声は、手術室から聞こえてきているね」

手洗い場の前で立ち止まった月村は、三メートルほど先にある扉を見る。月村の言う通り、苦痛に満ちたうめき声は閉ざされた手術室の扉の向こうから聞こえてきていた。月村は扉に近づき、そこに嵌め込まれている小さなガラス窓から中を覗き込む。しかし、窓は黒く塗りつぶされていて、中を覗き込むことはできなかった。

「これじゃあ、中の様子が分からない。……扉を開けるしかないな」

月村は自らを鼓舞するように大きく息を吐くと、扉の脇にあるフットスイッチに足を差し込んだ。鉄製の自動扉がゆっくりと左右に開いていき、その奥に手術室内の様子が浮かび上がる。

暗い室内で、手術台がオレンジの光の中に浮かび上がっていた。天井の蛍光灯は消されているが、無影灯と呼ばれる、手術時に術野を照らすための可動式の電灯だけ点いているようだ。

手術台の上に青っぽいものが置かれている。梓は目を凝らす。その瞬間、青い物体はもぞりと動いた。跳ねた心臓が胸骨を裏側から叩いた。

「なんなのよ……、あれ……」桜庭がかすれ声でつぶやく。

手術台に人が横たわっていた。その胴体は青い滅菌シートで覆われ、そこから出た四肢が、手術台とそこに取り付けられたアームレストに紐で縛りつけられている。

しかし、梓の視線を吸い寄せたのは縛られた四肢ではなく、顔だった。

その人物の顔には仮面がかぶせられていた。

醜悪な笑みを浮かべるピエロの仮面が。

4

暗い手術室で、手術台に縛り付けられたピエロ。その異常な光景を前に棒立ちになっていた梓は、奥の壁の天井近くで赤い数字が点滅していることに気づく。

『5:17:31』、間違いなく制限時間だ。あそこにもタイマーが埋め込まれているのだろう。

「あの人、助けなくていいんですか……?」七海がためらいがちに言う。

「助けるって、あのピエロをかよ⁉」小早川が目を剝いた。

「だって、縛られているんですよ。それに、苦しそうに呻いているし」

「なに言ってるんだよ。露骨に怪しいだろ。罠で、中に入ると襲われるかもしれないぞ」

まさに梓の考えていたことを、小早川は口にした。

誰もが無言のまま入り口の前で固まる。響いてくるうめき声が、梓の精神を責め立てた。

「……助けよう」月村がためらいがちにつぶやいた。

「おい、俺の言ったこと聞いていただろ。罠かもしれないんだぞ」

小早川の言葉に、月村は弱々しく首を左右に振った。

「そうかもしれないけれど、指示には『手術室に向かえ』とあるんだ。あのピエロが手がかりを持っている可能性が高い。そうだろ、倉田さん」

「え、ええ、そうですけど。だからといって危険がないとは言い切れません。リアル脱出ゲームの中には、罠の中に飛び込んで、なんとかそれを避けて初めて手がかりを得られるというケースもあるんです」

梓が慌てて答えると、月村は「虎穴に入らずんば虎子を得ずってわけか」と皮肉っぽい笑みを浮かべた。

「俺はあんな気味の悪い奴に近づかねえぞ」小早川は顔を赤くする。

「僕が最初に入って安全を確認する。君たちはそのあとで入ってくる。それならいいだろ。こうしている間にも、タイムリミットは近づいているんだ。だらだらと議論している時間はない」

月村の正論に小早川は言葉に詰まる。それを見て数回深呼吸したあと、月村は一歩踏み出した。

「それじゃあ、行ってくる」

手術室に入った月村は左右を見回す。

「電灯のスイッチがあるね。点けるよ」

「気をつけてください。スイッチに罠が仕掛けられているかも」

梓が声をかけると、「分かった」と返事をしながら、月村はスイッチに手を伸ばす。梓はとっさに目を閉じた。

「……大丈夫みたいだね」

月村の安堵の声が聞こえてきて、梓は瞼を上げる。さっきまで暗かった手術室が明るくなっていた。扉の外から梓は室内を観察する。そこは一般的な手術室とは、明らかに一線を画すものだった。

かなり広く作られた室内には、男が縛られている左奥の手術台の他にも、手前に手術台の土台らしき金属の塊があった。その上には、埃をかぶった古びた無影灯が天井に設置されている。もともと、二つの手術台がこの部屋には置かれていたようだ。しかし、なぜ二つも？

部屋を見回していくうちに、梓の胸に湧く違和感はさらに強くなる。

ピエロが縛られている手術台の頭側に置かれた麻酔器は、様々な機能が備わった最新の型だった。そのそばには、全身麻酔用の大きなカートが置かれている。中には全身麻酔を施すのに必要な様々な薬剤や機器が入っているはずだ。さらに手術台のそばにも小さなカートが置かれ、メスをはじめとする手術器具、喉頭鏡（こうとうきょう）や気管内チューブなど全身麻酔に使用する道具、さらには静脈麻酔薬や筋弛緩（きんしかん）薬などが入ったシリンジまで用意されていた。右側の壁にある棚には様々な種類の点滴や薬剤、滅菌手袋、滅菌ガウン、ガーゼ等々、手術に必要なあらゆる器材が入っている。

いつでも手術をはじめられるような準備。なぜ、廃病院にこれほどまでの設備が整っているのだろう。悪寒をおぼえ梓は身を震わせる。

部屋に一際大きなうめき声が響く。見ると、手術台の上のピエロがさっきよりもはるかに強く体を動かしていた。人の気配に気づいて、暴れているのだろう。天井のフックにつるされた点滴袋から、ピエロの手へと伸びる点滴ラインが揺れている。

あれはいったい誰なんだ？　息を吞んで梓が見守る中、月村はすり足でピエロに近づくと、その顔にかぶせられている仮面に慎重に手を伸ばす。

ピエロの仮面が外れ、その下から男の顔が現れた。頭はきれいに禿（は）げ上がり、瘦せて頬骨が目立つ男だった。目隠しをされ、口には猿轡が嚙ませられているため年齢は分かりづらいが、すくなくとも五十歳は超えているだろう。

「おい、大丈夫なのか？　そいつ、ちゃんと縛られているか？」

梓の後ろから小早川が訊ねる。月村は男の四肢を確認した。

「ああ、しっかり固定されているよ。入ってきても大丈夫だ」

梓は大きく息を吐くと、小早川たちとともにおそるおそる手術台に近づいていく。よほど強く縛られているのか、紐が食い込んでいる男の手首と足首は青く内出血を起こし、痛々しかった。

「こっちの無影灯は点かないな。なんでそっちの手術台の方だけ、やけに新しい設備が置かれているんだ？　そもそもこの手術室、なんで手術台が二つもあったんだよ？」

小早川は手術台の土台だったであろう金属の塊の上に設置されている、錆びた無影灯のスイッチを操作しながら、誰にともなく言う。

梓はふと、麻酔器の後ろに見慣れないものがあることに気づいた。入り口からでは麻酔器に遮られて見えない位置に、三つの小さな金庫が置かれていた。

これは……？　梓が首をひねっていると、隣に来た七海がつぶやく。

「あれ、金庫ですよね。なにが入っているんでしょう？」

「私にも、それは……」

　梓と七海が金庫を見ている間に、月村が男の目隠しを取る。瞼がやけに腫れぼったく、眼窩は落ちくぼんでいる男の目元が露わになる。その瞳には強い恐怖の色が浮かんでいた。続いて、月村は猿轡に手をかけた。

「殺さないでくれ！」猿轡が外れると同時に、男は悲鳴じみた声で叫んだ。「お願いだから殺さないでくれ！　なんでもするから！」

　哀れを誘う声で男は命乞いをする。充血したその目に涙が浮かぶ。

「落ち着いてください。僕たちは助けに来たんです」

　月村がなだめると、男は「助けに？」と目をしばたたかせた。

「そうです。いまから手足の紐も外しますから待っていてください」

「あ、あんたたち警察なのか!?　俺を助けに来てくれたのか!?」

　男が勢い込んで訊ねる。月村は口元に力を込めて首を左右に振った。

「いえ、僕たちは警察じゃありません。あなたと同じように、この病院に拉致されてきたんです」

　男の顔に浮かんでいた笑みが、一気に絶望の表情へと変化した。男は焦点の合っていない目を彷徨わせる。

「いまは……いまは何時なんだ？」

「時間？　午後五時前ですけど……」月村は腕時計を見る。

「何日の!?」男が突然叫んだ。

「それは、四月十九日の……」月村は戸惑いつつ答える。

「じゅ……十九日……」

男は腫れぼったい目を剥くと、喘ぐような呼吸の合間を縫ってしゃべりだす。

「俺が誘拐されたのは、ここに連れてこられたのは……十二日の夜だ」

梓は「十二日!?」と声を上げる。周りの人々もその顔に驚愕の表情を浮かべていた。

「あなたは一週間、ずっとここの病室で縛られていたんですか？」

月村が訊ねると、男は細かく首を横に振った。

「分からない……。なにがなんだか分からないんだ。俺は……俺は十二日の夜に自分の仕事場で襲われて、気づいたらこの手術室にいた。なんとか逃げようと暴れたけど、手足が縛られて動けなかった。そうしたら、あいつは俺に……拷問を……」

男の体が大きく震えだす。『拷問』、その禍々しい響きに梓は身震いする。

「知っていることを全部喋った。全部喋ったんだ。けれど、あいつは信じないで何時間も拷問した。そのあと、俺に白い液体を注射したんだ。そうしたら、意識がなくなって……」

点滴から投与される白い液体。それがなんなのか、梓にはすぐに予想がついた。おそらく静脈麻酔薬のプロポフォールだろう。全身麻酔の導入に使われるその強力な麻酔薬は、ものの数秒で意識を根こそぎ奪い去る。

「あなたは犯人の顔を見たんですか!?」

梓が訊ねるが、男は弱々しく首を左右に振った。

「いや、顔は見えなかった」

「なんでですか？　犯人がいたんでしょ」

「仮面をかぶっていたんだよ。ハロウィンとかでかぶるような気持ち悪いやつを。……ピエロの仮面だった」

「ピエロの……」

「もしかして、この仮面かな？」

月村は手にしていた仮面を男に見せる。男の顔に強い恐怖が浮かんだ。

「そうだ。それを顔にかぶって、手術のときとかに使うガウンを羽織っていたんだ。仕事場で襲われたときもそうだ。犯人の男は同じ格好だった」

男の話を聞いた梓は、頭の奥に疼きをおぼえて顔をしかめる。

「なんで……男って分かったんですか？　仮面をかぶって、しかも滅菌ガウンを羽織っていたんですよね？」

「あいつは俺を襲ったとき、簡単に引きずり倒したんだぞ。俺よりはるかにでかくて力が強かった。女のわけがないだろ」

ピエロの仮面をかぶった体格のいい男……。梓は頭に手を置く、脳の表面を虫が蠢いているかのような不快な疼きは、段々と強くなっていた。

「俺を床に倒したあいつは、首筋にスタンガンを押し付けたんだ。そして閃光が見えて……。気づいたらこの部屋にいたんだよ」

スタンガン……、閃光……。梓の口から「ああっ……」と声が漏れる。

「どうしたんだ、倉田さん？」

月村が訊ねるが、梓はすぐには答えられなかった。自らの両肩を抱いて、胸の奥底から湧き上がってくる恐怖を必死に抑え込もうとする。

「ピエロ……、私もピエロに襲われました……」梓は震える声を絞り出す。

「ピエロに？」

梓は蘇ってきた記憶を必死に整理していく。そう最初は……。

「最初は雑誌のインタビューの依頼だったんです。私、さっきも言ったようにリアル脱出ゲームの大ファンで、参加したゲームの感想とかをブログに公開していたんです。そうしたら、有名な出版社の雑誌編集者っていう人から連絡が来ました。……去年亡くなったあるリアル脱出ゲームのプロデューサーの特集を組むんで、そこに数人のファンの対談を載せたいから、その一人として参加してくれないかって」

梓は必死に記憶を探りながら話し続ける。なぜか、事件の核心に迫る記憶だけが霞がかかったかのようにぼやけていた。

「私、その人が……、その人が作ったゲームがすごく好きでした。だから、喜んで引き受けました。その編集さんと何回か打ち合わせして、そして昨日の夕方、対談が行われるっていう場所に行ったんです。繁華街のはずれにある小さな貸し会議室でした。そこに入ったら中は真っ暗で、早く着きすぎたのかと思いながら電灯をつけた瞬間、目の前にピエロが……」

その際の恐怖を思い出し、梓はそれ以上、言葉が継げなくなる。

「……その後のことは？」

「気づいたら、ここの二階で点滴を繋がれて寝ていました。……なんでいままで思い出せなかったんだろう」

「きっと鎮静剤のせいだよ」月村の顔が険しくなる。

「鎮静剤の？」うなだれていた梓は顔を上げる。

「犯人は僕たちに鎮静剤を投与したはずだ。鎮静剤の中には逆行性健忘、つまり投与される前の出来事を忘れさせる効果を持つものもある。それのせいで、なかなか思い出せなかったんだよ……。僕も同じだ」

「月村さんも？」

「ああ、いまの話を聞かせてもらって、ようやくはっきり思い出してきた。僕も大手製薬会社の営業を名乗る人物から、講演を依頼されたんだ。講演料もよかったので、引き受けさせてもらった。そして、昨日その打ち合わせに貸し会議室に向かったんだ」

「もしかしてその会議室って、調布（ちょうふ）の郊外にある……」

梓は自分が昨夜訪れた場所を思い起こす。

「ああ、その会議室だね。小さいけれど、なかなか綺麗（きれい）な建物だったんで油断していた。ちなみに僕がそこに行ったのは、深夜十一時だった。ただ、部屋に入った後のことは思い出せない。みんなはどうかな？」

月村は全員の顔を見回す。

「私も講演依頼です。昨日の十五時に調布に行ったところまでしか思い出せませんけど……」

「俺はヘッドハンティングだ。とんでもなくいい条件で雇ってくれるっていうオファーがあったんで、その病院の人事担当って男と話をするために、貸し会議室に呼び出されたところまでは覚えている。時間は午後九時だった」

「……私も同じ感じ。ただ、かすかに思い出した……。電気をつけた瞬間にピエロが襲ってきたのを」

七海、小早川、桜庭が次々に答えていった。

犯人は言葉巧みに私たちを誘い出し、拉致していった。けれど、いったいなんのために……。梓は唇を嚙む。

「なあ、早く紐を解いてくれよ。もう手足の感覚がなくなっているんだ」

手術台の男が悲痛な声を上げた。

「あ、ああ、すまないね。みんな、とりあえず彼の紐を外そう」

月村の声を合図に、梓たちは男の四肢に食い込んでいる紐を外しはじめた。梓は男の左足のそばにしゃがみこむ。見ると、手術台の脇にプラスチックの容器がぶら下がっていた。中には黄色い液体が溜まっている。ある程度時間がかかる手術では、患者の尿道から膀胱まで細いゴムのチューブを通して固定し、それを通じて尿が容器内に溜まるようにする。やはりこの男はかなりの長時間、この手術台に寝かされていたようだ。

梓は横目で麻酔器を見る。なぜあれほど最新の麻酔器が置かれているのか、分かった気がした。この男は一週間前、白濁した液体を点滴で投与され意識を失ったと言った。それが全身麻酔用の麻酔薬なら、呼吸まで停止し、人工呼吸管理が必要になる。

　この男は約一週間、麻酔をかけられ続け、人工呼吸管理を受けていたのではないだろうか。あの最新の麻酔器なら、たとえ長時間の人工呼吸管理中、麻酔薬の効果が薄くなって自発呼吸が出てしまった際も、患者がむせることなく自然に呼吸を続けられるような設定も可能だ。

　けれど、なぜこの男にだけ、全身麻酔が施されていたのだろう？　梓は固い結び目に手をかけながら考える。わざわざ全身麻酔をかけなくても、私たちにやったように鎮静剤の持続投与で十分だったのではないか。全身麻酔など、大きな手術を行うとき以外、必要ないはずだ。

「それで、いまさらだけどさ。あんたはいったい誰なんだよ？」

　男の右腕の紐を解きながら、小早川がぶっきらぼうに訊ねる。

「俺は祖父江春雲（そふえしゅんうん）、ジャーナリストだ」

　両手が解放された男は、名乗りながらその両手を手術台につき、ぎこちない動きで上半身を起こす。男の体にかかっていた滅菌シートが大きくめくれ、肋骨（ろっこつ）が浮き出た貧相な上半身が露わになる。

　右足の紐を外そうとしていた七海が、小さな悲鳴を上げた。梓も呼吸をすることすら忘れ、男の体を見つめる。

男のみぞおちから下腹部まで縦一直線に、痛々しい傷が走っていた。それがごく最近の傷であることは、傷回りが赤く変色していること、そして傷口を閉じるための太い縫合糸が傷の周りに残っていることより明らかだった。

『腹を割って真実を探れ』

廊下で見た指示を梓は思い出す。文字の下に描かれていたピエロの醜悪な笑みが、梓の脳裏をよぎった。

*

「なんで、俺たちがこんな仕事をしないといけないんだよ」

四月十七日の昼前、大股で歩道を歩きながら、鯖戸(さばと)太郎(たろう)は手に持った写真を振る。

「仕方ないじゃないですか。署長からの指示なんですから」

となりを歩く南雲順平(なぐもじゅんぺい)が声をかけてくる。自分より一回り以上年下の後輩に諭され、鯖戸は大きく舌を鳴らした。

「俺が言いたいのは、なんでこんな萎(しな)びたおっさんの行方が数日分からなくなったぐらいで、署長が乗り出してくるのかってことだよ」

鯖戸と南雲は、立川(たちかわ)署刑事課に所属する刑事だった。今朝、出勤すると、いきなり刑事課長から、南雲と一緒にある男のマンションに行き、様子を見てくるように指示を受けたのだ。

「聞いたところによると、その男の妻が、署長の遠縁らしいんですよ。それで、署長に直接、すぐに確認してくれってお願いしてきたということです」

「まずは自分で探せよな」

「その妻、友達と韓国旅行に行っているらしいです。それで、この何日か夫と連絡が取れなくなって、『絶対に事件に巻き込まれた』って騒いでいるとか。まあ、旅行を中断したくはないけれど、夫のことも心配だから、親戚の署長をつかって確認させようってことなんでしょうね」

「いなくなったのは五十過ぎのおっさんだろ。女でも作って逃げただけじゃないのか？　ったく、こっちは人手不足で忙しいっていうのに」

一昨日から、隣の地域を管轄する日野(ひの)署に特別捜査本部が立っていて、立川署刑事課からは数人が応援に行っていた。その分の負担が、鯖戸たちにかかっている。

ぶつぶつとつぶやきつつ、鯖戸は横目で写真を見る。そこには痩せこけた貧相な男が、陰鬱な表情で写っていた。頬骨が目立ち、眼窩は落ちくぼんでいて、どこか不吉な雰囲気を醸し出している。頭は剃っているのか、まったく髪がなかった。

「仕事がら、人に恨まれることが多いみたいですね。だから、奥さんは心配しているとか」

「仕事？　この男、どんな仕事をしているんだ？」

「ジャーナリストらしいです。祖父江春雲、聞いたことありませんか？」

「ジャーナリスト？」マスコミ嫌いの鯖江は顔をしかめる。「なんか、聞いたことある気もするけどな。有名なのか、こいつ？」

「最近、有名になったんですよ。ほら、一年半ぐらい前に起こった、廃病院での有名映画監督死亡事件。覚えていないですか」

「そう言えば、そんな事件もあったっけな」

鯖戸は生返事をしつつ、記憶を探っていく。

「その病院って、元々はあれだろ？　違法な臓器移植かなんかをやっていて、数年前にその被害者の関係者がピエロの仮面をかぶって押し入って、職員を何人か殺したうえ自殺したとかいう。なんて病院だっけか？」

「たしか……、田所（たどころ）病院とかいったと思います。そのピエロ男の立て籠り事件のあと、違法な臓器移植が明るみに出て病院は潰れました。そして一年半前、廃墟（はいきょ）になっていたその病院で、ホラー映画の名手と言われていた映画監督が転落死したんです」

「ああ、そんな事件だった。で、その事件とこの祖父江とかいう男がどう繋がってくるんだよ？」

「当初、映画監督の死亡は単なる事故だと思われていました。けれど、それから一ヶ月後に週刊誌に載った記事で、実は殺人だったんじゃないかと疑われはじめたんです。覚えていませんか」

「なんか聞いた気もしないでもないけど、他の所轄署の事件だからな。詳しくは知らねえよ。なんでそんなことになったんだ？」

「祖父江が告発記事を書いたからですよ」

「祖父江って、この行方不明になっている奴か？」

「ええ、そうです。祖父江は事件から一ヶ月ぐらいたってから、倒れている映画監督を最初に発見した医者が犯人なんじゃないかって、週刊誌に発表したんです。芸能人のセックススキャンダルとか、都市伝説みたいな怪しい情報ばかり載せている三流週刊誌だったんですが、その記事に関しては関係者しか知らない情報も含まれていて、かなりリアリティーがあったし、被害者が有名人なので大きな反響を呼びました」

「おいおい、ちょっと待て、最初に発見した医者ってどういうことだ？　なんで医者が第一発見者なんだ？」

鯖戸が説明を遮ると、南雲はこれ見よがしに大きなため息をついた。

「鯖戸さん、本当にあの事件のことなんにも知らないんですね。分かりました、一から説明しますよ。死んだ映画監督は挟間洋之助（はざまひろのすけ）、ジャパニーズホラーの第一人者としてかなり有名でした。そして、挟間は映画だけでなく参加型ホラーアトラクションのプロデューサーでもあったんです」

「参加型ホラーアトラクション？」

「お化け屋敷の進化版みたいなものらしいです。参加者は、ホラー映画の登場人物の一人になりきって、謎を解いたり指示された行動を取ったりして、最終的にはそのお化け屋敷から脱出するんです。リアル脱出ゲームとか呼ばれるアトラクションの一種ですね」

「ガキのお遊びってわけだ。それがどうしたんだ？」

自分なりの解釈をすると、鯖戸は先を促す。

「当時、挟間が手掛けていたのが、廃墟の病院を改造してアトラクション会場にする計画でした。その廃病院が、田所病院だったってわけです」

「おいおい、実際に人が死んだうえ、違法な臓器移植が行なわれていた病院を、遊びの舞台にしようとしていたのか？　いくらなんでもやりすぎだろ」

「まあ、普通の感覚ではそうですよね。けれど、挟間っていう男はかなりの変わり者で、『実際に事件があったからこそ、リアルな恐怖を与えられる』とか言っていたみたいですね。計画では、そこで映画の撮影もする予定だったみたいです。そして、その計画に協力していたのが、あとで祖父江に殺人犯として告発される医者です」

「だから、なんで医者が出てくるんだよ？」

「ただの医者じゃありません。挟間の友人で、挟間がプロデュースした参加型アトラクションの共同企画者でした。噂によると、挟間はあくまでアトラクションのコンセプトを決めるだけで、参加者に解かせる謎とかの細かい構成は、すべてその医者が担っていたらしいです。その業界ではかなりの有名人だったようですよ。たしか……芝本とかいう名前だったかな」

「医者なのに、そんなことまでやっていたのかよ。多才な奴だな」

鯖戸は皮肉っぽく唇の端を上げる。

「で、その芝本が映画監督を殺したっていうのはどういうことだ？」

「事件が起こったのは一年半ほど前です。深夜、アトラクションに向けて準備が進められていたその病院の入り口付近で、挟間が血を流して倒れているのを芝本が見つけ、近くの病院に救急搬送しました。緊急手術が行われたんですが、挟間は助かりませんでした」

淡々と語る南雲の横顔を眺めながら、鯖戸はその説明に耳を傾けた。

「異状死ということで所轄署に通報され、司法解剖が行われました。その結果、血中から大量のアルコールが検出されたので、挟間は泥酔して窓から転落し、死亡したものと思われました。有名映画監督の死ということで少しは話題になりましたが、そこまで世間の注目を浴びることはありませんでした。その状況が一変したのが、一ヶ月後です」

「祖父江って男が書いた記事がきっかけか」

「ええ、そうです。記事には事件の詳細とともに、芝本が挟間を殺害した可能性があるという告発が、その根拠とともに書かれていました」

「根拠っていうのはなんだ？」

「まずですね、挟間が運ばれた病院というのが、芝本が勤務していた病院なんですよ。救急隊は最初、挟間を少し離れたところにある大学病院の救急センターに運ぶつもりだったらしいです。けれど、救急隊到着前に芝本が勤めている病院に電話をして、挟間の受け入れと緊急手術の準備を指示していたようです。芝本が医師で、しかもすでにすぐ近くの病院での受け入れを手配しているということで、救急隊もそちらに搬送したらしいです」

「知り合いをできるだけ早く治療したかっただけじゃないか？」

「問題はそれからなんです。病院に搬送後、挟間は緊急手術を受けましたが、その手術を執刀したのが芝本だったんです」

「ああ？　事件の第一発見者が自ら執刀したっていうのか？」

「はい。その日、当直に当たっていた外科医は、芝本より経験が浅い医者だったそうです。それで芝本が自分で執刀しましたが、それが問題でした。芝本はわざと手術に失敗して挟間を救わなかったんじゃないか。それどころか、もともと芝本が挟間に致命傷を与え、その後、手術をしている間にその証拠を消したんじゃないか。祖父江は記事でそう指摘しました」

「まあ、たしかに自分で手術をするっていうのは、怪しいっちゃ怪しい気もするな。けれど、そういうこともあるんじゃないか？　それだけで、その医者が殺したっていうのは、少し飛躍しすぎな気もするけどな」

「それだけじゃないんですよ。祖父江はそこから、次々に新しい情報を記事にしていったんです。芝本が不利になる情報をね」

「……具体的には？」鯖戸は低い声で先を促した。

「まず、挟間は芝本にかなり借金があったみたいです」

「借金？　有名な映画監督だったんだろ？　金はあるんじゃないか？」

「出資者の意見に左右されることなく、自分の好きな映画を作りたいということで、挟間は映画の製作費の大部分を自分で負担していたんです。昔は大ヒットをいくつか飛ばして有名になりましたが、ここ数年は興行的に苦戦していたようで、金銭状況はあまり良くなかったようですね」

「だから、本当に人が死んだ現場を舞台にして話題になることで、一発逆転を狙っていたってわけか」

「そのことについても、芝本と挟間の間で揉めていたみたいです。芝本は『実際に人が死んだ場所でゲームをするなんて不謹慎だ』と、止めようとしたらしいですが、挟間は取り合わなかったということです。最終的には芝本が折れて、協力しましたが、しこりは残っていたのかもしれません。その他にも色々トラブルがあったという噂です。そして、芝本への疑惑が決定的になったのがアリバイですね」

「アリバイがどうしたんだ？」

「挟間は事件の夜、深夜零時近くまで、知り合いと酒を飲んでいました。その後、『行くところがある』と言って、田所病院に向かったようです」

南雲はもったいつけるように一度言葉を切る。鯖戸は顎をしゃくって、先を促した。

「救急隊が到着したときの状況、検査や司法解剖の所見より、挟間が受傷したのは午前零時から一時の間ぐらいと言われています。けれど、芝本から救急要請が入ったのは午前二時頃だったんですよ」

「べつにおかしくないだろ。午前二時ごろ田所病院に行き、挟間が倒れているのを発見して、救急要請しただけじゃないのか？」

「ええ、芝本自身もそう説明しました。ただ芝本の妻の話では、アトラクションの公開が近いこともあり、芝本は田所病院に寝泊まりしていたということでした。つまり泥酔した挟間がやってきた頃、芝本は田所病院にいた可能性が高いんです。それどころか、挟間が田所病院に行ったのは、芝本と会うためだったかもしれない」

「やってきた挟間を芝本が襲って重傷を与え、そしてもう助からない状態になるまで待ってから、午前二時に救急要請したということか？」

鯖戸が確認すると、南雲は頷いた。

「ええ、そういうことです。ちなみに、その辺りのことをマスコミに突っ込まれた芝本は『用事があって、その日は午前二時まで田所病院にはいなかった』と説明していますが、午前零時から二時までどこにいたのかについては、言葉を濁すだけではっきりとは答えませんでした」

「たしかに、そりゃ怪しいな」

「そんな感じで、芝本に対する世間の疑いの目は日に日に強くなり、ガイシャが有名人だったこともあって、大きな騒ぎになりました。マスコミが自宅や職場の病院に押しかけるようになったせいで、芝本は妻と離婚し、勤めていた病院も退職したはずです。疑惑を最初に追及したということで名を上げた祖父江は、有名な週刊誌にも事件についての記事を載せるようになり、挙句の果てには事件のノンフィクション本まで発売しました。かなりのベストセラーになったはずですよ」

「三流ゴシップ記者から大出世だな。それで、最終的にどうなったんだ？　そこまで騒ぎになったんだから、所轄署が洗い直しただろ。その芝本って奴は逮捕されたんだっけか？」

「いえ、逮捕はされませんでした」南雲は首を横に振った。

「なんでだ？」

「芝本が自殺したからですよ。再捜査をはじめ、色々と情報を集めているうちに。芝本は車ごと海に飛び込みました。ちょうど一年ぐらい前ですね」

「……遺書は？」

「ありませんでした。もう逃げられないと思って自殺した。それが所轄署の見解です」

「そんな幕引きだったのか……。全然知らなかった」

「仕方がないですよ。芝本が自殺したのと同時に、マスコミはこの件から一斉に手を引きました。過剰報道が芝本を追い詰めたのは間違いないですからね。それ以上突っついて、芝本が無実だったなんてことになったら目も当てられないことになる」南雲は皮肉を込めて言う。

「しかし、よくそんなに詳しく覚えていたな。かなり前の事件をよ」

「もともと、ワイドショー見たり、週刊誌読むのが好きなんですよ。それに今朝、課長に祖父江春雲について調べろって言われたんで、鯖戸さんが来るまで復習がてら、事件の記事とかをネットで見ていました」

「暇な奴だ。しかし、よく祖父江の名前を聞いただけで、その事件をすっぱ抜いた記者だって分かったな」

「祖父江はそれで味をしめたのか、その後も有名人のスキャンダルについて色々本を出版したりしていますからね。ただ、芝本の件に比べると明らかに取材不足で適当なことを書いているので、本も全然売れないどころか訴訟を起こされたりまでしているはずです」

「なるほど……。家族が心配する理由が分かったよ。そんな商売してりゃ、色々な奴に恨まれているだろうからな」鯖戸は首筋を掻く。

「もうすぐ着くはずです。ああ、あのマンションみたいですね」

スマートフォンで地図を確認した南雲が、前方に立つ建物を指さした。

「あそこの一〇八号室が祖父江の仕事場らしいです」

年季の入ったマンションだった。築三十年は下らないだろう。鯖戸は正面エントランスを抜けると、一階の外廊下を歩き、祖父江の仕事場だという一〇八号室の前までやってきた。南雲がインターホンを押す。軽い電子音が響くが、返事はなかった。

「いませんねえ。管理会社に電話をして開けてもらいますか」

南雲がつぶやくのを尻目に、鯖戸はノブを引く。扉が開いた。南雲が「えっ!?」と声をあげる。

「鍵がかかっていなかったみたいだな」鯖戸は扉をくぐる。

「あっ、鯖戸さん。いいんですか？　令状もないのに入っちゃって」

「家族の許可があるんだ。問題ないだろ」

鯖戸は玄関で履き古した革靴を脱ぐ。南雲もためらいがちに室内に入ってきた。玄関からは狭い廊下が伸び、ゴミ袋が散乱していた。

「祖父江さーん。いらっしゃいませんかー？」

声を上げながら廊下を進んだ鯖戸は、突き当りにある扉を開く。奥には十畳ほどのフローリングの部屋が広がっていた。そのいたるところに、ゴミや資料らしき紙の束が散乱している。部屋の隅には簡素な机があり、その上にはパソコン、吸い殻で一杯の灰皿、ビールや酎ハイの空き缶などが置かれていた。

「少しは整理しろよな」

埃臭さに辟易しながら、鯖戸は比較的ものが置かれていない部屋の真ん中を通って窓に近づくと、カーテンを開ける。薄暗かった部屋に日光が差し込んでくる。明るくなった部屋を鯖戸は見渡した。

「風呂場にも、トイレにも誰もいませんね」

「……ああ、そうか」

「いやぁ、ひどい部屋ですね。よくこんなところで仕事ができたもんだ。けど、おかしなところはなさそうですね」

「おかしなところがない？　本当にそうか？」

鯖戸が口角を上げると、南雲は「え？」と目をしばたたかせる。

「よく見てみろよ、俺たちが立っているこの場所を。この正方形の範囲だけ、ゴミも資料も置かれていない。そして、この範囲の外に置かれた本や資料は、乱暴に重なっている。まるで、強引に押しのけられたみたいにな。あと、この部分だけ、他の床に比べて埃がたまっていない」

「それって、もしかして……」

「ああ、ここにはカーペットが敷かれていたんだ。そして、誰かがそれを持っていった」

「持っていったって、なんでそんなことを？」

「決まっているだろ。カーペットにくるめば少しは目立たなくなる。男一人を直接運び出すよりはな」

「まさか!?」

目を剝く南雲に向かって、鯖戸は大きく頷いた。

「そうだ。祖父江春雲って男はカーペットで簀巻きにされて運び出されたんだよ。……生きたままか、それとも死体でかは分からないがな」

第二章　0918の真実

1

「なんなんだよ、これ⁉」

悲鳴じみた声が手術室にこだまする。手術台の上で上半身を起こした男は、縦一文字に傷が走る自らの腹を呆然と見下ろしていた。

これが、この男が全身麻酔をかけられていた理由。意識を失っている間に、この男は開腹手術を受けたんだ。梓はその場に立ち尽くす。

そのとき、手術台の上に見慣れた物が置かれていることに気づいた。高さ十センチ、直径五センチほどの筒状の物体。

「エピドラ……」そばにいた桜庭がかすれ声でつぶやいた。

硬膜外麻酔、通称エピドラ。背中から硬膜外腔という脊髄神経のそばにある空間にごく細いカテーテルを挿入し、そこに麻酔薬を流し込むという麻酔法。大きな手術の際などに使用され、術中の侵襲による血圧上昇の防止や、術後の疼痛を抑える効果がある。筒に入った麻酔薬が少量ずつ、男の硬膜外に流し込まれているのだろう。そのおかげで男は術後の痛みを感じず、自分の腹を見るまで手術を受けたことに気づかなかった。

ごく狭い硬膜外腔にカテーテルを挿入するには、高度な技術を必要とする。これを行ったのは、熟練の外科医か麻酔科医のはず。

わめき続ける男を眺めながら、梓は必死に頭の中で状況を整理する。

「うるさいからちょっと落ち着けって、べつに痛みはないだろ」

小早川が男の肩に手を置く。男は縋りつくように小早川を見た。

「でも、俺の腹が……。こんなことに……」

「安心しろよ。しっかりと処置されている。命の危険はねえって」

「なんでそんなことが言えるんだ！　あんたは医者かよ！」

嚙みつくように男が叫ぶ。小早川の顔に苦笑が浮かんだ。

「ああ、そうだ」

「……え？」男は呆けた声を漏らす。

「だから、俺は外科医だよ。毎日のように、患者の腹を掻っ捌いているんだ。その俺が大丈夫って言っているんだ。これで安心だろ」

男はおどおどと視線を彷徨わせると、弱々しく「……はい」と答える。

「理解してくれて嬉しいよ。それじゃあまず、もう一度横になってくれ。腹に力が入ると、傷口が開く可能性があるからな」

怯えた表情を晒したまま、男はゆっくりと手術台に横になった。

「よし、これで落ち着いて話せるな。いいか、さっき言ったように、俺たちも拉致されてここに監禁されている。どうにか脱出したいが、そのためには情報が必要だ。ここまではいいな？」

小早川に顔を覗き込まれた男は、震える唇を開く。

「あんたたちは、いったい誰なんだ？」

「ああ、僕たちは……」

説明しかけた月村を、小早川は手を軽く上げて制す。

「まずはあんたについてだ。あんたいったい何者だ？」

「だ、だから、俺は祖父江春雲だ。ジャーナリストをやっている」

男は落ち着きなく手術台の周りに立つ人々を見回す。

「祖父江春雲……」

梓はその名を口の中で転がす。なぜか不快感が胸に湧いた。

「それじゃあ祖父江さん。あんた、誰かに恨まれていないか？」

「た、たしかに、俺は仕事がら色々な人間の恨みを買っている。けれど、こんなことまでするような奴なんて……」男は両手で頭を抱える。

「なあ、祖父江さん。なんでもいいんだ。なにか知っていることはないのか。あんたを拉致したのは、体格のいい男だったんだろ。あんたを恨んでいる奴の中に、当てはまる奴はいないのか？」

訊問するかのように厳しい口調で、小早川は質問を重ねる。しかし、男は駄々をこねるように首を左右に振るだけだった。

「知らない！　俺はなにも知らないんだ！　ここから早く出してくれ！」

「落ち着いて。ゆっくり深呼吸をしてください」

月村が必死になだめるが、男はさらに恐慌状態になっていく。

「うるさい、黙れ！　お前らだろ！　お前らが俺をこんなところに連れてきたんだろ！　いいか、覚悟しておけよ。ここから出たら、お前ら全員のことを雑誌で書いてやる。プライバシーなんてあると思うなよ！　全部丸裸にしてやるからな。それが嫌なら、すぐに俺をここから出せ！」

支離滅裂なことを口走りはじめた男を、小早川は冷めた目で睥睨する。

「こりゃだめだな。……廊下の指示に従うぞ」

「まさか、この人のお腹を開けるんですか!?」

甲高い声を出した七海を、小早川が睨みつけた。自らの失言に気づいた七海は、両手で自分の口元を押さえる。しかし、遅かった。

「いま、……なんて言った?」

男が目を剝いて七海を見た。眼窩が落ちくぼんでいるため、眼球が飛び出したかのようだった。七海は「いえ、その……」と口ごもる。

「お前ら、俺を殺すつもりなのか!?」

「そんなことはしません。ただ、犯人はあなたの腹腔内に、この建物から脱出するためのヒントを隠したようなんです。ですからそれを……」

月村が必死に説明するが、逆効果だった。

「俺の腹を切るっていうのか!? そんなことしたら死んじまうだろ!」

「大丈夫です。全身麻酔をかけ、危険が無いように行いますから」

「うるさい! 人殺し! 近づくんじゃない、ぶっ殺すぞ!」

男は叫びながら上半身を起こすと、わきにあったカートからメスを手に取り、振り回しはじめる。梓たちは慌てて手術台から離れた。

「逃げるな! お前ら全員ぶっ殺してやるからな! 覚悟しやがれ!」

メスを振りまわして威嚇する男を前にして、梓は身をすくませる。足の拘束が解けていなくて良かった。解いていたら、男は手術台から降りて、メスで襲ってきていただろう。

そのとき、男の背後で人影が動いた。男の死角に回り込んだ小早川が点滴ラインを手に取り、その側管にシリンジを接続していた。小早川はシリンジの中身を無造作にラインに流し込む。

次の瞬間、男は「うっ!?」と声を上げると、手からメスを零し、手術台の上で力なく崩れ落ちた。その顔は恐怖で醜くゆがみ、口からは喘ぐような音が響く。

「いったいなにを?」

月村が早口で訊ねると、小早川はシリンジを得意げに掲げてみせる。

「筋弛緩剤だよ。こいつが暴れるから、おとなしくさせたんだ」

「筋弛緩剤!?」

月村は横向きに倒れている男の体に手をかける。梓も手術台に駆け寄り、月村とともに男の体を仰向けにした。天井を向いた男の目には明らかに意思の光が灯っているにもかかわらず、その体は完全に脱力しきっている。

筋弛緩剤とは、その名の通り全身の筋肉を強制的に弛緩させる薬だ。その効果は絶大で、呼吸のための筋肉さえ完全に麻痺させる。全身麻酔中は、それを投与することで自発呼吸を止め、人工呼吸管理をスムーズにしたり、腹筋の緊張を解いて開腹を容易にしたりする。しかし、覚醒している患者に筋弛緩剤を投与すれば、意識はあるにもかかわらず呼吸ができないという、恐ろしい状態に陥ってしまう。

「なんてことを！　早く人工呼吸をしないと！」

月村が声を張り上げる。七海は慌てて全身麻酔用のカートを探り、中から人工換気に使用するマスクとアンビューバッグを取り出した。

「そんなに慌てるなって、すぐに窒息死なんてしないよ。まあ、少し苦しいだろうけれどな」小早川は軽い口調で言う。

苦しいなんてもんじゃない。意識があるにもかかわらず呼吸ができないなど、拷問に等しい。梓は振り返って小早川を睨んだ。

「おいおい、倉田さんだっけ。そんな怖い目で見るなよな。そいつはメスを振り回していたんだぞ。こうするしかなかっただろ」

「だからって、意識がある人間に筋弛緩剤を打つなんて！」

「じゃあ、どうすればよかったんだよ。時間をかけて説得しろとでも言うのか？　その男が納得するとは思えないね。いいか、俺たちには時間がないんだ。あと数時間で、この病院は火の海になるんだぞ」

小早川の言うことはたしかに正論ではあった。梓は唇を噛むと、ベッドの上の男に視線を移す。七海がアンビューバッグに接続したマスクを男の口元に当て、呼吸をサポートしていた。

「このまま全身麻酔をかけます。月村さん、倉田さん、手伝ってください」

七海が指示を飛ばす。梓と月村は頷くと、七海のそばに近づいた。

「はじめます。月村さん、プロポフォールの投与を……」

七海の指示を合図に、全身麻酔の導入がはじまった。まず月村が点滴で麻酔導入薬を投与する。すぐに、苦痛の表情で固まっていた男の目から、意思の光が消え去っていく。それを見て、七海が気管内チューブの挿管を開始した。梓は隣で必要な器具を次々と渡していく。

素早く挿管を終えた七海は、麻酔器から伸びているノズルと気管内チューブを接続させると設定を打ち込んでいく。麻酔器は唸るような音を立てて動き出した。ポンプが稼働するのを見て、梓は大きく息を吐く。酸素と吸入麻酔薬が投与されはじめた。これで一安心だ。

安堵の息を吐きながら、梓はチューブを固定していく。七海は男に心電図の電極や、血中酸素濃度を測るための機器を取り付けていった。

「お疲れさん。スムーズな麻酔導入だったな。さすがは麻酔科医だ」

桜庭とともに少し離れた位置で状況を見守っていた小早川が、芝居じみた仕草で拍手をする。七海は無言のまま、小早川に冷たい視線を投げかけた。小早川は「おお怖い」とおどけると、壁に備え付けられた棚から、袋に入ったメスを取り出して近づいてくる。

「なにをするつもりですか⁉」

七海が訊ねると、小早川は大きく肩をすくめた。

「決まっているだろ、その男の腹を開くんだよ」

「本気でこの人を開腹するんですか⁉　病気でもないのに」

七海は目を剥く。

「仕方がないだろ、それがクラウンの指示なんだからよ。そいつの腹の中を探らないかぎり、ここにいる全員が死ぬんだぞ。もちろん、その男も含めてな」

小早川の正論に、七海は一瞬顔を引きつらせる。

「……開腹するにしても、手指(しゅし)の消毒ぐらいしてください。腹腔内が汚染されたらどうするんですか」

「ったく、分かんねえ奴らだな。時間がねえんだ。そんな暇あるかよ」

小早川が恫喝(どうかつ)するが、七海が引くことはなかった。

「ここから脱出できても、この人が腹膜炎とかの感染で亡くなったら、私たちの罪になるんですよ。それでもいいんですか」

小早川は言葉に詰まり顔をしかめる。二人は視線を激しくぶつけ合った。

「二人とも落ち着いて」月村が二人の間に割って入る。「小早川君、ここで言い争うより、さっさと消毒した方が時間の節約になる。そうだろ」

　月村に諭された小早川は、渋い表情で「分かったよ」とつぶやいた。

「それじゃあ七海さん、僕たちは急いで手を消毒してくる。その間に、できるだけ急いで執刀の準備を整えていてくれるかな？」

「……はい、分かりました」

　七海が低い声で返事をすると、月村は小早川とともに廊下へ消毒に向かった。

　梓は七海とともに、棚から新しい滅菌（めっきん）シートを取り出すと、手術台の上に横たわる男の体に掛けはじめた。腹部には中心部に穴が開いている滅菌シートをかぶせて、手術を行う部分だけ露出させ、そこと顔以外はシートで覆われた状態にする。七海はヨード液で術野（じゅつや）を消毒し、梓が中身が少なくなっていた点滴袋を新しいものに取り換えた。

　執刀の準備はひとまず整った。

　手指の消毒を終えた月村と小早川が、両手を胸の前に上げた状態で手術室に入ってくる。その顔には手術用のマスクがついているが、手術着ではなく私服を着ているため、どうにも違和感があった。梓は棚から滅菌された手袋とガウンを出そうとした。

「ガウンはいらねえよ。手袋だけでいい」

小早川が言うと、吸入麻酔薬の量を調整していた七海が振り返った。

「なに言っているんですか！　ちゃんとガウンも着てください！」

「いちいちうるせえな。そんな大手術をするってわけじゃねえだろ。ちょっと腹の中をのぞいてみるだけだ。滅菌手袋だけで十分だ」

「とりあえず、手袋だけで開腹して、大きな処置が必要ならあらためてガウンを着るということでどうかな」

慌てて月村が提案すると、七海は渋々ながらうなずいた。勝ち誇るように目を細めた小早川は、梓から滅菌手袋を受け取る。

「倉田さん、たしかあなたは手術部のナースだったよね」

月村に声をかけられた梓は「はい」と背筋を伸ばす。

「出来れば器械出しをやってもらえないかな。そうすれば、処置がスムーズに進む」

器械出しとは手術中、外科医に必要な道具を手渡していく役目のことだった。手術部の看護師である梓にとって日常業務の一つだ。

「はい、分かりました」

梓はマスクをつけ、滅菌手袋を装着すると、器具台のそばに移動する。月村が梓の隣に来て、手術台を挟んで対面には小早川が立った。

「麻酔は大丈夫ですか？」

月村は一般的な手術と同様に、麻酔科医に確認を取る。七海は頷いた。

「それじゃあ、お願いします」

手順通り、月村は一礼する。梓は慌てて頭を下げ、七海も不満げながらかすかに顎(あご)を引く。小早川は「早くしろ」とばかりにため息をついた。

「鑷子(せっし)とクーパー」「俺にも同じものを」

月村と小早川が手を差し出してくる。梓は器具台の上から素早くピンセットと手術用のはさみであるクーパー剪刀(せんとう)を手にして、二人に渡した。二人の外科医は硬い表情で術野に視線を落とす。

梓の背中に冷たい汗が伝っていく。この男の腹の中にいったいなにがあるというのだろう。拷問され、一週間も監禁され、さらには腹まで開かれた男。クラウンと名乗る犯人はなぜ、この祖父江春雲という男にここまでの仕打ちをしたのだろう。

手術室には、麻酔器のモニターから響く電子音と、外科医たちが縫合糸(ほうごうし)を切る音だけが響いていた。皮膚を縫合していた糸は全て切断され、月村と小早川は腹膜を縫い合わせている糸の切断にかかる。

「……外科結び(げかむす)だね」

重苦しい沈黙に耐えかねたのか、ピンセットで縫合糸をつまみながら月村が声を上げた。梓は、「え？」と聞き返す。

「皮膚や腹膜を縫合している糸の結び方だよ。外科結びがされている。これをやったのは外科医か、少なくとも医学の教育を受けた人間だ」

「なあ、この男、かなり大柄な男に襲われたって言っていたよな」

月村のセリフにかぶせるように、小早川がつぶやく。

「たしかにそう言っていたね。それがどうかしたのかい？」

月村が訊ねると、小早川はピンセットでつまんでいた糸をクーパー剪刀で切断して声を上げる。

「俺を偽のヘッドハンティングでおびき寄せた男も、かなり大柄な男だったんだよ。俺と同じぐらいの体格だった。あの男がクラウンなんじゃないか？」

梓は編集者を名乗ってインタビューを申し込んできた男を思い出す。たしかに、あの男も羆（ひぐま）のような体格をしていた。

「もしかしてその人、目尻に大きな傷跡がありませんでしたか？」

七海がつぶやくと同時に、梓は目を見開いた。

「ありました！　確かに傷跡がありました！」

「私に声をかけてきた男もだ！」

月村も声を上げる。見ると、小早川と桜庭も頷いていた。

「あの男がクラウンなんですね！」

七海が勢い込んで言う。しかし、月村は小さく首を横に振った。

「いや、たしかにその男は事件には関与しているだろうけど、主犯ではないんじゃないか。これだけ大掛かりな計画を実行しているんだ、犯人は単独犯じゃないはずだ。僕たちに顔を見せているところを見ると、あの男はあくまで共犯者の可能性が高い気がする」

「こんなやばい計画に協力するような奴なんて、そうそういるか？」

小早川が疑問を口にすると、月村は自虐的な笑みを浮かべる。

「十分な金さえ払えば、どんな違法行為でもやってくれる人間は、たくさんいるよ。大学病院の教授なんてやっているとね、そんな人間ともかかわることがあるんだ」

たしかに月村の言う通りかもしれない。けれど、他の見方もある。梓はマスクの下で唇を噛む。もしかしたら犯人は、自分たちを一人たりとも生きてこの病院から出すつもりがないのではないだろうか？　だからこそ、顔を見られても平気だった。

梓は頭を激しく振って、脳内に湧いた恐ろしい想像を追い払った。

月村がピンセットでつまんでいた糸をクーパー剪刀で切った。腹膜を縫い合わせていた糸が全て切断される。

「とりあえずいまは、祖父江さんの腹の中を調べる方に集中しよう」

小早川が「開創器」とつぶやいて、手を伸ばしてくる。梓は傷口を開いた状態で固定するための手術器具を手渡した。小早川と月村は開創器を開いた傷口に固定する。無影灯の光の下、腹腔内が露わになった。

「ここになにがあるっていうんだよ」

小早川は手袋をはめた手を腹腔内に差し込む。

「廊下の指示では、『腹を割って真実を探せ』と書いてあった。つまり、この中に『真実』とやらを探す手がかりがあるはずだ」

月村は腹腔内を凝視しながら、ひとりごつように言った。

「手がかりって、いったいなにが……」

両手で臓器をかき分けていた小早川が、唐突に言葉を切る。

「小早川君、どうかしたかい？」

「ここだ。この中になにかある」

小早川は腹腔の上部にある袋状の臓器、胃を両手で包み込む。

「月村さん、あんたも触ってみなよ」

小早川に促され、月村は胃に触れた。その顔に驚きが走る。

「本当だ！　なにか硬いものが入っている」

「よく見ると胃の表面に縫合した跡があるな。胃を切って、中に手がかりを入れたあと縫い合わせたんだ！」

小早川はクーパー剪刀を手に取り、縫合糸をせわしなく切りはじめる。全ての糸を切ると、小早川は手袋をはめた右手を胃の中に突っ込んだ。

「袋みたいなものが入っているな。ん、なんだ？　ああ、胃壁に糸で固定されているのか。小腸の方に流されないためだな」

小早川は胃の中から黒いビニール袋を取り出すと、それに付いていた糸を無造作に切った。

「倉田さんよ、膿盆(のうぼん)出してくれねえか」

梓は慌てて、内側が大きくへこんだ金属製の盆を差し出す。小早川はビニール袋を裂くと、中身を盆の中に出した。

「スイッチ……？」

梓がつぶやく。それは縦横十センチ、厚さ三センチほどのプラスチック製の機器だった。機器の中心には五百円玉ほどの大きさのボタンが埋め込まれ、側面に小さなアンテナが付いている。

「これが手がかりなんですか？」

患者の頭側から、七海が膿盆を覗き込む。

「ん？　待て、他にもなにか袋に入っている。カードか？」

小早川が袋から名刺ほどの大きさのカードを取り出し、それを掲げる。

単純明快な指示だった。

「このボタンを押せばいいのかな？」

月村がスイッチを手に取り、押そうとする。

「ちょっと待ちなさいよ！」

怒声が部屋に響き渡った。部屋の隅にいたはずの桜庭が、いつの間にか顔を紅潮させて、手術台に近づいてきていた。

「それがガソリンを爆発させるためのボタンだったらどうするのよ。ポリタンクに付いていた装置に、アンテナがあったでしょ！」

桜庭はほとんど息継ぎをすることなくまくしたてる。青ざめた月村は、慌ててボタンに添えた右手をひっこめた。全員の視線が月村の掌に置かれた機器に注がれる。

「たしかに、言われてみればその可能性も考えないと……。じゃあ、これは押さない方がいいかな」月村は部屋にいる人々の顔色を窺(うかが)う。

「それを押さないとなにも先に進まないだろ。あれを見てみろよ」

　小早川はあごをしゃくって、部屋の壁に埋め込まれたタイマーを指す。そこには『4：29：24』と表示されていた。

「このままじゃ、どっちにしろ俺たちは丸焦げになるんだぞ。建物から出るために、この馬鹿げたゲームをどれだけ続けないといけないか分からないんだ。さっさと押して、少しでも先に進むべきだろ」

「でも、押したらガソリンが爆発するかもしれないんですよ」

　七海が恐怖の滲(にじ)む声で言う。小早川は大きく手を振った。

「爆破するためのスイッチなら、わざわざこの男の腹の中に入れるなんて面倒なことしないだろ。その気になれば犯人はいつでも俺たちを殺せるんだ。クラウンって奴は、俺たちがこの下らないゲームに四苦八苦するのを見て、楽しんでいるんだよ。だから、簡単に殺したりしない」

「そんなの、あんたの勘でしかないでしょ」桜庭が金切り声を上げる。

喧々囂々、意見が飛び交う手術室で、梓は俯いて頭を働かせていた。小早川と桜庭、どちらの言い分にも一理ある。押すべきか、押さざるべきか……。

「……田さん。倉田さん」

名前を呼ばれ、梓は我に返る。顔を上げると、全員の視線が自分に向いていた。

「は、はい、なんでしょうか?」

「このボタンを押すかどうか、君が決めてくれないか?」

「わ、私が!?」声が裏返る。

「君はこの手のゲームに詳しいんだろ。僕たちがいくら話し合っても、結論は出そうにない。……君の選択に任せたい」

「そんな……、これは普通のリアル脱出ゲームとは違います。失敗したら、本当に死ぬかもしれないんですよ」

「けれど、犯人は少なくとも、そのリアル脱出ゲームというのを意識し、ここまではそのルールに則って私たちを動かしている。それなら、これからもその基本的なルールは守られる可能性が高い」

「たしかに、そうですけど……」

言葉を濁す梓に、月村は左手に持つ機器を差し出してくる。梓はおそるおそるそれを受け取った。小さな機器だというのに、やけに重く感じる。

「倉田さんの選択に従う。それで文句はないね」

　月村が声を張り上げる。七海は目を閉じ、小早川と桜庭は不満と緊張に満ちた表情を浮かべる。しかし、誰も反論を口にすることはなかった。

「倉田さん……頼むよ」月村が梓の目をまっすぐに覗き込んでくる。

　梓は視線を掌の上の機器に落とす。たしかに、リアル脱出ゲームは好きだった。かつては、毎週のように各地で行われているイベントに参加し、その緊張感に酔いしれていた。

　けれど、ゲームはあくまでゲームでしかない。失敗したとしても、すぐに再挑戦できる。この『ゲーム』は違う。失敗すると同時に、ここにいる全員が生きたまま劫火に飲み込まれて、苦痛に満ちた死を迎える。

　胸が苦しくなる。全身の汗腺から、氷のように冷たい汗がにじんだ。

『大丈夫、心配いらない。きっとうまくいくよ』

　懐かしい声が耳に蘇る。かつて、自分を励ましてくれた声。

　芝本先生……。梓は目を閉じる。瞼の裏に、子供のようにいたずらっぽく微笑む男性の顔が映った。梓は左手を自らの乳房に添える。さっきまで、狂ったように加速していた心臓の鼓動も落ち着きを取り戻していた。梓は口をすぼめると、細く長く息を吐く。

「押します！」

　梓が宣言した瞬間、部屋の空気がざわりとゆれた。

「それで、本当にいいんだね？」緊張で飽和した声で月村が訊ねる。

「はい。私たちは指示通り、このボタンを取り出しました。さらに、はっきりと『ＰＵＳＨ！』という指示が出ています。クラウンがリアル脱出ゲームのルールに則っているなら、これは罠ではないはずです」

　梓はボタンの上に指を置き、押し込もうとする。しかし、指は動かなかった。もし間違っていたら……。はじめてリアルに感じる『死』の圧倒的な存在感を前にして、恐怖が全身の細胞を冒していた。梓は目を閉じると、唇を力いっぱい噛む。とがった犬歯が、唇の薄い皮膚を破る。鋭い痛みが一瞬だけ金縛りを解いた。お願い。心の中で祈りを捧げながら、梓はボタンを押し込んだ。かちっという音が響き、指先に軽い手ごたえがあった。

　梓は瞼を上げてあたりを見回す。その瞬間、天井に取り付けられているスピーカーからアラーム音が響き渡った。

　失敗した!?　梓が絶望に顔を歪めたとき、視線の隅でなにかが動いた。

　なに、これ？　梓は唖然として、出入り口から向かって左側の壁を見る。その一部がゆっくりとせり上がっていた。なんの変哲もなかった壁に通路ができていくのを、梓はただ見つめ続ける。やがて、アラーム音が止まった。

誰もが固まるなか、梓は誘われるように新しく出現した通路に向かった。一人がなんとか通れるほどの隙間を抜けると、広々とした空間があった。その部屋に広がる光景を見て、思考が停止する。

テニスコートほどの大きさの部屋、その壁には一面に紙が貼り付けられていた。よく見ると、それらの紙には雑誌の記事らしきものがプリントされている。しかし、梓の意識はそれらの紙ではなく、正面の壁に注がれていた。唯一、紙が貼られていない壁、そこに大きく赤い文字が書かれていた。

田所病院からの脱出へ
ようこそ!!
クラウン

血で書いたかのように赤い文字。そして壁の前には、ピエロが吊るされていた。身長百五十センチはある、手術用の滅菌ガウンを纏ったやけにリアルなピエロの人形が。

2

梓は立ち尽くしたまま、ピエロの人形を観察する。その両手には天井から伸びる糸が括りつけられ、壁の高い位置、文字の前でバンザイでもするかのような体勢で宙に浮いていた。

ゆっくりと部屋の奥へと進んだ梓は、自分を睥睨しているピエロの人形を見上げる。赤く縁取られ、硝子玉の埋め込まれた両目と視線が合い、背筋に冷たい震えが走った。

背後から足音が聞こえてくる。振り返ると、月村たちが部屋に入ってきていた。

「な、なんなのよ、これ!?」桜庭が悲鳴じみた声を上げる。

「外来待合にあった案内図から考えると、元々は診察室だった部屋なのかな。しかし、まさかこんな大掛かりな仕掛けを作って、手術室と繋げていたなんて……。だから廊下からこの部屋に入る扉が溶接されていたのか。これは、ボタンを押して正解だったってことでいいのかな?」

自信なげに月村が梓に話しかける。

「はい、これが次の手がかりなんだと思います」

冷静に言おうとするのだが、どうしても声が震えてしまう。

「なんだよ、この気味悪い人形は?」

小早川が唇を歪めながらピエロを見上げた。

「あの、田所病院って……、ここがその病院なんでしょうか? なんとなく、聞いたことがある気がするんですけど……」

七海は口元に手を当てて考え込む。田所病院ってもしかして……。梓の胸で心臓が跳ねた。さっき文字を見たときはすぐには気づかなかったが、七海が口にした言葉を聞いた瞬間、忌(いま)まわしい記憶が蘇ってきた。

「……府中(ふちゅう)市の療養型病院だよ。いや、『だった』と言うべきだな」

月村が陰鬱(いんうつ)な声で言う。七海は「ご存じなんですか?」と首を傾ける。

「ああ、よく知っているよ。僕が勤めている景葉医大付属病院は調布にあって、府中から比較的近いからね。そこであんな大事件があったんだ。忘れられるわけがないよ」

「大事件?」七海は訝(いぶか)しげにつぶやいた。

「田所病院は身寄りがなく、しかもほとんど植物状態の患者をすすんで受け入れていた。そして、それらの患者の腎臓を取り出しては、腎移植を希望する金持ちに、大金を払わせて移植していたんだ。つまり、この病院を移植腎臓の見本市にしていたんだよ。数年前、それを知った患者の関係者がピエロの仮面をかぶって押し入って、違法な移植にかかわっていた職員を殺して、最後には自殺したんだ」

「えっ、あの事件ですか!? あの事件があったのが、この病院なんですか？」

七海は目を剝く。それも当然だろう。事件から生還した当直医が語った違法な臓器移植の実態は世間を震撼させた。さらに、有名芸能人や財界人、はては政治家までが自分や家族のために移植腎を買っていたことが分かり、事件は日本中を巻き込む大騒動に発展したのだから。

梓は手術室に手術台が二つ置かれていた理由に思いいたる。臓器移植を受ける者と、臓器を取り出される患者を並べて、効率よく移植手術を行うためだ。となりの部屋こそ、かつて恐ろしい犯罪が行われた現場だったのだろう。

「その田所病院って、一年半前に映画監督の挟間洋之助が倒れていた病院ですよね？ 芝本先生が挟間を見つけたっていう」

七海が身を乗り出して言う。芝本という名前を聞いた瞬間、梓は喉元まで出かかった驚きの声を必死に飲み込んだ。

「あ、ああ、確かにそのはずだけど……。芝本先生っていうのは、もしかして芝本大輝君のことかな？　七海さん、君は彼と面識が？」

「ええ、芝本先生は景葉医大からの派遣で、私と同じ青藍病院に勤めていましたから。芝本先生が挟間監督を運び込んで手術をしたとき、麻酔を担当したのが私なんです。その日、麻酔科の当直医だったので。もしかして、月村さんも芝本先生とお知り合いだったんですか？」

勢い込んで言う七海の言葉に、梓は唖然とする。

七海さんがあの手術の担当。じゃあ、私がここに連れてこられた理由は、『あの事件』に関係しているの？

「芝本君は僕の医局に所属していた。彼は僕の部下だったんだよ」

月村が言うと、七海が目を大きくする。梓も密かに息を呑んだ。

「……俺もだ」小早川が唐突に低い声で言う。「芝本は高校、大学時代の同級生で、卒業するまではよくつるんでいたよ。まあ、俺はそのまま母校の南陽医大で研修して、あいつは景葉医大の初期研修を受けたから、そこからは時々顔を合わせるぐらいだったけどな」

「……ここにいる三人が、芝本君の関係者だということか」

つぶやきながら、月村が梓に視線を向けてくる。

どう答えるべきだ？　梓は迷う。そのとき、唐突に「ねえ、ちょっと」と声が上がる。見ると、桜庭が壁に貼りつけられた紙を指さしていた。

「どうしたんだ？」小早川が桜庭に近づいていく。

梓も桜庭のそばに移動すると、指さされている壁を見た。そこには雑誌のページをコピーした紙が貼られていた。目を凝らし文字を追いはじめた梓の表情がこわばる。

『疑惑のドクター』『呪われた病院の夜』『密室の手術室の恐怖!?』

煽情（せんじょう）的なタイトルが目に飛び込んでくる。それがなんの記事であるか、すぐに分かった。芝本大輝を映画監督殺しの容疑者だと糾弾する記事。

一年半前に起きたあの事件の一ヶ月後から、この手の記事がありとあらゆる雑誌に掲載されるようになった。そのときのことを思いだし、激しい吐き気が胸に湧き上がってくる。

「これは、……芝本君が挟間という男を殺したと臭わせている記事？」

月村が訝しげに目を細めた。

「臭わせているなんてもんじゃありません！　明らかに芝本先生が人を殺したって思わせようとしています！　この記事を読めば誰でも芝本先生が殺人犯だって疑います！」

興奮と怒りで我を忘れ、梓は思わず叫んでいた。すぐに失言に気づくが、口の動きを止めることはできなかった。

「こんなのフェアじゃないです！　全部推測じゃないですか。芝本先生が殺したっていう直接的な証拠なんてなにもないのに、芝本先生の人間性を貶(おとし)めるようなことばっかり、あることないこと書き連ねて……」

舌が縺(もつ)れて、うまく言葉が出なくなる。梓は俯いて唇を結んだ。

「……ずいぶん、その人のことが大切みたいね」

抑揚のない声をかけられ、梓は顔を上げる。桜庭が冷たい視線を向けてきていた。

「それより、これ見てよ」

桜庭はつまらなそうに鼻を鳴らすと、記事の一部を指さす。

『九月十八日の未明、密室と化した手術室ではS医師が怪我(けが)の治療という名目で挟間監督の腹を切り裂き……』

梓はその文字を目で追っていく。

「九月十八日！」七海が声を張り上げた。「そうでした。あの事件があったのって、九月十八日でした。裏口の壁に書かれていた『0918の真実を探れ』っていう言葉。あれって九月十八日に起きた事件の真相を探れってことじゃないですか」

七海の説明に、月村は「おおっ」と声を上げる。

「それだけじゃない。あと、これも見てよ」

桜庭は一つの記事の最後の部分を指さす。そこには記事を書いた記者の署名が記してあった。『SHUNUN　SOFUE』と。

「祖父江春雲⁉　あの男の名前じゃねえか」

小早川がとなりの部屋の手術台に横たわる男を指さす。桜庭が小さく肩をすくめた。

「この記事だけじゃないわよ。他の記事にも、同じ名前が書いてある。きっと、ここに貼られた記事、全部あの人が書いた記事なんじゃない」

「こんなに……」月村は壁一面に貼られた記事を見渡す。

「それで倉田さん、あなたは芝本先生とどんな関係なんですか？」

急に声をかけられ、「え？」梓は横を向く。いつの間にか、隣に七海が並んでいた。その目は疑わしそうに細められている。

「さっき、ここに貼られている記事を見て、芝本先生を必死にかばっていましたよね。芝本先生の知り合いだってことですよね」

「それは……」

言葉に詰まりつつ、周囲を見回す。この場にいる皆が、梓の答えを待っていた。

梓はおそるおそる震える唇を開く。

「芝本先生は……三年ぐらい前まで、ときどき私が勤めている病院に当直バイトに来ていました。それで知り合ったんです」

「その程度の関係なら、あんなに興奮しないんじゃないですか？」

七海は間髪いれずに言った。

「それは……。私はなんというか……、芝本先生のことを尊敬していました」

梓は言葉を選びながら答える。七海は「尊敬？」と眉根を寄せた。

「はい。あの……、私がリアル脱出ゲームのファンだったことは、さっき言いましたよね。芝本先生はその世界ではかなり有名な、ゲームプロデューサーだったんです」

「ゲームプロデューサー？　それってなんですか？」

「リアル脱出ゲームを設計する人のことです。どういう設定にして、どんな謎を作っていくか。そういうことを考えるんです」

「芝本先生がそんなことを？」

「もともとは大学のサークル活動で、小規模なゲームを作っていたらしいです。けれど、芝本先生の作るゲームがとても質が高いということで、学生時代にリアル脱出ゲームの製作会社に声をかけられて、そこのプロデューサーになりました。そこでたくさんゲームを設計して、かなり人気を博したんです」

梓の説明に、七海たちは険しい表情で耳を傾ける。

「医者になってからは、さすがに忙しくてときどき依頼されてアドバイスをするくらいだったらしいです。でも、三年前に大学病院から青藍病院に派遣されてからは、時間的に余裕もできたんで、またリアル脱出ゲームの製作にかかわっていたみたいです」

「……芝本先生の趣味は分かりました。それで、あなたと芝本先生はどんな関係だったんですか」

七海はさらに質問を重ねていく。

「四年ぐらい前、夜勤のときに当直に来ていた芝本先生と雑談したんです。そのとき、芝本先生が有名なリアル脱出ゲームプロデューサーだって分かって。私は以前から、芝本先生が作ったリアル脱出ゲームのファンで……」

「それで親しくなったってわけ？」桜庭が口をはさんでくる。

「べつに親しくなったってほどじゃ……」

「つまり、あなたは芝本先生の熱心なファンだったっていうことですね」

七海のまとめに、梓は首をすくめるように頷いた。

「ファン？　便利な言葉よね、ファンって。本当にそれだけなの？」

やけに刺々しい口調で言いながら、桜庭が近づいてくる。

「そういう桜庭さんは、芝本君とどういう関係なのかな？」

月村が訊ねると、桜庭は「え、私？」と自分を指さした。

「君以外の全員は、芝本君の関係者だった。そうなると、君もそうだと思うのが当然だ」

「関係なんてないわよ」桜庭は首筋を掻いた。

「関係ない？　芝本君を知らないってことかな？」

「そうよ。きっと私だけ、間違って連れてこられたのよ。あんたたち全員が医療関係者なのに、私だけ違うでしょ。犯人は私以外の誰かを拉致するつもりだったのよ」

「本当に医療関係者じゃないんですか？」梓はとっさに口を挟む。

桜庭は「なにが言いたいの？」と脅すような口調でつぶやいた。

「さっき、あの祖父江って男が起き上がって滅菌シートがめくれたとき、あなたは『エピドラ……』って言いましたよね。エピドラなんていう略語、普通は医療関係者以外に知らないはずです。そもそも、あの筒を見ただけで硬膜外麻酔用の器具だって分かるのは、医療関係者ぐらいです」

「……なによ、そのエピドラって？　私はそんなこと言っていないわよ」

桜庭の頰がかすかに引きつる。

「いや、間違いなく言った。僕も思い出した」

「私も聞いた気がします」

月村と七海が同意する。桜庭の頰の引きつりがさらに大きくなった。

「桜庭さん、どういうことか教えてくれないか？　私たちはここから脱出するために協力しないといけないんだ。隠し事はなしでいこう」

月村に問い詰められ、桜庭の顔に逡巡が浮かぶ。

「……分かった」

数秒の沈黙ののち、桜庭がふて腐れたように話しはじめた。

「たしかに私は看護師よ。ちなみに月村さん、四年ぐらい前まで、あなたがいる景葉医大で勤務していた。まあ、婦人科病棟勤務だったから、私の顔を覚えていないのも当然よね。いまは看護師派遣会社からの紹介でクリニックに勤めているから、職業が派遣っていうのは別に嘘ってわけじゃないわよ」

桜庭は悪びれることなく屁理屈をこねる。

「それじゃあ、芝本君との関係は？」

「妻よ」桜庭はつまらなそうに答えた。

梓は目を剝く。月村も目をしばたかせた。

「妻？　君は芝本君の奥さんだっていうのか？」

「正確には元妻ね。一年以上前に離婚して、芝本和子なんて地味な名前から、桜庭和子に戻ったから」

　梓は芝本とかつて交わした会話を思い出す。たしかに、芝本には研修医時代に結婚した年上の妻がいた。ただ、事件があった一年半前にはかなり関係がこじれ、離婚の話し合いを進めていたはずだ。

　この人が、芝本先生の……。梓の胸に、もやもやとした感情が渦巻く。

「なんで、そのことを隠していたんだ？」

　月村が問い詰めると、桜庭は芝居じみた仕草で肩をすくめた。

「あの人と結婚していたことは、思い出したくないのよ。殺人犯と結婚していたなんて、世間体が悪すぎでしょ」

「芝本先生は殺人犯なんかじゃありません！」

　梓は反射的に反論する。桜庭は梓に鋭い一瞥をくれた。

「なんで他人のあんたがそんなこと言えるのよ。あれだけ証拠が出てきた挙句、最終的に自殺したのよ。普通に考えたら、逃げられなくなったから死んだんでしょ」

　違う！　あの人は殺していない！　喉元まで出かけた叫びを、梓は必死に飲み込む。わずかに残った理性が、それを口にするべきでないと伝えていた。桜庭の顔に勝ち誇るような笑みが浮かぶのを、梓は苦々しく眺める。

「とりあえず、ここにいる全員が芝本君の関係者だということだね。けれど、なんで僕たちはここに監禁されたんだ？」月村は腕を組んだ。

「普通に考えたら、一昨年の九月十八日、この病院で映画監督が死んだ事件の真相を明らかにするためじゃないですか。『０９１８の真実を探せ』ってあるんだから」

七海が自信なげに言う。

「僕たちを集めたところで、事件の真相が分かるとは、とても思えないんだけれど……」

月村は訳が分からないと言った様子で、首を左右に振った。

「なあ、……芝本は本当に死んだのか」ぼそりと小早川がつぶやく。

「どういうことだい？」月村が聞き返す。

「クラウンっていう奴は、芝本なんじゃねえか？　あいつは映画監督を殺したって日本中から疑われ、バッシングを受けた。自分の潔白を証明するのと同時に、自分を陥れた人間に復讐しようとしてもおかしくないだろ」

「復讐って、この中に芝本君を陥れた人物がいると？」

「少なくとも、クラウンとか名乗っている奴はそう思っているんじゃねえか？　最初に芝本のことを殺人犯扱いした男はあんな目にあっている。これが復讐だって考えるのはごく自然だと思うけどな」

小早川は手術台に横たわる男を指さした。

「つまりクラウンは、祖父江に復讐したうえで、さらにこのゲームの中で芝本を嵌めた人間を探そうとしているんだよ」

「待ってください！　なんでクラウンは芝本先生が嵌められたと決めつけているんですか？　本当に芝本先生が犯人だったかもしれないじゃないですか。それに、芝本先生が映画監督を殺していなかったとしても、こんなおかしなゲームをやらせて事件の真相に迫ろうなんて、あまりにも異常です」七海が早口でまくしたてる。

「だから、もし芝本がクラウンなら、いまあんたが言ったことを全て説明できるんだよ」

小早川が頭を掻く。七海は「え？」と首をひねった。

「このゲームを仕組んだのが芝本で、あいつが本当に映画監督を殺していなかったとする。そうなると、芝本は自分が誰かに陥れられ、殺人犯に仕立て上げられたってことを知っている。それに同級生だから知っているけれどな、昔からこの手のゲームに対する芝本の熱意は、並外れたものがあった。ゲームの中で復讐をしようと考えても全く不自然じゃないくらいにな」

小早川は天井からつるされたピエロの人形に一瞥をくれる。

「俺も雑誌の記事は少し読んだんだよ。たしか芝本の奴、死んだ映画監督と組んでこの病院でゲームをする予定だったんだろ。もしかしたら、俺たちが巻き込まれているこれは、そのゲームを改造したものなんじゃねえか」

梓は芝本との記憶を思い出す。事件が起こる前、あの人は何度も、この田所病院で行う予定のゲームについて熱く語ってくれた。

計画を持ち掛けられた当初は、実際に違法な臓器移植が行なわれ、人が死んだ場所をゲームの会場にすることに抵抗があったらしい。けれど、挟間洋之助に説得され、さらに魅力的なアイデアを思いつくにつれ、その抵抗感は素晴らしいゲームをプロデュースできるという喜びにかき消されていったようだった。

あの人のそういう子供っぽいところに、私は呆れながらも惹かれていった……。

「芝本先生がクラウンのわけがないです！」梓は声を張り上げる。「先生は、純粋にリアル脱出ゲームを愛していました。あの人がゲームを使って復讐なんてするわけがありません！」

「あら、あの人のことよく知っているのね、あなた」

桜庭が揶揄してくるが、梓は聞こえないふりをする。

「……あんたさ、芝本がどんな目に遭ったか知らねえわけじゃないだろ」

小早川は陰鬱につぶやいた。意味が分からず、梓は眉根を寄せる。

「あいつはな、急に殺人犯のレッテルを貼られたうえ、数ヶ月間マスコミに追われまくったんだぞ。常に行動を監視され、それどころか過去のありとあらゆるプライバシーが暴かれた。高校時代の卒業文集が雑誌に載ったり、ワイドショーのキャスターが、学生時代の恋人にインタビューしたりまでしたんだ。そんな仕打ちを受けて、まともでいられると思うか？　完全に別人になったって不思議じゃないだろ」

「そんなこと……」

あるわけないと続けたかったが、言葉が出なかった。芝本が世間からの容赦ないバッシングを受けていた数ヶ月、梓は彼とは連絡を取らなかった。その間に芝本にどんな変化があったのか、梓には分からない。

「けれど、芝本君は自殺したはずだ。彼が犯人のわけがない」

月本が大きく手を振る。

「本当に死んだのが芝本だって言い切れるのかよ？」

小早川のセリフに、皆が目を大きくした。

「たしか芝本は、自分の車ごと海に突っ込んで自殺したことになっている。車が引き上げられたのは、二、三日後だったはずだ。遺体は一目じゃあ誰だか分からないぐらい損傷していたかもしれない。だとすれば、他人と入れ替わっていないとは言い切れない」

「でも、警察なら本人確認ぐらいするでしょ」

桜庭が鼻の付け根にしわを寄せる。小早川はおどけるように両手を広げた。

「本人確認ってどうやってやるんだ？　妻のあんたが確認したのか？」

「……私はしてないわよ。あの人がマスコミに叩かれはじめてからすぐに離婚して、完全に没交渉だったから。他の人が確認したんじゃないの？」

「その『他の人』っていうのが誰だか知らないが、そいつが芝本の仲間だとしたら、警察に嘘の証言をしたかもしれない。そうすれば、晴れて芝本は死んだことになり、マスコミに追われなくなる。じっくりと復讐の計画を練る余裕ができたはずだ。そして、あの目尻に傷跡のある大男を使って、計画を実行に移した」

あまりにも強引な仮説、しかしそれに反論を述べる者はいなかった。いま自分たちが置かれている異常な状況が、その可能性を完全に否定することを許さなかった。

「あの……、犯人が誰かより、このあとどうするかを話し合うべきじゃないでしょうか？」

七海が小さく手を上げる。得意顔だった小早川は、急に不機嫌そうな表情になった。七海は首をすくめながらも話し続ける。

「クラウンが誰か分かったとしても、ここから脱出する助けにはならないと思うんです。それどころか、正体がばれたクラウンがあの装置で火を放って、私たちの口を封じようとするかも……」

恐ろしい想像に梓たちは言葉を失う。小早川の喉からうめき声が漏れた。

十数秒の沈黙のあと、重くなった空気を振り払うように、月村が手を合わせる。

「とりあえず、七海さんの言う通り、まずはここから脱出することに集中しよう。犯人の正体は助かった後に、ゆっくり考える。それでいいね」

月村に声をかけられた小早川は無言で頷いた。

「それじゃあ、倉田さん。この後、僕たちはどうすればいい？」

急に話を振られた梓は、「はい？」と声を裏返す。

「だから、このあと僕たちが取るべき行動だよ。『0918の真実を探れ』というのが、一昨年の九月十八日になにがあったのかを明らかにすることだということは分かった。次に私たちはなにをするべきなんだ？」

「そ、そうですよね……」

次々と明らかになってくる事実に衝撃を受け、この後のことを考えていなかった。壁の文字、天井につるされたピエロ、無数の記事コピー、そして通路の奥、手術室にある三つの金庫を梓は素早く見回していく。

「多分、手術室の金庫を開けるんじゃないかと思います」

「あの中に指示があるってことか？」

小早川は手術室にもどり、麻酔器の後ろにある金庫に近づくと、しゃがみこんで扉のレバーに手をかけた。梓は通路を通してその光景を見守る。しかし、前腕に血管が浮き出るほどに小早川が力を込めてレバーを引いても、金庫の扉はピクリとも動かなかった。小早川は続けて、他の二個の金庫でも同じようにレバーを引くが、結果は同じだった。

「鍵がないと開かねえな、これは」

小早川が立ち上がる。そのとき、梓の隣にいた七海が「あっ！」と声を上げた。

「ピエロです。ピエロの手を見てください！」

七海は頰を赤く染めながら、醜悪な笑みを浮かべているピエロの人形を指さす。梓は振り返って目を凝らす。ピエロの右の手元で、蛍光灯の光がかすかに揺れた。

「鍵!?」

梓は目を見開く。ピエロの右手、そこに小さな鍵が括りつけられていた。

「そうです！　鍵です！　ピエロが鍵を持っているんです！」

七海が興奮した声を上げると、手術室から戻ってきた小早川がピエロに大股で近づき、その足を無造作に摑んだ。梓が制止の声をかける間もなく、小早川は力を込めて足を引く。天井のフックとピエロの手をつないでいた糸が音を立てて切れ、ピエロは小早川に足を摑まれたまま逆さづりになる。

「そのピエロになにか罠が仕掛けられていたらどうするんですか!?　もっと慎重になってください！」

抗議の声を上げる梓の前で、小早川は面倒くさそうに手を振った。

「心配しすぎなんだよ、こんな人形になにができるって……」

小早川がそこまで言った瞬間、ピエロから甲高く耳障りな笑い声が響いた。小早川は慌てて手にしていたピエロの足を放した。床に横たわったピエロは、笑い声を上げ続ける。この場にいる誰もが、恐怖と嫌悪が混じった目でピエロを見下ろす。

「……なんなんだよ、これは」

小早川は緊張の面持ちでピエロの傍らに膝をつくと、ピエロが纏っている手術用滅菌ガウンの裾を指で摑んで、ゆっくりと持ち上げていく。雑な作りの胴体が露わになる。そこには笑い袋、スイッチを入れると笑い声を発し続けるパーティーグッズが、ガムテープで固定されていた。きっと、天井から下ろすと作動するようにセットされていたのだろう。

「ふざけやがって！」

小早川はピエロの胴体から笑い袋を取り外すと、勢いよく床に投げつける。部屋に響き渡っていた笑い声が消え去った。しかし、怒りが収まらないのか、小早川は何度も何度も繰り返し、笑い袋を踏みつけた。電子部品が辺りに散乱する。

「小早川君、それくらいにしよう」

月村に諭され、小早川は足の動きを止めた。肩で息をしながら、小早川は腰を曲げ、ピエロの手に細い糸で固定されていた鍵を手に取る。

「これで金庫を開ければいいんだな！」

怒鳴りつけるように訊ねられ、梓は思わず一歩後ずさった。

「たぶん、そうだと思います……」

「たぶんじゃ困るんだよ！」

大きく舌打ちしながら、小早川は手術室に戻ると、金庫の前に膝をついた。手に持った鍵を金庫に伸ばす。しかし、鍵を鍵穴に差しこむことはできなかった。

「なんだよ、サイズがあってねえじゃねえか！　鍵穴が小さすぎる！」

小早川は吠えると、残りの二つの金庫に差し込もうとする。しかし、結果は同じだった。

「ちくしょう！　この金庫の鍵じゃねえ！」

小早川は鍵を床に叩きつける。梓は慌てて跳ねた鍵を拾った。

「開かなかったぞ！　どういうことだ！」小早川が梓に詰め寄る。

「私はその可能性が高いと思っただけで……。他の鍵の可能性も……」

「他ってどこだよ!?　さっさと教えろよ！」

「ちょっと、いい加減にしなさいよ！」

それまで黙っていた桜庭が、突然声を上げた。

「迷惑だから、一人でパニックにならないでくれない。あんたみたいな大男が暴れていたら、落ち着いて考えることもできないでしょ」

小早川に睨みつけられても、桜庭は引き下がることなく言葉を続ける。

「さっきからあなた、時間がないって騒いでるじゃない。いま、あんたが他の人に当たり散らしていることで、その貴重な時間が消費されているのよ。分かったら、その口をつぐんで」

小早川の顔が紅潮していった。この大男が桜庭に殴りかかるのではないかと、梓はハラハラしながら事態の推移を見守る。やがて、細かく震えていた小早川の拳から力が抜けていった。

「……分かったよ」

ふて腐れたような態度でつぶやいた小早川は、緩慢な動きで手術室の端に移動すると、壁に背中を預けた。予想外の反応に梓は拍子抜けする。

「あんたも、いつまでもぼけっとしてないでよ。その鍵で金庫は開かなかった。それじゃあ、これからどうするの？」

「え、えっとですね……」梓はしどろもどろになりながら立ち上がる。

「階段の鍵……じゃないですか？」

麻酔器のそばに戻っていた七海が、自信なげにつぶやく。

「階段？　どういうことよ？」桜庭が首をひねる。

「その鍵って、当直室で見つけた鍵に似ている気がするんです。二階から一階に下りる階段を開けた鍵。たしか、二階から三階に上がる階段も鉄格子で閉まっていましたよね」

「じゃあ、この鍵で三階より上に行けるってこと？」

「かもしれないと思っただけですけど……」

七海は小さくうなずく。梓は掌の上にある鍵を見た。たしかに、当直室で見つけた鍵に似ている気がした。

「じゃあ、みんなで二階に行きましょうよ」桜庭が全員を促す。

「あの……、私はここに残ります」七海が首を横に振った。「祖父江さんを見ていないと。この年齢で一週間も監禁されたうえ、拷問まで受けたんです。急変する可能性もあります」

「いまは安定しているんだから、少しぐらいほっといても平気でしょ」

「でも、万が一急変したら、誰か付いていないと対応できません」

そんな男にそこまで気を使う必要があるのだろうか？　芝本を告発する無数の記事が壁に貼られた診察室を横目で見る。この男のせいで芝本先生は全てを失った。この男なんてどうなっても……。医療に携わる者として、そんなことを考えるべきではないと分かっている。しかし、芝本を追い詰めた祖父江に対する怒りが胸の奥に燻り続けていた。

喉にものが詰まっているような不快感をおぼえつつ、梓は口を開く。

「それじゃあ、七海さんはここに残ってください。他のみんなで二階に行って、鉄格子を開けられるか確認します」

「待ってください！」七海が甲高い声を上げる。「一人でここに残るんですか!?」

「一人じゃねえよ。祖父江がいるだろ」

小早川が皮肉っぽく言う。七海はきっと小早川を睨んだ。

「揚げ足を取らないでください！　こんな気味の悪い部屋に一人で残されるなんて、絶対に嫌です。誰か残ってください」

「おい、姉ちゃん。状況が分かっているのかよ。時間がねえんだぞ」

「分かっています。けれど、ここに一人で残るのは嫌です」

「それじゃあ、僕がここに残ろう」月村が言う。

「なに言っているんだよ。三階に行けたとして、そこでどんなことをさせられるか分からないんだぞ。人手は多い方がいいだろ」

「その通りだけれど、七海さんの気持ちも分かる。それに、祖父江さんを閉腹する必要がある。君たちが上の階に行っている間、私は七海さんと一緒にここで祖父江さんの腹を閉じる。それでいいじゃないか」

月村の提案に、小早川は唇をへの字に歪めて黙り込んだ。

「もうそれでいいわよ。私たち三人でさっさと行きましょう」

桜庭に促された小早川は、かすかに頷いて出口に向かう。梓も並んで歩く二人のあとを追った。廊下を抜け、ガソリン入りのポリタンクが置かれた外来待合を横切った梓たちは二階へと上がり、上り階段にある鉄格子の前までやって来る。

桜庭に「さっさとやってよ」と促された梓は、手にしていた鍵を南京錠に差し込んだ。手首を返すと、小気味いい音とともに錠が外れる。小早川と桜庭が小さな歓声を上げた。梓は慎重に鉄格子を引いて開けると、桜庭たちとともに階段を上っていく。踊り場を折り返したところで、梓は足を止めた。

明かりを消す

の中を探せ

クラウン

二階から見えない位置の階段の壁に、大きくそう書かれていた。

「明かりを消す？　死ね？　どういうことだよ」「なんなのよ、これ？」

小早川と桜庭が気味悪そうにつぶやく。

「多分、これがヒントなんだと思います。……行きましょう」

梓たちは階段を上り、蛍光灯に照らされた三階のフロアへと到達する。階段の右手には荒れ果てたナースステーションがあり、正面には廊下が伸びていた。廊下の左右に四つずつ、病室への入り口が見える。

「四階には上がれるみたいね」

桜庭がつぶやく。その言葉通り、四階へと上がる階段には鉄格子は付いていなかった。梓たちは少し迷ったあと階段を上がっていった。

「ここも同じつくりか……」

四階に到着すると、小早川は周囲を見回す。たしかに四階は三階とほぼ変わらぬ作りになっていた。唯一違うのは、五階へと上がる階段が鉄格子と南京錠で固く閉ざされていることぐらいだった。

「これじゃあ院長室には行けないじゃない。三階と四階を探せってことなの？」

「はい、たぶんそうだと思います」

こめかみを掻く桜庭に梓は答える。

「じゃあさ、この手のゲームに慣れているあんたは、一人で三階を探してよ。私とこの人はこの階を探すから」

桜庭は自分と小早川を指さす。一瞬、一人になることに抵抗をおぼえるが、粗暴な言動の目立つ小早川といるのは怖かったし、桜庭と二人っきりになることも抵抗があった。梓は「分かりました」と階段を下りていく。

三階に着いた梓は、とりあえずナースステーションを歩き回る。カルテの置かれていないカルテラック、空の器材棚、埃の溜まったデスクや椅子などが散乱しているステーション内は不気味だった。他の階と同じように、窓は念入りに溶接されていて、とても開きそうにない。

ステーションの奥にある看護師控室を覗き込むと、小さな冷蔵庫や本棚、ところどころに破れのあるソファーベッドなどが置かれている。梓は冷蔵庫を開けてみるが、中にはなにも入っていなかった。

梓はナースステーションを出ると、廊下を進み左右に並ぶ病室の中を覗き込む。各部屋に四床ずつ安っぽい入院ベッドが置かれていた。ベッドの周りを隠すためのカーテンには汚れが目立ち、床頭台には埃をかぶったブラウン管テレビが置かれている。部屋のいくつかには、点滴棒や車椅子が放置されていた。いかにもな廃病院の雰囲気に顔をしかめながら、梓は廊下を突き当りまで進んだ。そこにあるエレベーターの扉も、やはり溶接されていた。

おそらくこの三階か四階に、手術室の金庫を開けるための鍵が隠されているはずだ。しかし、広い病棟で鍵のような小さなものを見つけ出すのは難しい。もっと探すべき場所を絞らなくては。

「明かりを消す……。たぶん、あれよね」

ひとりごちながら梓は廊下を戻っていく。ナースステーションの前に来たとき、四階から小早川と桜庭が下りてきた。

「なにか見つかりましたか？」

梓が声をかけると、桜庭は大仰にかぶりを振った。

「見つからないわよ。色々なものがごちゃごちゃ散乱しているんだもん。こんなの全部探していたら、それだけでタイムリミットになっちゃう」

「もしかしたら、探す場所を絞り込めるかもしれません」

「本当に？」

「階段の壁の文章がきっとヒントなんです。あそこには『明かりを消す』って書かれていましたよね。あれって、リアル脱出ゲームですごくポピュラーな手法を指しているんだと思います。こっちに来てください」

　梓は手招きしながらナースステーションに入っていく。

「なにか分かっているなら、さっさと教えろよ」

　小早川の文句を聞き流しながら、梓は壁にあるスイッチに近づく。

「『明かりを消す』、つまり消灯して辺りを暗くすれば、ヒントが見えてくるんだと思うんです」

「待って！　ピエロの口の中に『死ね』って書いてあったでしょ。明かりを消したら、罠が作動したりするんじゃないの」桜庭が嚙みついてくる。

「……その可能性もあります」

「じゃあ、危ないじゃない！」

　そう、ずっとあのピエロの口に書かれた不吉な言葉が気になっていた。桜庭の予想が正しい可能性も否定できない。だからこそ、明かりを消すことに思い至りながらも、すぐには行動できなかった。けれど……。

「けれど、このままではどっちにしろ、私たちは殺されます。それに、クラウンの目的は私たちを殺すことじゃなく、九月十八日になにがあったのか知ることのはずです。電灯を消すことで危険が及ぶ可能性は低いと思います」

「でも……」桜庭の目が泳ぐ。

「やるしかないんです。これからどれだけこのゲームが続くか分からない。急がないと時間切れになるかもしれません」

　梓が説得すると、桜庭は険しい表情で数歩後ずさった。小早川もそれに倣う。梓は唇を舐めると、電灯のスイッチに手をかけた。

「消します！」梓は全てのスイッチをオフにする。周囲が闇に満たされた。

「うおお!?」「ああっ！」小早川と桜庭の声が響く。

……良かった。梓は安堵の息を吐いた。ナースステーションの壁に出現した、薄く光るピエロの顔と文字を見て。

「なんなのよ……これ？」闇の中、桜庭の声が聞こえてくる。

「蛍光塗料です。浴びた光のエネルギーを蓄積して、暗くなったときに光るんです。電灯を消すことによって、蛍光塗料で書かれた文字を浮き上がらせる。リアル脱出ゲームでは古典的な手法です」

　梓はピエロの絵と文字が描かれた壁に近づいていく。塗料からかすかに光が発されているものの、自分の足元すら見えないほど暗い。転ばないよう慎重に進みつつ目を凝らして壁を眺めた。

Ha Ha. You think
「明かりを消す」means
turn light off ?
YOU ARE SO FOOL !
CLOWN

その文字は、闇の中に浮かんでいるように梓には見えた。

3

英語がそれほど得意でない梓にも、壁に書かれたその英文の意味は分かった。

「なによ、これ!?　どういう意味よ！」

「ハッハッ。『明かりを消す』が電灯を消すことだと思ったのかい？　君たちはとても愚かだね。……そう書いてある」

小早川が硬い声で文章を訳した。

「それくらい、訳さなくても分かるわよ。馬鹿にしないで！　私が言っているのは、これがどんなヒントかっていうことよ！」

桜庭の金切り声が響いた。梓はゆっくりとスイッチの前まで戻ると、電灯をつける。まばゆい光が降り注ぎ、ピエロの顔は消え去った。

「たぶん犯人は、私たちはこうやって明かりを消すのを見越していたんだと思います。そして、それをやった私たちを馬鹿にしたんです」

桜庭と小早川の顔が引きつるのを見ながら、梓は考える。こちらが明かりを消すことを、犯人は読んでいた。それは不思議ではない。リアル脱出ゲームの経験がない者でも「明かりを消す」とあれば、電灯を消そうと思うだろう。それを予想したうえで、犯人は間違いであるというメッセージを送ってきた。けれど、これもある意味ヒントなのではないだろうか？

「……なんで英語だったの？」梓は口元に手を当てる。

これまで、指示は全て日本語で記されていた。それなのに、この部分だけ英語で記されている。それにピエロの頬にも星条旗が書かれていた。

「明かりを消す」という指示は単に消灯することではなかった。そして星条旗のピエロの口に書かれた『死ね』という文字……。

梓の口から「あっ！」と声が上がる。

「どうした？」小早川が視線を向けてくる。

「階段に書かれていた文章、おかしくなかったですか」

「おかしい？ そりゃあ、こんなことする奴、まともなわけ——」

「そうじゃありません。ピエロの口に書かれている『死ね』という言葉を取って読むと、『明かりを消す、の中を探れ』になります。普通なら『明かりを消し、中を探れ』のはずです。言い回しがおかしいですし、明らかに『の』が余計です」

「……まあ、そうだな」

「それに今回、ピエロが急に英語を使いだしたのも、文章の真ん中にピエロの絵が描かれていたのも違和感があります」

「いったいなにが言いたいのよ！ さっさと結論を言ってよ！」

桜庭が苛立たしげに言う。梓は一度深呼吸をすると口を開いた。

「これは暗号です」

「暗号？」小早川が太い眉の間にしわを刻む。

「そうです。さっき明かりを消したときに出てきた文字とピエロの絵、あれもヒントだったんです。『明かりを消す』は実際に明かりを消せという意味ではない。そして、星条旗をつけたピエロは英語で喋る。それが手がかりです」

梓は興奮してまくし立てるが、小早川たちの反応は芳しくなかった。

「なに言っているんだ、あんた？　意味が分からねえよ」

「ですから、暗号です。『明かりを消し』じゃなくて『明かりを消す』だったのは、それが後ろの『中を探せ』に直接かかっていないからなんです。そして、『明かりを消す』を言い換えると……『消灯』になります」

「それがどうしたんだよ？」

「最後まで聞いてください。次に、ピエロの口に書かれていた『死ね』という単語です。一見したところ、私たちを脅しているように見えましたけど、あのピエロが英語を喋ると考えると、違う見方ができます。『死ね』を英語にすると……」

「Die……だな」小早川が押し殺した声でつぶやく。

「そうです。そして『消灯』と『Die』を組み合わせると……」

「しょうとう……だい。床頭台⁉」

小早川と桜庭が、同時に目を大きくする。

「そうです。『床頭台の中を探せ』。それこそがあの暗号に隠されていたメッセージなんです！」

小早川が「じゃあ……」と振り返る。

「はい。三階と四階の病室にある床頭台。その中を探せばいいはずです」

梓が言い終わらないうちに、小早川と桜庭は身を翻していた。小早川は四階に駆け上がり、桜庭は手近な病室へと駆け込んだ。梓は廊下の奥の病室へと向かう。

埃っぽい病室に入った梓は、次々に床頭台の抽斗を開けて中を調べていく。最初の部屋を調べ終わり、隣の部屋を調べはじめたとき、遠くから「あったぞー！」という小早川の声が聞こえてきた。梓は病室を出る。

「あった！　本当に床頭台の抽斗の中にあった」

興奮に顔を紅潮させながら階段を下りてきた小早川の手には、南京錠のものより高級感のある鍵が握られていた。

「やったじゃない！」

桜庭が小早川に駆け寄り、二人は笑顔で見つめ合う。

「それじゃあ、手術室に戻りましょう」

梓は軽く首をひねりつつ、二人を促して一階へと下りていった。

小早川たちとともに手術室へ戻った梓は、息を乱しながら報告をする。月村と七海が同時に顔を上げた。

「見つけました！」

「見つけたって、そこの金庫を開ける鍵をかい？」

「ああ、そうだ。俺が見つけたんだ」小早川は胸を張って鍵を掲げる。

「それじゃあ、早くその金庫を開けてくれ。かなり時間が経っている」

月村のセリフを聞いて、梓は壁に埋め込まれているタイマーを見上げる。その液晶画面には『3：41：09』と表示されていた。

「すぐに開けるって」小早川は金庫に近づいていく。

「月村さん、七海さん。祖父江の状態は？」梓は手術台を覗きこんだ。

「大丈夫、バイタルは安定しているよ。君たちが金庫の鍵を探している間に、腹腔内の洗浄と、閉腹も終わった」

「それじゃあ、もう麻酔から醒ますんですか？」

「たしかに醒ますことはできますけど……」七海が歯切れ悪くつぶやく。

「ちょっと、その男を覚醒させるつもりじゃないでしょうね!?」

梓たちの会話を聞きつけた桜庭が、鋭い声で言う。金庫の前にしゃがみこんでいる小早川も、振り向いてこちらを見た。

「けど、胃の中のボタンを取り出して、閉腹も終わったんだから、麻酔から醒ますのが当然なんじゃ……」梓は戸惑う。

「さっき、その男がなにをしたのか見ていなかったわけ？　メスを振り回したのよ。目を覚ましたらまた同じことをするに決まっているじゃない。脱出できるまでは麻酔をかけておくべきよ」

本当にそれでいいのだろうか？　梓は月村に視線を送る。

「僕も桜庭さんの意見に賛成だ」月村は顎を引いた。「目を覚ましたら、祖父江さんは暴れ出す可能性が高い。そうなると、血圧が上昇したり、傷口が開いたりして、本人が危険な状態になる。それよりは眠らせておく方が、本人のためにもなる」

七海が頷いて、月村の意見に賛意を見せる。外科医と麻酔科医にそう言われては、反論のしようもなかった。

「そっちの話は済んだか？　こっちは開きそうだぜ。この一番右側の金庫の鍵だった」

小早川が声をかけてくる。全員がひざまずいている小早川に近寄った。小早川が右側に置かれた金庫のレバーを回す。さっきは微動だにしなかったレバーが軽く動き、錠が外れる音が響いた。梓は背伸びをして、開いた金庫を覗き込む。中には四つの茶封筒と、小さな機器が置かれていた。

「なんだ、こりゃ？」小早川は茶封筒の上に置かれた機器を手に取る。

「ICレコーダーだね」月村がつぶやいた。「会話なんかを録音するときに使うんだ。ちょっと見せてもらっていいかな？」

小早川からICレコーダーを受け取った月村は、慣れた手つきで操作する。

「音声データが一つだけ入っているみたいだ。犯人からの指示かもしれない。再生してみよう」

月村がボタンの一つを押すと同時に、絶叫が部屋に響き渡った。耳元にＩＣレコーダーを近づけていた月村は顔をそむける。

『やめてくれ！　もうやめてくれ！　本当にもう全部話したんだ！　知っていることは全部言ったんだ！』

録音機から男の懇願する声が聞こえてくる。梓たちの表情がこわばった。

『本当か？』

男のものとは明らかに異なった声が響く。地の底から聞こえてくるような低く籠（こも）った声。梓は有名なＳＦ映画に出てくる、黒い仮面をかぶった悪役を思い出す。おそらくボイスチェンジャーで声を変えているのだろう。

『本当だ。だから……もうやめてくれ』男が息も絶え絶えに言う。

『お前の名は？』低い声が訊ねた。

『なに言っているんだ？　そんなの分かって……』

『お前の名は！』

ハウリングでも起こしたかのように声がひび割れる。梓は思わず両手で耳を覆った。

『わ、分かった……。怒鳴らないでくれ。俺は祖父江春雲だ。これでいいだろ』

梓は目を剝く。この声が祖父江のものだとすると……。背筋に寒気が走った。いま聞いているこの音声。これはきっと、祖父江が拷問された際のやり取りを録音したものなのだろう。一通り祖父江を痛めつけて情報を搾り取ったあと、犯人はこの音声を録音した。……私たちに聞かせるために。

『お前は芝本大輝を映画監督殺しの犯人だと記事で告発し、それによって名を上げた。そうだな』

『そ、そうだ。あの芝本って奴は、きっと挟間を殺して……』

『黙れ！』

一喝され、祖父江が小さく悲鳴を上げる。

『訊かれたことだけに答えろ。お前はなぜ芝本について記事を書いた？』

『さっきも言っただろ。情報提供があったからだよ』

『どんな情報だ？』

『挟間って有名な映画監督が死んだ事件が、実は事故じゃなく殺人で、その第一発見者の医者が犯人だっていう情報だ』

『なんで、お前に情報提供があったんだ？　お前みたいな三流の記者に』

『情報が送られてきたのは、俺だけじゃない。あとで知ったんだけど、有名な週刊誌とか新聞社にも情報は送られていた。けれど、そいつらは記事にしなかったんだ』

『なぜ、お前以外の記者たちは記事を書かなかった？』

　低く籠った声は、淡々と質問を重ねていく。

『誰からの情報か分からなかったし、犯人が芝本っていう奴だっていう明らかな証拠があったわけでもない。しかも告発する相手は医者だ。下手（へた）なことを書けば名誉毀損で訴えられて大変なことになる。いつも偉そうにふんぞり返っている一流の記者は、そういう情報には手を出さねえんだ』

『けれど、お前は記事にした』

『そうだ。たしかに直接的な証拠はなにもなかったけれど、他のことについては詳細な情報が提供されていた。主に芝本のプライベートについてな。俺はすぐにピンと来たんだ。これは身内の告発だって。芝本に近い人物の中に、あいつが映画監督を殺したと疑っている奴がいるんだってな』

　祖父江は声を上ずらせつつ、早口で言った。

　身内の告発。梓は目だけ動かして周囲の人々を見る。

『直接的な証拠はないにもかかわらず、お前は芝本大輝を殺人犯として告発したのか？』声に怒りが滲む。

『俺が記事を書いていたのは、眉唾もののスキャンダルしか載せていない、三流もいいところの雑誌だ。あれに書かれている記事が本当だと思う奴なんて、ほとんどいないはずだったんだ！』

『……けれど、実際は大騒ぎになった』

『映画監督の知り合いの有名俳優が俺の記事を読んで、ブログで取り上げたんだ。そのおかげで、日本中に拡散していった。それを見て、有名な雑誌からも俺に執筆依頼がくるようになった。俺はそれに新しい情報をどんどん書いていったんだ』

『どうやって新しい情報を手に入れていた？』

『勝手に送られてくるんだ。きっと、最初に俺だけが記事にしたのを見て、俺に情報を送ることを決めたんだよ。本当に色々な情報が送られてきた。芝本は両親が離婚して母親に引き取られ、その母親が病死したこととか、学生時代の恋人についてとか。卒業文集のコピーまで』

誰かが、芝本先生のプライベートを祖父江に提供し、殺人犯として告発させた。そのせいで芝本先生は……。ＩＣレコーダーから聞こえてくる会話を聞きながら、梓は拳を握りしめる。

『誰が情報を提供した！　誰だ！』怒声が部屋に満ちた。

『だから、さっきから何度も言っているだろ。知らないんだ。情報は俺が使っている事務所に定期的に郵送されてきた。俺はそれを受け取って、そのまま雑誌に書いただけなんだ』

『……お前はそれを、情報の確認もせず記事にしたんだな？』

『それは……』

祖父江の弱々しい声にかぶせるように、ボイスチェンジャーで変換された気味の悪い声が響く。

『もう一度だけ聞く。お前に情報を提供していたのは誰だ？』

『本当に知らないんだ。お願いだから信じてくれ！　もう解放してくれ』

『そうか……』声に危険な響きが混じる。『なら、お前にもう用はない』

『お、おい。なにするつもりだ？　やめろ！　お願いだからやめてくれ！』

次の瞬間、悲痛な叫び声が響き渡り、そしてなにも聞こえなくなった。

「……録音はここで終わっている」

月村が陰鬱な声でつぶやく。梓はゆっくりと振り返り、手術台に横たわる男を見た。拷問されたということは本人の口から聞いていたが、音声を聞くことでその情景がリアルに想像できた。

「これで、祖父江だけがなんで扱いが違うのか、分かったな」

小早川は渋い表情で手術台を指さす。

「そいつは芝本があんなことになった元凶だ。だから、拷問されたうえ、腹を裂かれて胃にボタンを埋め込まれた」

「だれがこんなことを……」七海は口元に手を添える。

「さあな。芝本本人かもしれないし、芝本の関係者かもしれない……。もしかしたら目尻に傷跡のあるあの大男は、芝本の身内だったのかもな。あんた、芝本と結婚していたんだろ。あいつに家族はいなかったのか？」

小早川に声をかけられた桜庭は、表情をこわばらせながら口を開いた。

「あの人は家族のことはほとんど話さなかったのよ。たしか、両親は十年以上前に離婚して、それから父親とはほとんど連絡を取っていなかったはず。母親は元外科医で、五年ぐらい前に癌で亡くなっている。あと弟か妹がいて、その人もたしかカナダかどこかで外科医をしているとか言っていた気がするけど……」

桜庭のセリフを聞いて梓は思い出す。たしかに、芝本の口からカナダに血縁者がいると聞いたことがあった。

「元旦那のことなのに、ほとんど知らないのかよ？」

「仕方ないでしょ。あの人が話したがらなかったんだから」

桜庭が嚙みつくように言う。小早川は大仰に肩をすくめた。

「なんにしろクラウンは、芝本本人かその関係者で間違いないってわけだな。これで一歩前進だ」

「でも、祖父江さんを拷問するのはまだ分かるが、なんで僕たちまで監禁されているんだ？　僕は芝本君になにもしていないぞ。それどころか、大学から解雇されそうになった彼を、必死に助けようとしたんだ。最終的には、力及ばず彼は解雇されてしまったけど」

月村がつぶやくと、七海が金庫をゆっくりと指さした。

「もしかして、あの封筒に手がかりが入っているんじゃ……」

全員の視線が四つの封筒に注がれる。小早川が一番上に置かれていた封筒を手に取り、その上部を無造作に破いて中身を取り出した。中からは、クリップで閉じられた十数枚の紙が現れた。

「ああ？　なんだよ、これは。『景葉医大教授会議事録』？　一昨年のものだな。月村さん、あんた景葉医大に勤めていたよな」

小早川が声をかけるが、月村が答えることはなかった。その表情はこわばり、唇がかすかに震えている。小早川は首をひねると、手にしている紙をめくっていく。やがて、紙をめくる手の動きが早くなっていった。

「……なあ、月村さん。これはどういうことだ？　この議事録によると、あんたから教授会に、芝本の処分を求める声明が提出されたってことになっているぞ。あんたの発言も全部載っている」

小早川は議事録を掲げると、空いている方の手で叩いた。

「芝本は普段から勤務態度が悪く、外科医としての技量も不十分だった。また、反社会団体との関係も噂されていた。今回、雑誌に掲載された件も事実である可能性は否定できない」

小早川は横目で書類に書かれた文字を読み上げていく。

そんな……。梓は小早川に近づくと、その手から議事録を奪い取った。小早川が睨んでくるが、無視して書類に目を通していく。

「なんなんですか、これは!?」梓は顔を上げて月村を睨む。「さっきあなたは、芝本先生を必死に守ろうとしたって言っていたじゃないですか。けれど、この議事録では、あなたが先陣を切って芝本先生を切り捨てています」

「それはだね……。色々と事情があって……」

月村は目を泳がせる。その態度で、梓は議事録が本物だと確信する。

「なんでこんなことを？　部下を守るのが上司の責任じゃないんですか？」

梓が問い詰めると、月村は表情を歪めて睨み返してきた。

「君になにが分かるっていうんだ！　私は芝本君の上司である前に、医局の責任者なんだ！」

「なにを言って……？」

「芝本君のことが雑誌に載って以来、毎日のように記者が病院に押しかけたんだ。奴らはハイエナだ。病院の職員だけならまだしも、患者にも誰彼かまわずインタビューをして、芝本君についての情報を聞き出そうとした。そんな状態でまともな診療ができると思うか？」

月村は一気にまくしたてると、荒く息をついた。十数秒後、なんとか呼吸を整えた月村は梓の目をまっすぐに見る。

「患者の不利益にならないよう、芝本君に辞めてもらうしかなかったんだ。たしかに芝本君には酷だったが、私は自分が間違ったことをしたとは思っていない」

梓は唇を噛む。月村の行動は正しかったのかもしれない。けれど、納得することはできなかった。退職に追いやられたとき、どれだけ芝本が落胆したかを知っているから。

「とりあえず、あんたの言い分は分かったよ」

小早川が声を上げる。

「そして、なんでクラウンがあんたを監禁したのかもな。あんたが芝本をクビにした張本人だからだ。いや、それだけじゃないか……。クラウンは祖父江に情報提供したのが、あんたじゃないかって疑っているのかもな」

「なっ？　なにを言っているんだ？　なんで僕がそんなことを？」

月村は目を大きく見開く。

「さあな。もしかしたら、俺たちが知らない軋轢でもあったんじゃないか？　だから、事件が起こったとき、これ幸いと祖父江に情報を渡した。上司なら色々と知っているだろうからな。その上であいつをクビにした」

「いい加減にしろ！　なんの根拠もないことを！」

月村が小早川に詰め寄る。梓は慌てて月村の肩に手を置いた。

「やめてください！　いまはそんなことしている場合じゃないでしょ！」

月村と小早川は至近距離で睨み合ったあと、同時に視線を外した。その様子を少し離れた位置で見ていた桜庭が、「馬鹿みたい」と吐き捨てる。

「時間がありません。次の封筒を見ましょう」

梓は金庫に近づくと、残り三つのうち一番上に置かれている封筒を取り出し、慎重に開いていく。中には、紙が一枚だけ入っていた。

「麻酔チャート……」

無意識に口からその言葉が漏れる。それは手術看護師である梓には見慣れたものだった。麻酔チャート、手術の際、麻酔科医が患者の全身状態や出血量、投薬内容などを記録するもの。

「……そのチャート。なんか修正されていない？」

梓の肩越しにチャートを覗き込んだ桜庭が、訝しげに言った。梓は「ええ……」と頷く。一見するとごく普通のチャートをコピーしたもののように見える。しかし、よく見ると修正液のようなものでいくつかの部分が消されている形跡がある。正式な医療記録である麻酔チャートをそのように修正することは許されていないはずだ。

このチャートはいったい……。梓は執刀医の欄に視線を向けた。そこに記されていた名前を見て、「あっ」と声が漏れる。そこには『芝本大輝医師』の文字があった。梓は慌てて、患者名と麻酔科医に視線を向ける。患者名には『挟間洋之助』、そして麻酔科医の欄には……。

「七海さん……」梓は低い声で言うと、チャートを七海に見せる。「これは七海さんが書いたチャートですね」

七海は「え?」とつぶやくと、目を細くしてチャートに顔を近づける。やがてその目が大きくなっていく。梓が「そうですよね?」と確認すると、七海は首をすくめるように頷いた。

「はい、たしかに私が書いたものです。……一年半前、芝本先生が執刀した挟間監督の腹部外傷手術の麻酔チャートです」

七海の回答に、部屋の空気が揺れる。

「よく見ると、このチャートにはいくつも改竄(かいざん)されたような形跡があるんですけど、これはどういうことですか？」梓は七海に詰め寄る。

「知りません！　私はチャートの改竄なんてやっていません！」

「あんた以外に、誰がチャートを書き換えたりできるっていうんだよ」

　小早川が不信に満ちた口調でつぶやいた。

「チャートは病院に保管されています。保管庫に入れれば、誰でも簡単に手を加えられるはずです」

「そうかもしれないけどな、七海さんよ。あんたが自分で改竄したって可能性だって十分にあるぜ。というか、それが一番疑わしい」

「なんで私がそんなことをするんですか!?」

「さあな。ただ、その手術の中で、他人に知られちゃいけないようなことがあったんじゃねえか？　例えば、祖父江が雑誌に書いたみたいに、芝本が手術中、犯行の証拠を隠したみたいな」

「そんなことはありませんでした！　少なくともあの手術の間、芝本先生は特におかしなことはしませんでした。もちろん、私もチャートの改竄なんてしていません。誰かが私を陥れようとしているんです！」

　肩で息をする七海を前に、小早川は鼻を鳴らす。

「口だけならなんとでも言えるよな。少なくとも、これであんたが拉致された理由も分かった。もし映画監督の手術で芝本がなにかをやっていたなら、あんたが目撃しているはずだ。つまり、あんたはあの夜になにが起こったのかを知っている、数少ない証人ってわけだ」

「だから、私はなにも知らないって……」

七海がさらに抗議しようとすると、月村が手を上げて制した。

「堂々巡りになるだけだ。残りの封筒を開けよう」

月村が金庫に近づこうとすると、その前にいつの間にか金庫のそばまで移動していた桜庭が封筒の一つを取り出し、それを破いていた。桜庭は中を覗き込む。

「なにが入っていた？」

月村が声をかけると、桜庭は無言のまま壁の器具棚に近づき、中から消毒用のアルコールを取り出した。次の瞬間、封筒を床に投げ捨てた桜庭は、その上にアルコールを撒（ま）いていく。

「火！　火をちょうだい！」

血走った目を小早川に向けながら、桜庭は叫ぶ。しかし、小早川は下唇を少し突き出したまま動かなかった。

「あなた煙草（たばこ）を吸うんだからライター持っているでしょ！」

桜庭は小早川に近づくと、ジーンズのポケットに手を突っ込む。中から高級感のあるライターを取り出した桜庭は、封筒に駆け寄った。

「止めなさい、なにをやっているんだ!」

月村が背後から桜庭を羽交い絞めにする。桜庭は奇声を上げながら身をよじった。手から零れ落ちたライターが床を転がる。

「早く封筒を焼いて!」桜庭が叫んだ。

小早川はゆっくりとライターに近づくと、無造作に蹴り飛ばした。ライターは部屋の隅まで床を滑っていく。

「なっ!? なにしているのよ、あんた!?」桜庭が目を剝いた。

「仕方がないだろ。ここで俺がそれを焼いたりしたら、その封筒の中に俺たちに不利な情報が入っていたのが明白だ。どんな疑いをかけられるか分かったもんじゃねえ。命がかかっているんだ。ここは大人しくしようぜ」

小早川は首筋を掻く。梓はアルコールで濡れた封筒を拾い上げると、「やめなさい!」と叫ぶ桜庭を無視して、中身を取り出した。

「これは……」

中から出てきた数枚の写真を見て、梓は言葉を失う。それらはすべて同じ男女の写真だった。抱擁を交わしているもの、車の中でキスをしているもの、そして二人で連れだってブティックホテルへと入っていくものまで。その二人は梓の見知った人物だった。

「これは……なんなんですか？」

梓は写真を掲げながら、そこに写っている二人に訊ねた。小早川と桜庭の二人に。写真を見た月村と七海の顔に、驚きの表情が走る。桜庭は唇に歯を立てると、そっぽを向いた。

「なにって、見たとおりだよ」小早川は面倒くさそうに答える。

「君たちは恋人だったのか？　他人のふりをして騙していたのか？」

月村が責めると、小早川は大きくかぶりを振った。

「人聞き悪いな。知り合いじゃないなんて一言も言っていないだろ」

「詭弁はよしてくれ。君たちはずっと、お互い初対面であるかのようにふるまっていた。いや、それどころかお互いを敵対視しているようなそぶりまで見せた。なんのためにそんなことをしたんだ？」

「他の奴らが初対面なのに、俺たちだけが知り合いだってなったら、どんな詮索されるか分かったもんじゃねえだろ。おかしな疑いをかけられないために黙っていたんだよ。それだけだ」

小早川の言い訳を聞きながら、梓はこれまでのことを思いだす。そういえば確かに、二人はよく一緒に行動していた。

「とりあえず、君たち二人は恋人だということでいいんだね？」

「ああ、そうだよ。和子が芝本と離婚する前から付き合っていた。ちなみにクラウンに拉致されたのも二人同時にだ。二人そろって偽のヘッドハンティングを受けていたんだよ」

月村の質問に小早川があっさりと答える。ふて腐れたように黙り込んでいた桜庭が、「ちょっと！」と声を荒らげた。

「いまさら隠しても仕方がねえだろ。もう芝本は死んでいるんだ。誰も俺たちを責める奴なんていねえよ」

「……桜庭さん」

月村が水を向けると、桜庭はがりがりと髪を掻き乱した。

「芝本が悪いのよ。大学病院勤務のころは忙しくてほとんど家にいなかったくせに、病院移って少し仕事が楽になったら、今度はゲームを作るのにうつつを抜かしてさ。なにがリアル脱出ゲームよ、馬鹿みたい。あの人の、そういう子供じみたところが嫌だった。そもそも、芝本と結婚したのだって子供ができたから仕方なくだったのよ。……まあ、籍入れて少しして流産しちゃったけどね」

桜庭の顔に一瞬哀しげな影が差す。梓は芝本から聞いた話を思い出す。妻が流産してから、夫婦の間に決定的な亀裂が走った。お互いがお互いを避けているうちに、心が離れていってしまったと。

「それで、小早川君と付き合うようになったたっていうわけか」

月村がつぶやくと、桜庭はつまらなそうに手を振った。

「そうよ。流産したあと、私と二人っきりでいるのが息苦しかったのか、芝本の奴ときどきこの人を家に呼んだりしていたのよ。馬鹿よね、妻の不倫相手を自分から家に呼び込んでいるんだから」

桜庭が乾いた笑い声を上げる。月村は大きなため息をついた。

「これで、君たちが拉致された理由も明らかになったな。君たちは芝本君を裏切っていたし、彼が殺人犯として疑われたことで、離婚もスムーズに進んだ。つまり君たちは、あの騒動で得をしている。映画監督が死んだ事件にかかわっていると疑われるのも当然だ」

「ちょっと待てよ。話が飛躍しすぎだろ」

小早川の抗議を「あくまで仮定の話だよ」といなすと、月村は梓に目を向ける。

その視線の鋭さに、梓の体に緊張が走った。

「さて、これまでの三つの封筒で、私たち四人がなぜ拉致されたのか、理由がなんとなく見えてきた。残るは倉田さん。あなただけだ」

「……はい」

「とりあえず先に聞いておこうかな。倉田さん、あなたはなんで自分がここに拉致されてきたんだと思う？」

「……分かりません」

数秒の逡巡のあと、梓は弱々しい声で答える。封筒の中身は予想がついていた。それでも、自分の口から説明することはためらわれた。

月村は嘆息すると、最後の封筒を手に取り、その中身を取り出す。まず一枚の写真が出てきた。梓と屈託のない笑みを浮かべた男性の写真。身を寄せ合うようにしている二人の指先がかすかに触れている。

梓は口元に力を込める。

「なんなのよ、これ！　芝本とあなたじゃない！」

桜庭が目尻をつり上げて迫ってくる。梓は目を伏せたまま、「……なんでもありません」と硬い声で答えた。

「なんでもないわけないでしょ。手まで繋いで！」

「桜庭さん。ちょっと落ち着いて。他にもなにか中に……」

桜庭をたしなめながら、月村は封筒の中を探る。次に出てきたものを見て、梓の表情が歪んだ。それは、薄いピンク色の便箋だった。

「えっと、『前略　芝本先生。先日はゲームに誘っていただき、本当にありがとうございました。先生と二人でゲームに参加できるなんて、夢のような時間でした。ゲームがクリアできなかったのは残念でしたね。私が足を引っ張っちゃってごめんなさい。そのあと、お食事もすごく美味しかったです。興奮してとりとめのない文章になってしまい申し訳ありません。梅雨で毎日じめじめしていますので、ご体調など崩さぬようご自愛ください。　かしこ　梓より』。こう書いてあるね」

便箋の文章を淡々と読み上げた月村は、梓に問いかけるような視線を送った。

「倉田さん。ここに書いてある『梓』というのは君だね？　これは君が芝本君に書いた手紙ということでいいかな？」

梓は一瞬否定しようとする。ここにいる人たちは、私の筆跡など知らない。それなら白を切りとおせば……。口を開きかけるが、否定の言葉を吐くことなく、梓はゆっくりと顎を引いた。

ここで否定すれば、自分の立場がさらに悪くなるのは明白だった。

「あんた、よくも人の旦那を寝取ってくれたわね！」桜庭が梓の襟を摑む。

「あなただって、小早川さんと不倫していたじゃないですか！　人のこと責められる立場なんですか！」

梓に痛いところを突かれ、桜庭は一瞬言葉に詰まる。その隙を逃さず、梓は襟を摑む桜庭の手を払った。

「倉田さん。君は芝本君と恋愛関係にあったということでいいのかな」

恋愛関係。胸の中でその言葉を噛みしめたあと、梓は頷いた。

「なんで、いままでそのことを隠して……」

「やっぱりうちの旦那と不倫していたわけね！　なによあの人、私のことは放っておいたくせに。こんな田舎(いなか)っぽいガキのどこが良かったんだか？　なに、あんた、あっちの方ですごいテクでも持っているわけ」

月村の言葉を金切り声で遮った桜庭が、至近距離で睨みつけてくる。しかし今度は、梓は視線を外さなかった。

「芝本先生との関係について隠していたのは、皆さんと同じです。みんな、封筒に入っていたことについて、自分から言わなかったじゃないですか」

桜庭、小早川、月村の表情に動揺が走る。

「だから、私は麻酔チャートの改竄なんてしていません！」

七海が噛みついてくるが、梓は「水掛け論になるんで、黙っていてください」と鋭く言う。七海は不満そうに口をつぐんだ。

「芝本先生との関係を言うと、皆さんに変な疑いをもたれるかもしれないと思ったんです。それに、芝本先生との関係を変に誤解されることも嫌だったんです。桜庭さんが思ったみたいに」

「私がどんな誤解をしているっていうのよ!?」桜庭が怒鳴る。

「芝本先生と私は、……プラトニックな関係でした」

「プラトニック？　つまり肉体関係がなかったと？」

月村の問いに、梓は大きく頷いた。

「たしかに二人で何回かデートはしました。すごく楽しかったです。けれど、それ以上の関係にはなりませんでした」

「そんなの信じられるわけないでしょ！」

怒声を上げる桜庭を、梓はきっと見据える。

「べつに信じてもらう必要はありません。ただ、肉体関係はなくても私は芝本先生のことが好きでした。……愛していました。きっとあなたより」

挑発的に言う梓のセリフに、濃い紅が差された桜庭の唇がめくれ上がった。二人の間に、触れれば破裂しそうなほどの緊張が凝縮していく。

「これが、君と芝本君が関係を深められなかった原因かな？」

月村が一枚の紙を振りながら声を上げた。それも封筒に入っていたもののようだ。梓の顔の筋肉が歪む。それはカルテのコピーだった。

「このカルテは月島にある病院の救急部のもののようだ。そして、患者欄には『前橋梓』と書かれている。倉田さん、同じ封筒に入っていることと、ファーストネームが同じであることから考えると、この前橋梓という人物は、あなたなんじゃないかな？」

「……はい、そうです」

梓は蚊の鳴くような声で答える。前橋、久しぶりに聞くその苗字に、体の奥底から恐怖と嫌悪が湧き上がってきた。

「苗字が違うのは、この受診のあと結婚したのかな、それとも……」

「離婚しました。いまから三ヶ月ほど前です」

「なによ、既婚者だったわけ？　じゃあ、ダブル不倫ってことじゃない！」

騒ぎ立てる桜庭に、梓は鋭い視線を投げかける。桜庭は一瞬ひるんで口をつぐんだ。

「つまり、芝本君だけでなく君も結婚していた。だからこそ、あくまでプラトニックな関係を貫いていたという理解でいいかな？」

嚙んで含めるようにいう月村に、梓は「……はい」と同意を示す。

「まあ、それはいいとして、僕が気になるのはこのカルテの日付だ。このカルテによると、君は一昨年の九月十八日の午前二時ごろ、救急外来を受診している。顔面や腕にひどい打撲があったが、幸いなことに脳内出血や骨折はなく、鎮痛剤を処方されて帰宅したようだね」

「九月十八日って事件の日じゃねえか！」小早川が声を上げた。

「そうだ。しかも午前二時。僕の記憶が確かなら、ちょうど芝本君が倒れている映画監督を見つけたのが、それくらいの時間だったはずだ。その時間に、君は怪我をして救急外来を受診した。これはどうしてかな？」

「……そのカルテに書いてあるじゃないですか。階段から落ちたからです」

梓はか細い声で言う。月村の目がすっと細くなった。

「倉田さん。このカルテには『本人は階段から落ちたと言っているが、傷の状態から虚偽の可能性が高い』と書かれているよ。本当のことを話してくれないか」

月村に見つめられた梓は、思わず周囲を見回す。この場にいる全員が梓に視線を注いでいた。これ以上、誤魔化すことはできない。

梓はうなだれると、静かに喋（しゃべ）りはじめた。脳の底にしまっておいたおぞましい記憶を。

「夫に……殴られたんです」

細められていた月村の目が大きくなる。

「私の夫、いまは元夫ですけど……、彼は酒が入ると人が変わりました」

高校時代の同級生だった元夫とは、看護師になると同時に入籍した。優しい男だと思っていたが、すぐに梓は自分の目が曇っていたことを思い知らされた。結婚して半年ほどして、勤めていた工場が倒産したのを境に、元夫は働かなくなり、梓の給料にたかりはじめた。そして、酒を飲むたびに、心が砕かれるような暴言を浴びせてくるようになった。

「あの日、酒を飲んで怒鳴りつけてくる夫に我慢できなくなり、私は初めて離婚を申し出ました。そうしたら、彼は激昂して手を上げました。殴られた私は必死に家から逃げ出して、救急外来を受診したんです」

　梓が重い口調で説明すると、桜庭が小馬鹿にするように鼻を鳴らした。

「うちの旦那との不倫がばれて、殴られたんじゃないの」

「桜庭さんがそう思いたいなら、それでもかまいません。なんにしろ、私はあの日、夫に殴られて深夜に救急受診しました。階段から落ちたってことにしたのは、混乱していたのと、できるだけ大事にしたくなかったからです。これでいいですか？」

　梓は周囲の人間を見まわす。声を上げる者はいなかった。梓は顔に出さないように注意しつつ安堵する。事実の一部を明らかにすることで、一番隠したかったことを言わずに乗り切ることができた。

「えっと……、これでまあ、全員なぜここに集められたか、なんとなく分かったね。みんな、芝本君と関係が深かった人たちということだ」

　重い空気の中、月村がまとめる。

「というか、芝本に恨まれている人物じゃねえか」

小早川のセリフに、手術室の空気はさらに重くなった。七海が「私は芝本先生に恨まれてなんかいません！」と声を上げるが、黙殺される。

恨まれている……。芝本先生は私を恨んでいたのだろうか？　梓は自問する。しかし、答えは出なかった。

「とりあえず、いま僕たちがするべきことは一つ。制限時間までに一昨年の九月十八日になにがあったのか、はっきりさせることだ」

月村がタイマーを指さす。そこには『3：18：02』の数字が浮かび上がっていた。残された時間の少なさに、梓の胃がすくみ上がる。

「一年半も前の出来事が、どうやったら分かるっていうのよ？　そもそも、あんなの単なる事故か、そうじゃなきゃ、やっぱり芝本が殺したのよ」

桜庭は投げやりに言い放った。

「実際はそうかもしれない。けれど、少なくともクラウンはそうじゃないと思っている。そして、ここにいる五人が情報を共有することで、あの日になにがあったか分かると思っているんだろう」

「なんでクラウンはそう思っているんだ。なにか根拠でもあるのか？」

独り言のような小早川の問いに、月村は首を左右に振った。

「クラウンの思い込みかもしれないし、根拠があるのかもしれない」

「でも、いくらなんでもこれはやりすぎだろ。百歩譲って真実を明らかにするために監禁するのはいいとしても、時間内に解決できないと焼き殺そうっていうんだぞ。そこまでする理由なんてないだろ！」

小早川は壁を蹴って、この理不尽な状況に対する怒りを吐き出す。

「理由……あるのかもしれません」

ぼそりとつぶやいた七海に、全員の視線が集まった。

「もしかしたら私たちをここに閉じ込めた人は、私たちの中に犯人がいると思っているんじゃないですか？　映画監督を殺した犯人が……」

「俺たちの中に、映画監督を殺した奴が……」

小早川は他の面々の顔を見回す。

「いくらなんでも話が飛躍しすぎだよ。そんなわけないじゃないか」

月村がとりなすが、部屋に生まれた不穏な空気は消えなかった。小早川が険しい表情で口を開く。

「……いや、そうとも言いきれないぞ。クラウンは映画監督を殺した真犯人を探して、俺たちまでたどりついた。けれど、誰が犯人かまでは確定できなかった。だから あの目尻に傷跡のある大男を使って、全員を一ヶ所に閉じ込めて話し合わせ、犯人を見つけようとしている。そう考えればいまの状況が説明できるだろ」

「けれど、万が一私たちの中に映画監督を殺した犯人がいても、話し合いで犯人が見つかるとは限らないはずだ」月村が即座に反論する。

「クラウンは、それでもいいと思っているんじゃないか？」

「それでもいい？」

「ああ、もし誰が犯人なのか時間内に分からなかったら、疑いのある全員を殺せばいい。そうすれば、少なくとも犯人は死ぬ」

七海が「そんな!?」と両手を口に当てる。梓も耳を疑った。犯人に罰を与えるために、他の無実の人間までまとめて殺す。そんなこと……。

「そんなこと、正気の沙汰じゃありませんよ！」

梓が声を上げると、小早川は舌を鳴らした。

「たしかに正気の沙汰じゃない。けれどな、この状況を見てみろよ。すでにこれ以上ないくらい異常だろ。こんなことする奴が、まともなわけがない」

小早川の言う通りかもしれない。梓は部屋の中を見回す。手術台の上に横たわる男が視界に入ってきた。あの男がされたことを考えると、小早川の予想もあながち間違っていないのかも。

「これで俺たちがやることははっきりした。この中に映画監督を殺した奴がいたら、そいつを見つけること。もしいないなら、そのことを、クラウンに納得させることだ。それでいいな?」

小早川はこの場をまとめるように両手を軽く開いた。

「でも、もし誰が映画監督を殺したか分かったとして、どうやってクラウンにそれを伝えるんですか?」

梓が疑問を口にすると、小早川は手術室と診察室を繋ぐ通路を指さした。

「あんな大掛かりな仕掛けをするような奴だぜ。きっと、隠しカメラとか盗聴器で俺たちの行動を監視しているさ。だから、犯人さえ分かれば、そのことを大声で言えばいい」

「そうですか? こんな殺風景な部屋でそんな装置があれば、普通簡単に見つかる気がするんですけど……」梓は部屋を見回す。

「そんなこと、犯人が分かったあとに悩めばいいだろ。それじゃあまず、この中で挟間とかいう映画監督と知り合いだった奴はいないか?」

小早川の呼びかけに、名乗り出る者はいなかった。小早川は嘆息する。

「まあ、正直に言うわけないよな」

「桜庭さん。あなたは会ったことぐらいあるんじゃないか? なんといっても、夫のビジネスパートナーだったんだから」

　月村が指摘すると、桜庭の顔に露骨な嫌悪が浮かんだ。

「さっきも言ったでしょ。私はあの人が下らないゲームにかかわっているのがすごく嫌だったのよ。その関係者なんか、知りたくもなかった」

「けれど、名前ぐらい聞いたことは……」

「そりゃ、あの人が映画監督について話したことは何度もあったわよ。けど、興味がないから聞き流していた」

　桜庭は「話は終わりだ」とばかりに、顔の前で手を振った。月村は困り顔になる。

「えっと、直接面識がないにしろ、その映画監督のことについて知っている人はいないかな？　たしか、それなりに有名な監督だったんだよね？」

「……はい、有名でした」梓は一瞬迷ったあと、口を開いた。「十五年ぐらい前に、デビュー作のホラー映画でブレイクして、それからもいくつかの作品をヒットさせて、若い人にはよく知られていました。ですよね？」

　梓は七海に声をかける。七海は「はい」と頷いた。七海が同意してくれたことに安堵しながら、梓は説明を続ける。

「あと、挾間洋之助は映画監督としてだけでなく、お化け屋敷プロデューサーとしても有名だったんです」

　梓は挾間に関しての情報を追加していく。月村は「お化け屋敷プロデューサー？」

と首をかしげた。

「お化け屋敷の設計、演出をする人です。そして、十年ぐらい前にはお化け屋敷とリアル脱出ゲームを組み合わせた、新感覚のアトラクションを思いついたらしいんです。その頃、リアル脱出ゲームのプロデューサーとして有名だった、学生時代の芝本先生に接触して、二人で共同プロデューサーとしてゲームの製作をしました。その頃からの付き合いらしいです」

桜庭が嫌味で飽和した口調で「あら、あの人のこと詳しいのね」とつぶやいた。

「なるほど、そこで芝本君と映画監督が繋がるってわけだ。僕も雑誌で見たんだけど、たしか二人はこの田所病院を舞台にしたゲームを作っていたんだよね？」

「そうです。この病院で最高にスリリングなリアル脱出ゲームを作るんだって、気合が入っていました」

「ったく」小早川が大きくかぶり振る。「人が殺されたうえ、違法な臓器移植が行われていた場所をゲーム会場に？　なに考えているんだか」

「最初は芝本先生もそのことですごく悩んだらしいです。けれど、事件から何年も経っているし、芝本先生が断ってもゲームは必ずやるって言われて、最終的には折れて……。ゲームを設計して、準備をしているうちに熱中して、倫理的なことは頭から消えていったみたいに見えました」

「あんた、本当に詳しいわね。どの口でプラトニックな関係とか言うのよ」

桜庭は悪しざまに言葉をぶつけてくる。

「リアル脱出ゲームは私と芝本先生の共通の趣味だったんです。周りにそのことについて話せる人がいなかったから、芝本先生は私に色々と話をしてくれたんだと思います。もしそばにいる人が話を聞いてくれたら、きっと私じゃなくてその人に話したはずです」

梓の揶揄に、桜庭は鼻の付け根にしわを寄せた。

「芝本君と映画監督の関係について、他になにか知っていることはあるかな？」

月村が質問してくる。

「挟間監督は経済的にかなり苦しい状況だったらしく、田所病院の不動産も芝本先生が買ったということです。まあ、あんな事件があった病院なんで、かなり安かったらしいですけど。あと、芝本先生に借金もしていたとか」

「そうか……。その映画監督が一昨年の九月十八日に命を落としたんだね。実際にはどんな状況だったんだろう？」

月村の質問とも独り言ともつかないつぶやきに、誰もが黙り込む。

「おい、なんだよ。どうやって挟間って奴が死んだのか、誰も知らないのかよ？　それじゃあ、犯人を捜すどころじゃないだろ」

小早川が顔をしかめると、七海が小声で「あの……」とつぶやいた。

「もしかしたら、事件の概要って、雑誌の記事に書いてあるんじゃないですか？　隣の部屋に貼られている雑誌に」

全員の視線が診察室へと繋がる通路に注がれる。

「そうだ。診察室の記事を読めば、なにか分かるかもしれない。行こう！」

月村の号令とともに、梓たちは診察室に向かう。壁一面に記事のコピーが貼り付けられた部屋に踏み込んだ梓は足を止める。四肢をおかしな方向に曲げながら、床に力なく横たわっているピエロの人形と目が合った。ガラス玉の目に、吸い込まれていくような錯覚に襲われる。

「そんなにあのピエロが怖いのか？　安心しろよ、急に動いて襲い掛かってきたりしねえって」

後ろからやってきた小早川が、小馬鹿にするように言いながら部屋の奥に進んでいく。梓は軽く苛立ちつつ、脇にある壁に視線を向けた。

壁に貼られている記事に目を通していくにつれ、頬のあたりが引きつっていく。その内容はまさに、誹謗(ひぼう)中傷そのものだった。挟間を殺したと暗にほのめかすだけにとどまらず、芝本の過去から現在までの、眉唾ものの悪行を並べ立てている。

いわく、医学生時代に睡眠薬を女性に盛り、前後不覚になったところでホテルに連れ込むようなことを繰り返していた。いわく、暴力団員に覚せい剤に似た成分の薬を頻繁に処方していた。いわく、自らの実績を上げるためだけに、患者に対して適応のない難しい手術を繰り返し、合併症によって死亡させていた。

しかも、全てが「そのように話す関係者もいるが、信憑性は不明」と小さく書き足しており、記事に対しての責任を回避しようとする姿勢が見えた。

でたらめだ！　梓は目の前の記事をすべて破り捨ててしまいたいという衝動に襲われる。梓の知る芝本は、そそっかしく、少し危なっかしいところもあったが、優しくてどこまでも純粋な男性だった。病院で患者のために必死に働いている姿と、リアル脱出ゲームのことを語るときの、少年のように目を輝かしている姿。梓はそのギャップに惹かれた。あの人が、ここに書かれているようなことをするわけがない。

梓は通路越しに、手術台に横たわる男の顔を見る。さっきまではあの男に対して少し同情していた。しかし、いまは自業自得としか思えなかった。

「見つけた。ここだ！」月村が声を上げる。「ここに事件について詳しく書かれている」

梓たちは月村に近づくと、その肩越しに壁に貼られている記事を読む。そこには、事件が時系列に並べられていた。

「この記事によると、挟間という映画監督は十八日の深夜零時過ぎまで仲間と飲み歩いたあと、タクシーでこの田所病院に向かったらしいね。記事は、芝本君に会いに行ったのではないかと書いてある。芝本君はそんな夜遅くまで、この病院にいたのかな？」

記事を指で追いながら月村がつぶやくと、桜庭が頷いた。

「あの頃は、アトラクションの準備に専念したいとか言って、家にも帰らず、この病院に泊まりこんでいたのよ」

「なるほど。タクシーの運転手によると、午前零時半ごろに挟間は田所病院の前で降りた。その後、午前二時過ぎに芝本君が救急要請をしている。救急車が到着したところ、病院の外に挟間が倒れていた。右の腹部が陥没するほどの衝撃を受けていて、腹腔内出血によってショック状態になっており、すでに意識がなかったらしい」

記事を見ながら、月村は話し続ける。

「最初、救急隊はうちの景葉医大付属病院に運ぼうとしたが、芝本君が自分は外科医で、青藍病院で受け入れと緊急手術を指示していると言ったので、そちらへ搬送された。青藍病院に到着後、芝本君を執刀医として緊急手術が行われたが、その甲斐なく挟間は死亡した。それが客観的事実のようだ。ちなみに七海さん、青藍病院に到着後のことは分かるかな？」

　月村は記事から視線を外すと、七海に視線を向ける。「あくまで聞いた話ですけど」と前置きして七海は話しはじめる。

「救急部でエコーをしたところ、肝臓および右腎臓の破裂と、腹腔内への大量の出血が見られました。開腹による止血が必要ということで、私が麻酔をかけて緊急手術が開始されましたが、肝臓の損傷がひどく止血はかなり困難でした。なんとか肝臓からの出血を止めたところで、患者が心停止を起こし、蘇生（そせい）にも反応しませんでした」

　抑揚のない七海の説明を、梓たちは黙って聞く。

「異状死ということで、近隣の所轄署に連絡しました。最初は所轄署の警察官がやって来て、朝になって検視官もやってきました。私は色々話を聞かれたあと、夕方ごろに解放されて家に帰宅しました」

「一応、司法解剖されたらしいけど、事件性はなしと結論が出たようだ」

　月村は再び壁の記事に視線を向ける。

「挟間の血中からは、かなりの濃度のアルコールが検出され、田所病院の五階の窓枠には挟間の指紋がついていた。あと、挟間の倒れていたそばに嘔吐（おうと）物が広範囲に散らばっていたらしい。それらから警察は、泥酔して吐き気をおぼえた挟間が窓から身を乗り出して嘔吐し、バランスを崩して転落した。そして、正面入り口のひさしに右脇腹を強打したと考えたようだ」

「けれど、一ヶ月後に状況が変わった……」

小早川が押し殺した声で言うと、月村の表情が引き締まった。

「ああ、事件当夜、芝本君は救急隊に『病院に着いてみたら、正面玄関の脇に挟間が倒れていて、救急要請をした』と言ったらしい。けれど、周囲の人間は『芝本は病院に泊まりこんでいたはずだ』と証言している。祖父江はそこに疑念をいだいた」

「芝本先生はそれについて、なにか弁明していますか?」

七海が訊ねると、月村は記事を指で追っていく。

「ああ、『芝本大輝を問い詰めたところ、着替えを取りに家に帰っていたと答えた。しかし、そんな深夜に着替えを取りに帰るだろうか? 私にはそれが不可解だった』と書いてある」

「つまり、本当は芝本が挟間を突き落とし、第一発見者のふりをして通報したっていうことか……」小早川は腕を組んだ。

「この記事は、そういうふうに持っていっているね。自分で突き落としたあと、挟間の状態が救命不可能になるまで待ってから救急要請したってね。大学病院ではなく、青藍病院に運んだところも怪しまれている」

　月村の言葉を聞いて、梓は身を乗り出した。

「そんなにおかしいことですか？　救急隊が着いたとき、挟間監督はショック状態だったんですよね。治療のスピードを優先するのは当然だと思います。より近くの青藍病院に運んだ判断は、間違っていないんじゃないですか？」

　早口でまくしたてる梓に、月村は軽く身を引く。

「まあ、そういう考え方もあるね。七海さん、手術で麻酔を担当した君の意見はどうかな？」

「私も芝本先生の判断は正しかったと思います。かなりの出血量でしたから、景葉医大まで搬送していたら、救急車内で心肺停止になったかもしれません。手術自体も、適切だったと保証します」

　七海が答えると、小早川が当てつけるように、「チャートを改竄した麻酔科医に保証されてもな」とつぶやく。

「改竄なんてしていません！」七海は頰を上気させた。

「七海さん、落ち着いて。とりあえず確かなのは、挟間は一昨年の九月十八日、午前零時半から午前二時の間に、この田所病院の五階から転落した。そして、二時過ぎに救急車で青藍病院に運ばれた。そこまではいいね」

月村は状況を整理していく。

「芝本君は深夜に着替えを取りに自宅に戻って、午前二時に田所病院にやってきて、挟間を発見したと言っていた。しかし、本当はずっと田所病院にいて、なんらかのトラブルがあって挟間を突き落とし、そのあと駆けつけたふりをしたのではないかと疑われている。そこで、桜庭さん」

唐突に声をかけられた桜庭は、「なによ？」と目をしばたたかせた。

「あなたは事件当時、まだ芝本君と結婚していた。つまり、芝本君が事件当日の深夜、本当に家に帰っていたとしたら、家にいた君と顔を合わせているはずだ。そこで質問だ。芝本君はあの日、本当に着替えを取りに家に戻ったのかな？」

月村は桜庭を上目遣いに見る。桜庭は気怠（けだる）そうに口を開いた。

「分からない」

「分からない？　熟睡していたから、芝本君が戻ってきたかどうか分からないってことかな？」

「違うわよ。私はその夜、自宅にいなかったの。だから、家に芝本が戻ってきたかどうか分からないの」

「自宅にいなかった？　実家に泊まっていたとか？」

「いいえ、この人の家よ」

桜庭は投げやりに小早川を指さした。小早川の顔に動揺が走る。

「なに焦っているのよ。もう不倫のことはばれているんだから、どうってことないでしょ。あの日、私はこの人のマンションに泊まっていた。芝本はこの病院に泊まりこんでいたから、私がどこに外泊してようが、全然気づいていなかったのよ。まったく、本当に間抜けよね」

桜庭は皮肉っぽく口角を上げる。

「小早川君。桜庭さんの言っていることは本当かい？」

月村に話を振られた小早川は、数瞬の躊躇のあと頷いた。

「……ああ、あの日、和子は俺の部屋にいたよ」

「そういうことだから、私たちの事件当時のアリバイは完璧ってわけ」

「待ってください。全然完璧じゃないです。お二人は恋人なんでしょ。口裏合わせているだけかもしれないじゃないですか」

梓が指摘すると、桜庭は不愉快そうに目を細めた。

「なによ、こんな状況なんだから、完璧にアリバイを証明するのなんて不可能でしょ。いちゃもんつけないでよ」

「まあ、桜庭さんと小早川君のアリバイが成立するかは置いといて、とりあえず事件当夜にどこにいたのか聞くのは、意味のあることじゃないかな」

月村がとりなすように言うと、小早川が間髪入れず「じゃあ、あんたはなにしていたんだよ？」と質問する。

「僕？ 僕か……。正直言って、よく覚えていないんだ。事件のことを知ったのはずっとあとだったからね。たぶん、家で寝ていたと思う」

「じゃあ、アリバイはないってことだな」

小早川の確認に、月村は「ああ、そうだね」と渋い表情で頷いた。

「私にはしっかりしたアリバイありますよ」七海が声を上げる。「私は事件が起こった夜、当直でずっと青藍病院にいました。そして、搬送されてきた挟間監督に麻酔をかけた。完璧なアリバイですよね」

「おい、なにしれっとデマこいているんだよ」小早川が顎をしゃくる。

「どこがデマだっていうんですか！」

「俺はな、青藍病院のシステムを知っているんだよ。昔あの病院でバイトしたことがあるからな。青藍病院では麻酔科医は当直しない。オンコールの当番が決められていて、緊急手術が行われる場合だけ、自宅で待機しているそいつが病院に呼び出されるシステムだ。そうだろ」

七海は表情をこわばらせ黙り込む。小早川はすっと目を細めた。

「あんたさ、虫も殺さないような顔しておいて、かなり怪しいぜ。やっぱり麻酔チャートの改竄も、あんたがやったんじゃないか?」

「私は……そんなことしていません」

「どうだかな。なんにしろ、あんたにも犯行は可能だったってことだ。この病院で挟間を突き落として、そのあとオンコールで呼ばれて青藍病院に駆けつけたのかもしれねえ」

「私は挟間監督と会ったこともないんです! なんで殺すんですか!?」

「ぎゃんぎゃん騒ぐなよ」小早川は両手で耳を塞ぐ。「あくまで出来るか出来ないかの話だって。さて、倉田さん。最後はあんただ。あんたは事件が起こった時間、どこでなにしてた?」

「私は……」梓はためらいがちに口を開く。「ですから、私は夫に殴られて自宅の近所にある月島の病院に行っていました」

「病院に着いたのは午前二時過ぎ、つまり挟間が発見された頃だ。いつ旦那に殴られて、そこからどうやって病院まで行ったんだよ?」

「それは……、いつ殴られたかは分かりません。ショックで外をふらふらして、いつの間にか病院に着いていました」

「いつの間にか? なんだよその曖昧な説明は。そもそも、旦那に殴られたっていうのは本当なのか。挟間を窓から突き落とすときに、反撃にあって殴られたんじゃねえか？」

「……違います」

　梓は押し殺した声で答えながら、両拳を握りこむ。

「とりあえず、アリバイらしきものがあるのは小早川君と桜庭さんだけか。しかし、これだけじゃなんとも言えないねぇ」月村が首筋を掻く。

「そんなことないでしょ。私たちにはアリバイがあるんだから、あなたたち三人の誰かが犯人っていうことじゃない」

　桜庭のセリフに、月村は眉根を寄せた。

「決めつけないでくれ。そもそも、映画監督を殺した犯人がこの中にいるかどうかなんて分からないんだ」

「そうかしら？　私たちを拉致した奴はここまでやっているのよ。この中に犯人がいるって、なにか確信があるんじゃないの。そうなると、一応アリバイのある私たちより、あなたたち三人の方が怪しい。特にオンコールのことを誤魔化そうとしたあなたと、事件当日に怪我をしていたあなたがね。クラウンにそう報告するべきじゃないの」

　桜庭は七海と梓を順に指さしていく。梓は口を固く結んだ。

「止めなさい。クラウンの要求は、九月十八日の真実を明らかにすることだ。そんな薄弱な根拠で犯人を指摘しても、納得して僕たちを外に出してくれるとは思えない」月村がたしなめる。

「じゃあ、どうしろっていうのよ!」

「……情報を売っていたのは誰なんでしょう?」

唐突に、七海が壁の記事に触れながらつぶやく。「なに言ってるの、あなた?」

と桜庭は首をかしげた。

「拷問された祖父江さんが、録音の中で言っていたじゃないですか。匿名の情報が定期的に送られてきていたって。もしかしたらその情報提供者って、九月十八日の事件にもなにか関係しているんじゃないでしょうか?」

「なんでそんなことが言えるんだよ。全然関係ないかもしれないだろ」

小早川が吐き捨てるが、七海は引き下がらなかった。

「関係ないかもしれないけれど、なにもしないよりましじゃないですか。このままだと、あと三時間で私たちは死ぬかもしれないんですよ!」

「だからって、情報を提供していた奴なんて分かるわけない!」

七海の反撃に顔を紅潮させながら、小早川は怒鳴る。

「いや、そうとも言い切れないよ」月村が壁の記事を見た。「ここにある記事はかなり詳しく書かれている。あの祖父江っていう記者が、自分で言うようにほとんど取材をしていないとしたら、送られてきた資料にかなり詳細な情報が記載されていたことになる。つまり、情報提供者は芝本君に近しい人物ということだ。……ここにいる者のような」

「でまかせを書き連ねて、送りつけただけじゃねえのか」

「たしかにこの記事は悪質なデマで溢れている。僕が知っている芝本君は、こんな人間ではなかった。けれど、よくよく読んでみると、デマの中に真実も混じっているんだ。近しい人間以外、知らないような真実がね」

月村は記事の一ヶ所を指さす。

「例えば、ここに書いてある芝本君の専門についてだ。彼は上部消化管の胃癌グループに所属していて、大学に戻ったあとに博士号を取るための研究テーマはスキルス胃癌にするはずだった。このことを知っていたのは、ごく一部の人間だけだ」

「それだけじゃありません。芝本先生が手術中の音楽でジャズを流していたとか、お酒はウイスキーが好きだったとか、そういう細かいことまで書いてあります」

梓が付け加えると、月村は頷いた。

「きっと、情報提供者は本当の情報を混ぜることで、デマの信頼度を高めようとしたんだろうね」

「だったらなんだっていうんだよ。それくらいの情報、他人だって本気になれば調べられるだろ。それだけで、情報提供者が誰だとか分かるわけがねえ。それより、誰が映画監督を殺したかについて話し合うべきだろ！」

唾を飛ばしてがなり立てる小早川を見ながら、梓は違和感をおぼえる。小早川からなにやら焦っているような気配が伝わってくる。

なにが小早川を追い詰めているのだろう？　無数の記事が貼られている壁を見回していた梓の視線が一点で停止する。それは、ついさっき梓が見ていたあたりの壁だった。

脳裏に数時間前の出来事が蘇り、梓は片手で口元を押さえた。

「……小早川さん」梓は少し離れた壁の前まで移動する。「ちょっとこっちに来てください」

小早川は「なんだよ？」と近づいて来た。

「これを見てもらえませんか？」

梓は記事の一部を指さす。そこには芝本の卒業文集が掲載されていた。

「あいつの高校の卒業文集だろ。それがどうしたんだ？」

「……なんで、高校だって分かるんですか？」

「はぁ？　なに言ってんだ？」

「この記事には『芝本大輝の卒業文集』としか書かれていません。どこにも『高校の』とは書かれていないんです。けれど、あなたはこれが高校の卒業文集だと答えた。そう言えば、さっきも言っていましたよね。『芝本は高校の卒業文集まで晒されたんだぞ』って。なんであなたはこれが、小学校でも中学校でもなく、高校の卒業文集だって知っていたんですか？」

梓が一歩前に出ると、圧(お)されたように小早川が後ろに下がった。

「それは……」

「小早川さん、あなたは芝本先生の高校の同級生だって言っていましたよね。あなたがこの文集を祖父江に送ったんじゃないですか？」

「ち、違う。その文集が高校のものだって、どこか違う記事に……」

「どの記事ですか!?」間髪いれずに梓は問いつめる。「この部屋には、芝本先生について扱っているありとあらゆる記事があります。どの記事を読んで、あなたはこれが高校の文集だって知ったっていうんですか!?」

梓の追及に、小早川は視線を泳がせる。その露骨に狼狽(ろうばい)した態度が梓に確信させた。小早川こそが祖父江に情報を渡していた人物だと。

「小早川君……」

月村に声をかけられ、小早川の体が大きく震える。

「君が『情報提供者』なのか？」

「なに言っているんだよ！　そんなの、なんの証拠もないだろ！　ただ、文集が高校のだって言っただけで……。単なる勘違いってことも……」

「賢一さん！」

桜庭が声を上げる。その瞬間、小早川は口をつぐんだ。

「本当にあなたが祖父江に情報を渡していたの？　もしそうなら、正直にそう言って。……お願い」

桜庭の、恋人の懇願に小早川の表情が炎にあぶられた蠟細工（ろうざいく）のようにゆがんでいく。十数秒の沈黙のあと、小早川はうなだれながら口を開いた。

「……そうだ。俺が『情報提供者』だ」

4

「なんで？　なんでそんなことをしたのよ!?」

桜庭が小早川に詰め寄る。その目はかすかに潤んでいるように見えた。

「お前のためだよ！」

小早川は両手を握りこんで叫ぶ。桜庭は「私の……？」とまばたきをする。

「そうだ。全部お前のためなんだよ！」

「小早川君。私たちにも分かるように説明してくれないかな？」

月村が口を挟むと、小早川は十数秒間黙り込んだあと、ぼそぼそと聞き取りにくい声で話しはじめた。

「芝本はたぶん、……俺と和子の不倫に気づいていたんだ」

梓は耳を疑う。芝本先生が妻の不倫に気づいていた？　彼は一度もそんな話はしたことがなかった。

いや、でも……。梓は記憶を探る。あの事件が起こる二、三週間前、芝本は時々、ひどくつらそうな表情で物思いに耽るようになっていた。そのときは、久しぶりに本格的にプロデュースするリアル脱出ゲームのアイデアを考えているのだろうと、それほど気にしていなかった。しかし、もしかしたらあれは、妻の不倫に気づいて悩んでいたのかもしれない。

「どうして、不倫に気づかれていたと思うのかな？」

「芝本は……探偵を雇っていたんだ」

「探偵？」月村は訝しげにつぶやく。

「ああ、そうだ」小早川は頷いた。「一昨年の八月頃、あいつは探偵を雇ったんだ。なあ、和子」

「……ええ、あの人は、百万円近い金額を探偵事務所に払っていたの」

話を振られた桜庭は淡々と答える。

「それは、間違いないのかい？」

月村が訊ねると、桜庭は首を縦に振った。

「私と共有のパソコンに、探偵会社のホームページを見た履歴がいくつも残っていたのよ。しかも、依頼金を払った際の領収書が机の上にほっぽり出してあった。本当にガサツな人だったのよ」

「けれど、探偵なんか雇ったりして、いったいなにを……？」

「決まっているだろ。俺と和子の不倫の証拠を摑もうとしていたんだ」

小早川は忌々しげに話しはじめる。

「あのころ、芝本と和子の間では離婚の話が持ち上がっていたんだよ。もし和子が不倫している証拠を摑めば、芝本は財産分与で有利になる。だからこそ、あいつは探偵に俺たちを調べさせたんだ」

小早川は手術室を指さす。

「さっき、あの金庫の中に入っていた俺と和子の写真も、きっと芝本が雇った探偵が撮影したもんに決まってる」

「そうか……。芝本君が君たちの不倫を知っていた可能性が高いことは分かった。けれど、それがなんで、祖父江に情報を提供することにつながるんだい？」

「月村さん、そんなことも分からないのかよ」小早川は嘆息する。「映画監督が死んだあと、あいつはここのアトラクションを中止にしたりやらなんやらで、離婚話を進めるどころじゃなかった。けれど、落ち着いたら間違いなく、自分に有利な条件で和子との離婚を切り出していたはずだ。下手をすれば俺たちを訴えたかもしれない」

「訴える？　君は芝本君の親友だったんだろ？」

「その親友が妻を寝取ったんだぜ。激怒するにきまっているだろ」

小早川は自虐的に唇を歪める。

「だから、その前に祖父江に情報提供をして、芝本君を貶めたのか」

月村が低い声で確認すると、小早川は肩をすくめた。

「俺だって、あんなに大騒ぎになるとは思っていなかったんだよ。挟間って映画監督がそんなに有名だとは知らなかったからな。でもそのおかげで上手くいった。マスコミに追いかけまわされてグロッキーになっていた芝本は、和子が『あなたと一緒にマスコミに追われるのが怖い』って言ったら、簡単に離婚に応じてくれた。かなり和子に有利な条件でな」

もはや開き直ったのか、小早川は自らがしたことを積極的に語っていく。梓はその説明を、呆然と聞いていた。

自分の恋人を有利な条件で離婚させるため。ただそれだけのために、芝本先生を殺人犯に仕立て上げた。その結果、芝本先生は……。胸にふつふつと怒りが沸いてくる。視界が赤く染まった気がした。

「ふざけないでよ！　そんなことのために……」

梓が怒りの声を上げた瞬間、アラーム音が響き渡った。梓は反射的に振り返る。音は隣の手術室から上がっていた。通路越しに見ると、麻酔器のモニターに表示されている血圧がかなり高くなっている。

「ああ、大変！」七海が慌てて手術室に駆け込んでいく。

「七海さん、大丈夫かい？」

月村が声をかけると、手術台に駆け寄った七海は、硬膜外麻酔用の麻酔薬が入っているプラスチック容器を手に取った。

「硬膜外麻酔が切れたみたいです。そのせいで血圧と脈拍が上がったんだと思います。すぐに麻酔薬を追加しますんで大丈夫です」

意識がない間も、痛みの刺激を受ければ交感神経が反応する。局所麻酔の効果が切れることで、全身麻酔中に血圧や脈拍が上がる。それは珍しいことではなかった。

話の腰を折られた梓は、小早川を睨め上げる。小早川は露骨に目を逸らした。部屋にどこか粘着質な空気が満ちていく。

「さて、これで誰が祖父江に情報を渡していたかが分かった。次は九月十八日にここでなにがあったかだね」

月村は疑念のこもった視線を小早川に向ける。

「おい、まさか、俺が映画監督を殺したと思っているわけじゃないだろうな」

小早川の声が上ずった。

「疑われて当然じゃないですか！　あなたは卑怯な方法で芝本先生を陥れたんですよ！　そのせいで芝本先生は……。自分で映画監督を殺して、その罪を芝本先生になすりつけたんじゃないですか！」

梓は怒りの言葉を小早川にぶつけていく。

「違う。そんなんじゃない。俺は映画監督が死んだのは事故だと思っていたんだ。ただ、その状況を利用しようとしただけで……。信じてくれ」

「信じてくれ!?　芝本先生にあんなことをしたのに、信じてくれ!?　どの口でそんなふざけたこと言うのよ！」

「倉田さん、落ち着いて」

梓をなだめつつ、月村は横目で小早川を見た。

「ただ、倉田さんの言うことももっともだ。君は疑われて当然だよ」

「祖父江さん、状態安定しました」七海が戻ってくる。

梓、月村、七海の三人は、小早川を取り囲むように立った。

「ちょっと待ってよ。この人は映画監督を殺してなんかいないわよ」

桜庭が小早川の前に割って入る。

「さっき言ったでしょ。事件があった夜、私はこの人と一緒にいたって」

「それが本当かなんて、誰にも証明できないでしょ」梓は声を荒らげる。

「たしかに証明はできないけど、この人は殺人なんてしていない。ただ、私を助けたいっていう気持ちが暴走しただけなの」

「暴走しただけ？　よくそんなこと言えますね。そのせいで芝本先生は、あなたの元旦那さんは死んだんですよ。それなのに、まだその人をかばうんですか？」

梓が詰め寄ると、桜庭は口を固く結んで目を伏せた。

「ねえ、ちょっと落ち着きましょうよ」七海が梓を諭す。「『情報提供者』が小早川さんってことは分かりました。たしかに小早川さんがやったことは卑怯です。けれど、だからって挾間監督を殺したっていうのはおかしいと思うんです」

「なんでですか!?　芝本先生を陥れるためにやったのかもしれないじゃないですか」

「倉田さん、よく考えてください。いくら恋人のためとはいえ、見ず知らずの人を殺しますか？」

七海の指摘に、梓は「それは……」と言葉に詰まる。

「そもそも殺人のリスクを負うなら、挟間監督より芝本先生を殺そうとするはずです。そうすれば、遺産は全て桜庭さんのものになります。わざわざ挟間監督を殺して、その罪を芝本先生になすりつけることで離婚しやすくする。リスクのわりに成功率が低すぎですよ。もし芝本先生にアリバイがあったら、それだけで計画は破綻です。それどころか、本気で警察が調べたら、犯行がばれるかもしれない。割に合いませんよ」

完璧な正論に、梓はなにも言えなくなる。

「私、やっぱり挟間監督が死んだのって事故か……、芝本先生が犯人だったんじゃないかって思うんです」

「なに言っているんですか、七海さん⁉」梓は目を剝く。

「そもそも、芝本先生のアリバイ証言に違和感があるんですよ」

七海は唇に指を添えた。

「違和感というと、具体的には？」月村が訊ねる。

「あくまで記事に書かれている内容ですけど、芝本先生は『事件のあった時間、自宅にいた』って言っているんですよね。けれど、奥さんだった桜庭さんは、そのとき小早川さんの家に泊まっていた。そうですよね？」

七海に水を向けられた桜庭が、警戒心を露わにしつつ顎を引いた。

「もしですよ、本当に芝本先生が自宅に帰っていたら、そんな深夜に奥さんがいないのを見て、おかしいと思うはずなんです。普通なら、すぐに連絡をとろうとすると思います。もし不倫を疑っていたらなおさらです。桜庭さん、事件が起きた時間、芝本先生から連絡はありました？」

「……いえ、なかったわ」桜庭は首を横に振る。

「やっぱりおかしいですよ。あの夜、芝本先生は家に帰っていなかったんじゃないでしょうか？　だから、奥さんが家にいなかったことに気づかなかった。きっと『家にいた』っていうのは、なにかを隠すためにとっさに嘘をついたんだと思います」

「その『なにか』というのが、挟間洋之助を殺したことだと？」

月村が訊ねると、七海はためらいがちに頷いた。

「その可能性もあるんじゃないかと」

「そうだ！　きっとそうなんだよ。やっぱり芝本が殺していたんだ！」

唐突に小早川が天井を向いて声を上げる。

「おい、俺たちを閉じ込めている奴、聞いているか？　映画監督を殺したのは芝本だ。やっぱりあいつが殺していたんだ。だから、さっさとここから出してくれ」

「小早川君！」月村が目を見開く。

「なんだよ？」

「勝手なことをしないでくれ。芝本君が犯人と決まったわけじゃない」

「いま、その七海って姉ちゃんが言っただろ。芝本が犯人だ。それ以外あり得ねえ」

「もっと慎重になるべきだ。もし間違っていたら、犯人はこの病院に火を放つかもしれないんだぞ！」

「このまま放っておいても、どのみち三時間後には、ここは火の海になるんだ。もう結論を出すべきだ」

月村と小早川が興奮に目を血走らせながら言葉をぶつけ合う姿を、梓は少し離れた位置から眺めていた。どちらも完全に冷静さを失っている。監禁され命の危険に晒され続けていることで、誰もが精神の均衡を失いつつあった。

梓は振り返って手術室を見る。壁に埋め込まれたタイマーが『2：43：21』と点滅しているのが見えた。

……もう時間がない。もうこれ以上、あのことを隠しておくことはできない。覚悟を決めた梓は、大きく息を吸った。

「芝本先生は挟間監督を殺していません！」

部屋に響きわたった梓の声に、月村と小早川の論争が止まった。

「なんでそんなこと言えるんだよ？」小早川が訊ねてくる。

「知っているからです。芝本先生が犯人じゃないって」

「だから、その根拠はなんだって聞いているんだ」

「あの夜、事件があった時間帯、……芝本先生は私と一緒にいました」

梓の答えに、小早川は目を剝いた。

「芝本君といた……？　事件の時間帯に？」月村は呆然とつぶやく。

「はい。九月十七日の午後十一時すぎ、私は夫に殴られて自宅から逃げ出しました。怖くて、どうしていいか分からなくて、私は電話したんです。……芝本先生に。あの人は三十分ぐらいかけて車で駆けつけてくれました」

深夜に元夫が女と会っていたという事実に、桜庭の表情が険しくなる。

「顔に怪我をしている私を見て、芝本先生はすぐに病院に連れて行こうとしました。けれど、パニックになっていた私は、大事にするのが怖くて拒否したんです。……ただ、芝本先生に話を聞いて欲しかったんです」

「どれくらい、芝本君と話していたんだい？」月村が訊ねる。

「二時間ぐらいです。話をして落ち着いた私は、芝本先生に説得されて救急受診をしました。そのときの診療記録が、金庫の中に入っていたカルテです」

月村は考えをまとめようとしているのか額を押さえた。

「それじゃあ、午後十一時半ごろから二時間ほど、芝本君は君と車で話をしていた。そして、君を病院に送り届けたあと、寝泊まりしていたこの田所病院に戻って監督が倒れているのを見つけ、すぐに救急車を呼んだ。そういうことになるのかな？」

梓は「そうです」と頷く。

「そんな出鱈目よ！」突然、桜庭が金切り声をあげた。「そんな重要なことをいままで黙っているなんておかしいじゃない。きっと、いま思いついたのよ。それとも、なにか証拠でもあるわけ？」

梓は口元に力を込めると、ジーンズのポケットに入れていた定期入れを出す。二つ折りの定期入れの内側についているジッパーを開けると、そこから折りたたまれた写真を取り出した。

開いた写真を掲げた瞬間、部屋の空気が揺れた。

「これは……」七海が唖然とつぶやく。

「……あの夜の写真です。病院に行くことを拒んだ私に、芝本先生が言ったんです。殴られた証拠を持っていた方が、あとあとなにかと有利になるかもしれないって」

梓は固い口調でつぶやきながら、写真に視線を落とす。そこには目元を大きく腫らし、唇が切れて血を滲ませている痛々しい自分の姿が写っていた。助手席に座る梓の後ろには、ガソリンスタンドが写っていて、ガソリンの値段表の上に電光掲示板で日付と時刻が表示されている。そこには『9月18日　01：22』と記されていた。

「この写真は私が住んでいる月島の近くのガソリンスタンドです。そこから田所病院までは、車でも三十分以上かかるはずです。事件が起こった時間に芝本先生が田所病院にいなかったことは確実です」

「これを芝本が撮ったとは限らないでしょ」

反論した桜庭に、梓は「ここを見てください」と写真に写ったサイドウィンドウを指さす。フラッシュを焚いて撮影したため光が反射して、そこには車内の様子が薄く写し出されていた。厳しい表情でスマートフォンを構える男の姿が。

「これが誰か分かりますよね？　桜庭さん」

「……芝本よ」桜庭は食いしばった歯の隙間から声を絞り出す。

「おい、じゃあ本当に芝本は映画監督を殺していないってことか？　その写真、合成かなんかじゃないだろうな」

小早川は写真をまじまじと見る。梓は小早川に写真を手渡した。

「なんで合成写真をわざわざ持ち歩く必要があるんですか。それは本物です。その写真をいつも持ち歩いているのは、私の……罪を忘れないためです」

「罪？　どういうことかな？　そもそも、そんな写真があるなら、なんで君は公表しなかったんだ？　そうすれば、芝本君の疑いは晴れたのに。いや、写真なんかなくても、君がアリバイ証言をするだけでも、芝本君が殺人犯扱いされている状況は大きく変わったはずだ」

　月村の口調には責めるような響きがあった。

「……芝本先生に止められたんです」

「芝本君に？」月村が訝しげに聞き返す。

「はい。芝本先生のことが週刊誌に載って大騒ぎになったとき、私は証言しようとしました。この写真を公開して、芝本先生のアリバイを証明しようと思ったんです。けれど、芝本先生がだめだって……」

　あのときの、芝本の優しい眼差し（まなざし）を思い出し、梓は唇を噛む。

「なんで芝本君は止めたんだ？　疑いを晴らすチャンスだったのに」

「……私のためです」梓は喉の奥から声を絞り出す。「殴られたあと、私は夫に離婚を申し込みました。けれど、夫は頑（がん）として受け入れようとしませんでした。協議離婚はできず、最終的には訴訟になりました。時間はかかりますけど、ＤＶの証拠を積み上げて、なんとか離婚を勝ち取れるはずでした。けれど……」

「もし、事件の夜に芝本君と二人だけで会っていた事実が明るみに出れば、裁判で不利になる」

　梓の言葉を月村が引き継いだ。梓は力なく頷く。

「はい、そうです。芝本先生とは本当にプラトニックな関係でした。けれど、二人だけで会っていたのはたしかです。もしそのことが夫に知られたら、あの人はそのことで私を徹底的に非難して、裁判を有利に進めようとするはずです。芝本先生はそれを危惧して、あの夜のことを黙っているように指示しました。そして私は……その通りにしたんです」

　激しい後悔が胸を、心を蝕んでいく。

「なんと言われようと、すぐに芝本先生のアリバイを証言するべきだったんです！　私は我が身可愛さに芝本先生を見捨てたんです。もちろん、正式に離婚が成立したら、すぐにでもあの夜のことを公表するつもりでした。けれど、芝本先生はその前に……」

　それ以上は言葉が紡げなくなり、梓は目元を押さえる。

「……ここに監禁されたあとも、そのことをなかなか口に出せなかったのは、知られるのが恥ずかしかったからかな？」

　月村の口調からは非難の色は消えていた。梓はしゃくりあげながら、必死に頷いた。

「映画監督を殺したのは芝本じゃないってことか……。これじゃあ振り出しじゃねえか」

小早川が投げやりに言う。

「振り出しなんかじゃありませんよ。これで芝本先生が犯人じゃないことは分かったんです。それだけでも大きな進歩ですよ」

七海が重い空気を払拭するように両手を合わせる。しかし、その声はかすかに震えていた。刻々と近づくタイムリミットに精神が炙られる。

「倉田さん」月村が声をかけてくる。「あの夜、君は芝本君に会っていた。そのとき、芝本君は誰かと連絡を取っていなかったかな?」

「連絡を?」

「ああ、そうだ。あの夜、挟間洋之助は誰かから連絡を受けて田所病院に行っている。もし芝本君が挟間を呼んだとするなら、彼はそのあと君からのSOSを受けて病院を出たことになる。そうなら、挟間に一言連絡を入れるのが当然だ」

「はい、たしかに……」

「挟間が実際に田所病院に行ったところを見ると、君から電話を受けた芝本君は慌てて、挟間との約束をキャンセルすることを忘れていたんじゃないかな。そうだとすると、君と会って落ち着いたあと、連絡をするはずだ。または、田所病院に着いた挟間が連絡を入れてくるはずだ」

　その通りだ。梓は一年半前のあの夜の記憶を必死に探る。幸い、あの夜のことは昨日のことのように思い出すことができた。夫に殴られ、そして愛する男性に助けられた夜。その記憶は脳の奥にはっきりと残っている。

　そう、泣いている私を慰めている間、芝本先生のスマートフォンに一度だけ着信があった。あの人は「しまった」と顔をしかめると、私に一言断ってから電話に出た。あのとき、あの人はなんと言っていた……？

　梓は目を閉じて記憶の海に意識をゆだねる。脳裏にあの日の光景が蘇ってきた。スマートフォンを顔の横に置き、口元を手で隠して小声で話す芝本の姿が。

「院長室です！」目を見開いた梓は、声を張り上げた。「たしかにあの夜、電話がかかってきました。芝本先生は電話の相手に謝ったあと、『院長室で待っていてくれ』、そう言っていました」

「院長室、きっとこの病院の院長室のことだ。間違いなく、電話の相手は挟間だよ。芝本君は他になにか言っていなかったか？」

　勢い込んで訊ねてくる月村に「ちょっと待ってください」と言うと、梓はさらに記憶を探っていく。

「たしか……、そう、書類です！　院長室のどこかに書類があるから、それを見ておいてくれとか言っていました」

「書類？　なんの書類だ？」

「それは分かりません。電話が終わった芝本先生に『こんな時間にお仕事ですか？』って聞いたんです。そうしたら、『ちょっと重要な書類があって、それを関係者に見てもらうんだ』って」

「深夜にわざわざ呼び出してまで、見てもらいたい書類か……」

月村は腕を組んで考え込む。小早川が首筋を掻いた。

「アトラクションを一緒に作っていた奴に見せる書類だろ。普通に考えたら、設計図とか予算の見積書とかじゃねえか？」

「それなら、わざわざ夜中に呼び出す必要はない。しかも、そのあと挟間は転落死しているんだ。なにかもっと、事件にかかわるものだったのかもしれない」

「その書類って、院長室の隠し金庫にしまってあったんじゃないですか？」

唐突に七海がつぶやく。梓は「え？」と目をしばたたかせた。

「いえ、数年前、この病院に強盗が入って職員三人が殺された事件があったとき、雑誌の特集記事で読んだことがあるんです。たしか、この病院の院長室に隠し金庫があって、その中に大金が隠されていたって。もしかしたら、芝本先生はそこに書類を入れておいたんじゃないですか？」

「挟間にその隠し金庫の場所を教えて、中に隠してある書類を読んでおくように伝えたってことか」月村が顎を撫でる。

「いい加減にしてよ！」突然、桜庭が叫んだ。「さっきから書類だなんだって、わけのわからないことで時間を無駄にして。芝本が犯人じゃないなら、もともと犯人なんていなかったのよ。最初の警察の発表どおり、映画監督は気持ち悪くなって窓から吐いているときに、バランスを崩して院長室の窓から落ちたのよ」

「もちろん、その可能性も考慮すべきだとは思うけど……」

月村は自分の胸の前に両手を掲げて、桜庭を落ち着かせようとする。

「それ以外あり得ないじゃない。あれは最上階の窓から映画監督が勝手に転落しただけ、それだけの事件なのよ！」

桜庭は天井を仰ぐ。

「私の話、聞こえているんでしょ。あれは単なる事故だった。それが九月十八日の真相よ。それが答えよ。だから、さっさとここから出して！」

一息に叫んだ桜庭は荒い息をつくと、期待の眼差しでタイマーを見る。しかし、タイマーのカウントダウンが止まることはなかった。「なんでよ!?」と地団太を踏む桜庭を月村たちが宥める傍らで、梓は固まっていた。

まさか、そんなことが……。棒立ちになりながら、梓は必死に頭を絞る。ここに監禁されてからの出来事が脳裏を駆け抜けていくにつれ、梓は確信する。自分の想像が正しいことを。

からからに乾燥した口腔内を舐めて湿らすと、梓は一歩踏み出した。

「桜庭さん」声がひび割れる。

「なによ？」桜庭は血走った目を向けてきた。

「たしか、桜庭さんはこの病院に来たことはなかったんですよね？　芝本先生に案内されたりしなかったんですか？」

「さっきから何度も言っているでしょ。私はあの人が作ってる下らないゲームが大っ嫌いだったのよ。こんなところに来るわけないでしょ」

「それじゃあ、この病院のことについて、芝本先生から聞いていたりは？　どんなつくりで、そこにどんな謎を仕掛けようとか」

「しつこいわね！　この病院のことなんて全く聞いていないわよ！」

桜庭が苛立たしげに答えると同時に、梓は自分の胸に手を当てた。掌に伝わってくる心臓の鼓動を感じながら、梓は桜庭の目をまっすぐに見る。

「嘘をついていますね」

「はぁ？　なに言っているのよ、あんた？」桜庭は梓を睨み返した。

「あなたはこの病院に来たこともなければ、つくりを聞いたこともない。なら、なんで挟間監督が最上階の窓から落ちたって分かるんですか？」

「え？　だって、挟間は院長室に行ったって。そこから落ちたなら……」

　桜庭の口調に不安が混じる。

「院長室がなんで最上階にあるって分かるんですか？　そもそも、私はこの病院が何階建てかさえ知りません。四階から上の階段は封鎖されて行けなくなっているから」

　アイシャドーで縁取られた桜庭の目が大きく見開かれる。

「それは……、さっきこの部屋の記事で……」

　震える指先で壁を指さす桜庭に、梓は詰め寄る。

「どこですか？　いったいどの記事に、挟間監督が最上階から落下したって書いてあるんですか？」

　梓が訊ねると、桜庭は壁に走り寄り、目を血走らせて記事を凝視する。数十秒その後ろ姿をながめたあと、梓は桜庭の背後に近づいて、その肩に顔を近づけながら囁く。

「そう言えば、五階に上がる階段が鉄格子で封鎖されているのを見て、あなた言いましたよね。『これじゃあ院長室には行けないじゃない』って。あれって、五階に院長室があることを知っていたってことですよね」

「ち、違う！　それは……案内図で見たのよ。あの一階にあった院内の案内図。みんなも見たでしょ。そこに五階に院長室があるって……」

「描いてありませんよ」梓は低い声で桜庭のセリフを遮る。「桜庭さんはさっとしか見なかったから覚えていないでしょうけど、あの案内図には四階までしか描かれていませんでした。当然ですよね、あれは受診者用の案内図ですから、わざわざ院長室まで描く必要はありません」

桜庭は口を半開きにしたまま、月村を見る。月村は「倉田さんの言う通りだ」と重々しく頷いた。

「あなたはこの建物が五階建てで、最上階に院長室があることを知っていた。それは、この病院に来たことがあったから。そうですよね？」

桜庭は細かく首を左右に振る。梓は気にすることなく続けた。

「あなたが院長室に行けなくて苛立っていたのは、そこに秘密の金庫があるって知っていたからじゃないですか？　金庫の中にここから脱出するための手がかりがあるかもしれない、そう思ったから悔しがっていたんじゃないですか」

桜庭の震える唇から、もはや反論の言葉は出なかった。梓は唇を舐める。

「私の想像はこうです。芝本先生は探偵を雇って、あなたと小早川さんの不倫を調べあげた。きっと、院長室の隠し金庫の中に隠してあった書類っていうのは、その不倫の証拠だったんでしょう。あなたは自分たちの不倫の証拠を芝本先生が手に入れたことをどこからか知り、どうにかしてそれを処分しないといけないと思った」

梓は前のめりになって言葉を吐き出していく。頭の中では激しく脳細胞が発火して、事件の夜になにがあったかを浮かび上がらせていく。

「九月十八日の零時前後、田所病院にやって来たあなたは、私に呼び出された芝本先生が出かけたのを見た。チャンスと思い中に忍び込んだあなたは、芝本先生が寝泊まりしていた院長室を探す。そのとき、芝本先生に呼び出された挟間監督がやって来て、鉢合わせになった。もみ合いになったあなたは、泥酔していた挟間監督を窓から突き落として殺害した。そうじゃありませんか？」

梓は額がつきそうなほど、桜庭と顔を近づける。桜庭のかすかに開いた唇から「ち、違う……」と弱々しい声が零れた。

「なにが違うっていうんです！」

梓が声を荒らげると、桜庭は助けを求めるようにあたりを見回した。その視線が、驚きの表情で固まっている小早川を捕えた。桜庭は素早く小早川に近づく。

「あの夜、私はずっとこの人と一緒にいたのよ！　ねえそうでしょ」

桜庭は縋りつくような視線を小早川に向ける。小早川の顔の筋肉が、細かく蠕動(ぜんどう)をはじめた。

「小早川君、どうなんだ？　本当にあの夜、君は桜庭さんとずっと一緒にいたのか？」

月村は顎を引くと、小早川を睨め上げる。

「お、俺は……」弱々しくつぶやきながら、小早川は恋人を見下ろした。

「小早川さん」

梓の鋭い声が小早川を貫く。小早川の表情に怯えが走った。

「よく考えてから答えてください。あなたの答えに、ここにいる全員の命がかかっているんですから」

小早川の表情筋の蠕動が、さらに大きくなった。梓は口をつぐんで回答を待つ。

その顔にありありと逡巡を浮かべながら、小早川は目を閉じた。

誰もが言葉を発することなく、小早川を眺める。隣の手術室から聞こえてくる心電図の規則正しい音が、やけに大きく梓の鼓膜を揺らした。

やがて、小早川は瞼を上げると、大きく息を吐いた。胸の奥に溜まっていた澱を吐き出すかのように大きく。

「あの夜、……俺は和子と一緒にはいなかった」

5

「ちょっと!?」

　桜庭は悲鳴のような声を上げながら、小早川のシャツを両手で掴んだ。小早川は唇の端を上げると、小さく肩をすくめる。

「仕方がないだろ。そこの姉ちゃんが言う通り、ここにいる全員の命がかかっているんだ。たしかに、あの夜、和子は俺の部屋に来る予定だった。けれど、夕方になって『今夜は用事ができたから行けない』ってメールが入ったんだ。だから、あの夜、俺は自宅で一人で過ごした」

　小早川のシャツを掴んでいた桜庭の手が、だらりと垂れ下がった。小早川は憑き物が落ちたかのような表情で喋り続ける。

「あと、あそこにいる祖父江に情報提供したのも和子の案だ」

　小早川は隣の部屋の手術台に横たわる男を指さす。

「あの事件から少し経ったあと、うまくマスコミに情報を渡せば芝本と早く、有利な条件で離婚をすることができる。そうなれば、俺と大っぴらに付き合えるって和子が言ってきた。俺はその案に乗ったんだ」

「じゃあ、さっき自分が『情報提供者』だってすぐに認めたのは……」

月村の問いに、小早川は頷いた。

「そうすれば和子が疑われないと思ったからだよ。ちなみに、最初にここで目を覚ましたとき、俺たちが他人同士のふりをするっていうのも、和子が言い出したことだ。最初はなんでそんなことをするのか分からなかったけど、和子はすぐに気づいたんだろうな。ここが田所病院で、監禁されたのは一年半前の事件と関係しているって」

小早川は「話はこれで終わりだ」というように手を振る。その表情はどこか晴れやかだった。梓はようやく小早川と桜庭の関係を理解する。

一見すると小早川が桜庭を引っ張っているように見えたが、その実、桜庭の方が上の立場だったのだろう。その美貌で小早川を支配下に置き、傍目(はため)からはそれと分からぬように行動をコントロールしていたのだ。

突然、意識を失ったかのように桜庭がその場に崩れ落ちる。しかし、誰もその体を支えようとはしなかった。

梓は桜庭の前にしゃがみこむと、「桜庭さん」と声をかける。桜庭は緩慢に顔を上げた。梓を見るその目は焦点を失い、まるで眼窩(がんか)にガラス玉がはまっているかのようだった。

「あなたが挟間監督を院長室から突き落とした。そうですね？」

「そ、それは……」桜庭は助けを求めるかのように小早川を見る。しかし、小早川は露骨に視線を外した。

「桜庭さん！」

梓は腹の底から声を上げる。桜庭は「ひっ！」と悲鳴を上げた。

「しっかり答えてください。全員の命がかかっているんです。あなたは映画監督を殺した。そうですね！」

「わ、私は……」桜庭は喘ぐように言う。「殺すつもりなんかなかったの。ただ、ちょっと押したら窓から落ちて……」

「さっき私が言ったことは正しかったんですね？」

梓が念を押すと、桜庭は細かく首を横に振る。

「全部じゃない。細かいところが色々違っていた……」

「じゃあ、なにがあったのか、本当のことを教えてください。まだ私たちは解放されていません。きっとクラウンは、あなたが九月十八日に起きたことを全部説明するまで、私たちを出さない気なんです。早く！」

梓が急かすと、桜庭は「わ、分かったから」と声を震わせる。

「九月十七日の夜九時ごろ、芝本から電話があったのよ。最初は今晩家に帰るって連絡だと思った。あの頃、芝本はずっと病院に泊まり込んでいたんで、自宅に帰るときは前もって連絡するように言っていたから」

「けれど違ったんですね」梓は先を促す。

「そう、違った……。芝本は深刻な声で、『明日、見てもらいたいものがある』って言ってきたの。すぐにピンときた、私たちの不倫の証拠を手に入れたんだって」

「だから、田所病院に行ったんですね？」

梓が確認すると、桜庭はおずおずと顎を引いた。

「証拠を隠すとしたら、泊まり込んでいるこの病院だと思ったの……。だから午後十一時半ごろに病院に行き、あとは電話であの人をどうにか自宅に呼び出して、その隙に病院の中を探すつもりだった。そうしたら、あの人が車でどこかに行った……。いま考えればあなたに呼び出されたのね」

「それで病院内を探した」

「……ええ、あの人が帰ってきてもばれないように懐中電灯を使って。本当に気味の悪い病院だった。五階の院長室に、芝本が泊まり込んでいた形跡があったから、その部屋を徹底的に探したの。でも、なにも見つからなかった。そのうちに、急に階段を上がってくる足音が聞こえてきて、私は慌てて机の下に隠れた。そうしたら、部屋に人影が入ってきた」

「それが、挟間監督だったんですね」

「部屋が暗かったから、私は芝本が戻ってきたと思った。その人影は部屋の隅でうずくまると、そこに隠されていた金庫を開けたの。あんなの見つかるわけがない。完全に床の一部にカモフラージュされていたから」

「そのあと、なにがあったんですか？」

　梓が水を向けると、桜庭は目を伏せた。梓は「桜庭さん！」と怒声を上げる。桜庭は体を震わせると、再びぼそぼそと話しはじめた。

「……金庫を開けたあと、その人影は窓辺に行って、外に向かって吐きはじめたの。私はその隙に逃げようと思って、机の下から抜け出したけど、そのとき足が椅子に当たったの。音に気づいた人影は『誰だお前は！』って迫ってきた。それで、怖くて思わず押しのけちゃったの。その人は、ふらふらと窓辺に近づいて、そのまま……」

　両手で顔を覆って肩を震わせはじめた桜庭を、梓は冷然と見下ろす。

　本当にそうだろうか？　もしかしたら桜庭は、芝本と思っていた人影が窓辺で嘔吐しているのを見て、恐ろしいことを思いついたのではないだろうか？　ここで背中を押せば、事故死に見せかけて芝本を殺すことができる。そうなれば、遺産は全て自分の懐に転がり込むと。

そして、それを実行した……。

それが真実のような気はする。しかし、証明はできない。なんにしろ、いまは事件の全てを聞き出すことが先決だ。梓は口を開く。

「突き落としたあと、相手が芝本先生じゃないって気づきましたか？」

桜庭はためらいがちに頷いた。

「そのあと、あなたは金庫から不倫の証拠を持ち出した。そうですね」

「違う！　そんなものなかった」

「なかった？」

「そう、少なくとも密会写真とかそういうものはなかった。焦っていたからはっきりは見なかったけど、中に入っていたのは蛍光マーカーが引かれたカルテとか入退院の記録とか、あとはよくわからない暗号みたいなものだった」

「暗号？　なんでそんなものが金庫に？」

「そんなの分からないわよ！」桜庭は勢いよく首を左右に振る。「怖くなってすぐに逃げ出したんだから。ねっ、分かったでしょ。あれは事故だったの。急に迫ってきた挟間が悪いのよ」

媚びるような笑みを浮かべる桜庭に、梓は吐き気をおぼえる。

「あなたは挟間監督を突き落としたにもかかわらず、救急車も呼ばないで逃げた。

もし、すぐに救急要請していれば、助かったかもしれないのに」

桜庭の笑みがこわばる。

「そのうえ、祖父江にデマ情報を流して、芝本先生を殺人犯に仕立て上げた。自分が殺したくせに、芝本先生を犯人に……」

梓の奥歯がぎりりと鳴った。桜庭は目を伏せて黙り込む。

これで、一昨年の九月十八日になにがあったのかはっきりした。梓は虚無感をおぼえながら天井を仰ぐ。これで解放されるのだろうか？　クラウンは、この後どのような行動に出るのだろうか？

唐突に甲高い笑い声が部屋に響き渡った。梓が反射的に振り返ると、ピエロの人形が床で体を激しく動かしながら、耳障りな笑い声を上げていた。素早い動きで床を掻く四肢の動きは、死に瀕してのたうち回る昆虫を連想させ、梓は思わず後ずさる。他の面々も恐怖の表情を浮かべながら、ピエロから距離を取っていた。

やがてピエロの動きが止まり、笑い声も消えた。

「いまのはいったい……」

月村が震える声でつぶやいた瞬間、穴が開いているピエロの口から真っ赤な舌が勢いよく飛び出した。梓は小さく悲鳴を上げる。

優に三十センチはあるその長い舌は、仰向けに倒れているピエロの頬にだらりと垂れ下がる。その先端は小さくとぐろを巻いていた。とぐろの中心で蛍光灯の光が反射したのを見て、梓は目を見張る。

「鍵です！　舌の先に鍵がついています！」

梓がピエロの舌先を指さすと、小早川がすり足でピエロに近づき、おずおずと手を伸ばす。

「……動くんじゃねえぞ」

小早川は舌先から鍵を取ると、素早くピエロから離れた。

「なんの鍵なんですか？」七海が小早川に近づく。

「この形はたぶん、手術室にある金庫の鍵だな。形が似ている」

小早川は指先でつまんだ鍵をまじまじと眺めた。

「指示通り、九月十八日の真実にたどり着いたから、この鍵を渡したってことか。なら、普通に渡せっていうんだ。趣味が悪い」

「早く金庫を開けよう。僕たちは指示をやり遂げたんだ。きっと、出口の扉の暗証番号が入っているはずだ」

月村に促された梓たちは、隣の手術室に移動する。魂が抜けたかのようにへたり込んでいる桜庭も、七海に「ほら、行きましょう」と体を支えられて手術室に戻った。

しゃがんでまだ開いていない金庫の一つを開けはじめた小早川の背後に立ちながら、梓は横目で桜庭に視線を向ける。桜庭は七海に促され、部屋の隅に置かれたパイプ椅子に力なく腰掛けていた。

「開いたぞ！」小早川が歓声を上げた。

梓は意識を桜庭から金庫へと戻す。小早川はもったいをつけるようにゆっくりと、向かって左側に置かれている金庫の扉を開いていった。その中に入っていたものが露わになった瞬間、湧き上がっていた部屋の空気が冷える。金庫には小さな鍵が入っていた。

「また鍵かよ！　暗証番号はどこだよ！」小早川が髪を掻きむしる。

「ちょっと待ってくれ、奥になにか書いてある」月村が金庫を指さした。

梓は金庫を覗き込んだ。月村の言う通り、金庫の奥の面に文章と例によってピエロの絵が描かれていた。

がっかりした？
うなだれちゃった？
なら、そのまま
院長室を探してみて
クラウン

「院長室を探せってことは、これは四階から上がる階段の鉄格子の鍵ってことか。でも『そのまま』っていうのはなんなんだ？」

小早川は金庫から鍵をつまみ上げながら、唇を歪める。

「これって、院長室にある秘密の金庫を探せってことじゃないでしょうか。たしか、その金庫は床にカモフラージュされているんですよね？　きっとうなだれて下を見たまま院長室を探して、金庫を見つければいいんです」

梓が説明すると、月村の表情がこわばった。

「まだこのゲームが続くのか？」

「いまは指示に従うしかありません。急ぎましょう」

梓が廊下に繋がる出口へと向かいかけると、「……ちょっと待ってよ」と桜庭が弱々しく声を上げた。

「……なんですか？　あなたの相手をしている暇はないんですけど」

梓が冷たく言い放つと、うなだれていた桜庭が顔を上げた。その表情筋は弛緩しきっていて、この十数分で十歳以上老けたかのように見えた。

「私はどうなるのよ？　ここから出られたとして、私はどうなるの？」

「逮捕されるに決まっているでしょ。挟間監督を殺したうえ、芝本先生にあんなことをしたんだから」梓は舌打ちをする。

「殺す気なんかなかったのよ。あれは事故なの。祖父江に情報を渡したのも、仕方なく……」

言い訳をはじめた桜庭から、梓は視線を外す。いまはこんな女の相手をしている時間はない。

「大丈夫だ、和子。心配するな」

桜庭に近づいた小早川が柔らかく言う。肩に手を置いてきた小早川を、桜庭は虚ろな目で見上げた。

「証拠なんてなにもないんだ。お前は監禁されたせいでパニックになって、やってもいないことを口走った。それで押し通せば大丈夫だ」

「本当に……？」桜庭の表情にかすかに期待の色が浮かぶ。

見つめ合う二人を眺めながら、梓は歯を食いしばる。ようやく桜庭の支配下から離脱したように見えた小早川だが、桜庭への想いが消えたわけではないらしい。よほど惚れ込んでいるのだろう。そして、いま小早川が口にしたことは、単に桜庭を落ち着かせるための方便ではなく、現実でもあった。

一年半も前に事故として処理された事件の証拠など、いまさら集めることは不可能だろう。おそらく、桜庭が挟間殺害で罪に問われることはない。

「小早川君、時間がないんだ。行かないなら鍵を渡してくれ」

月村が小早川を促す。小早川は「すぐに行くって」と桜庭から離れた。梓たちは出口に向かう。

「倉田さん、私も行きます」七海がついてきた。

「え？　七海さん。祖父江の状態を見ているんじゃ……」

「まだこのゲームが続くなら、人手は多い方がいいはずです。祖父江さんの全身状態は安定していますし、もしものときは桜庭さんがいるから大丈夫だと思います。桜庭さん、もしなにかあったら大声で呼んでください」

七海が声をかけると、桜庭はこちらを見ることなく、かすかに頷いた。

たしかに人手は多い方がいい。桜庭は動けるような状態ではないから、患者の状態を監視させるというのは合理的なのかもしれない。

「それじゃあ、行きましょう」

　梓が声をかけると、七海は「はい！」と覇気のある声を上げた。梓、月村、小早川、七海の四人は手術室を出ると、廊下と外来待合を抜け、階段を四階まで一気に駆け上がっていく。

「この南京錠だな」

　四階の上り階段の鉄格子の前に立った小早川は、軽く息を乱しつつ、鉄格子を閉めている南京錠に鍵を差し込む。軽い音とともに錠が外れた。小早川は「よしっ」と声を上げながら鉄格子を開き、五階へと階段を上っていく。梓たちもそのあとを追った。

　五階に到着すると正面に短い廊下が伸び、右手に『院長室』と表札のかかった扉があった。正面の突き当りにある鉄製の頑丈そうな扉には、『備品倉庫』の表札がかかっている。

　梓たちは辺りを警戒しながら廊下を進む。院長室の前に移動した月村が、ゆっくりとドアノブを回した。重い音を立てながら扉が開く。

「鍵はかかっていないみたいだね」

「こっちは開きません。溶接はされていないみたいですけど」

備品倉庫の扉に手をかけながら梓が言うが、月村は答えることなく院長室へと入っていった。梓たちもすぐに院長室に入り込む。

そこは十畳ほどの部屋だった。豪奢（ごうしゃ）な机やソファーセット、医学書の詰まった本棚などが埃をかぶっている。部屋の隅には、他の家具に比べるとみすぼらしいマットレスが置かれていた。おそらく、芝本が寝泊まりするために持ち込んだ物だろう。梓の胸に痛みが走る。

すでに月村は四つん這（ば）いになり、床を調べていた。すぐに小早川と七海もそれに倣う。梓は軽く頭を振って、かつて愛した男との思い出を振り払うと、膝をついてフローリングの床に触れはじめた。

数分間、梓たちは無言で金庫を探し続けた。床にあると分かっていればすぐに見つかると思っていたが、想像以上に巧みに隠してあるらしい。

「桜庭さんを連れてきた方がいいんじゃないですか？　あの人はどこに金庫があるか知っているはずだから」

梓がそう提案したとき、「あった！」と声が上がった。見ると、七海の前の床が開き、その下から金庫が現れていた。

「見つけたのか！」

月村は七海を押しのけるように近づくと、隠し金庫の扉に手をかけ、せわしなくそれを開く。鍵はかかっていなかったようだ。

「暗証番号はあったか!?」

小早川が月村に駆け寄る。梓も金庫を覗き込んだ。そこには一枚の紙が入っていた。短い文章とピエロの絵が描かれた紙が。

お疲れ様
今度はベッドの中を
よく探して
クラウン

まだゲームが続くのか。梓は下唇を噛む。
「ふざけるなよ！　まだやらせるつもりか!?　俺たちを出すつもりなんてないんじゃねえか!?」
小早川は力任せに壁を蹴る。重い音が部屋に響いた。

「やっぱりクラウンは芝本だ。こんな質の悪いゲームをやらせるなんて、あいつに決まってる。芝本は恨みのある俺たち全員を殺すつもりなんだ」

これまで棚上げにしていた、クラウンの正体。やはりそれは芝本先生なのだろうか？　あの人が生きていて、目尻に傷跡のある男を使って私たちを集め、復讐しようとしているのだろうか。頭痛をおぼえた梓は頭を押さえた。

桜庭と小早川は祖父江に情報を売り、月村は芝本先生をクビにした。七海がなにをしたかは分からないが、あの改竄された麻酔チャートを見ると、おかしなことをした可能性はある。そして私は、我が身可愛さにあの人を見捨てた……。

全員が芝本先生に恨まれていてもおかしくない。けれど、あの人がこんなことをするはずが……。頭の中を搔き混ぜられているような感覚に、梓は吐き気をおぼえる。

「悲観的なことを考えても仕方がない。まずは指示に従おう。それ以外に助かる道はないんだから」

月村が諭すように言うと、小早川は「……分かったよ」と弱々しく答えた。

「ベッドがあるのは、三、四階の病室と、二階の透析室ですよね。でも、二階のベッドは最初に探したし……」

七海は額にしわを寄せる。月村は金庫に手を入れると、指令が書かれた紙を取り出した。

「いや、この指示では『ベッドの中』と書いてある。二階のベッドも、マットの中までは探していないはずだ。そこも探す必要がある」

「そうなると、かなり数があります。手分けして早く取り掛からないと」

七海が全員の顔を見回す。

「私は四階の病室を担当します。四階はベッドの数が多いんで、倉田さんも手伝ってください。月村さんは三階の病室を、小早川さんは二階をお願いできますか？」

七海は素早く指示を出していく。

「待ってくれ。三階のベッドも四階と同じぐらいある。僕一人じゃちょっと手が回らない……」

文句を言う月村に、七海は一瞥をくれる。

「四階を調べ終わったら、私たちも三階に向かいます。もちろん、小早川さんも二階のあとは三階を調べます。それでいいですよね。もう本当に時間がないんです」

「あ、ああ。もちろんそれで構わない」月村は軽く身を反らした。

「それじゃあ、皆さん行きましょう。なにか見つけたら、大声でみんなを呼んでください」

完全にこの場を支配した七海は、柏手を打つように手を鳴らす。それを合図に、ろう。

梓たちは院長室を出て指定された場所へと散っていった。

「私は手前の部屋から調べます。倉田さんは奥の病室をお願いします」

四階に着くと、七海が指示を飛ばす。言われた通り、梓が一番奥の部屋から調べはじめたとき、遠くから金属がぶつかるような音が響いた。おそらく鉄格子の音だろう。

梓はベッドに近づくと、まず布団とシーツを剝がし、なにか異常がないか探したあと、マットのジッパーを開けて、中を覗き込んだり手で探ったりしていく。想像以上に労力を要する作業に、額に汗がにじんだ。

最初の部屋の四つのベッドに異常がないことを確認すると、梓は向かい側の部屋に入って、同じことを繰り返す。

合計して六つ目のベッドを調べていた梓は、はっと顔を上げた。遠くから、なにかが破裂するような音が聞こえた気がした。手を止めたまま耳を澄ます。しかし、いまはなにも聞こえなかった。

「……気のせいか」梓は再び手を動かしていく。

二つ目の部屋にあるベッドも全て調べ終え、次の部屋に移ろうかと思いはじめたとき、再びガシャリという金属音がかすかに聞こえてくる。その数秒後、「倉田さーん」と名を呼ぶ声が響いた。梓は急いで部屋を出る。廊下の先、階段の近くに七海が立っていた。

「なにか見つけました？」

梓が勢い込んで訊ねると、七海は険しい表情で首を左右に振った。

「そうじゃなくて、なにかあったみたいなんです」

「なにかあった？」梓は七海に近づいていく。

「倉田さん、さっき破裂したみたいな音、聞こえました？」

「えっ、七海さんにも聞こえたんですか？　私、気のせいだと……。まさか、ガソリンが!?」

「いえ、ガソリンじゃないと思います。もしそうなら、もう煙がここまで上ってきているはずですから。小さな音だったんで、私も最初、気のせいかと思っていたんです。ただ、気になったんで、音がしてすぐに廊下に出て下の様子を窺っていました。そうしたら、声が聞こえてきて」

「声ですか？」

「はい、多分、男性の声です。なにかすごく焦っているみたいな……」

梓は階段に近づくと、聴覚に神経を集中させる。たしかに、かすかに声が聞こえた。おそらくは小早川の声、その響きにはなにか悲痛なものが混じっている気がする。

「七海さん、下でなにかあったみたいです。行きましょう」

梓は七海を促すと、階段を駆け下りはじめた。

「月村さーん！　いますかー！」

三階に下りた梓は声を張り上げる。しかし、廊下の左右に並んだ病室から月村が姿を見せることはなかった。再び、小早川の声が階段の下から聞こえてきた。

「もっと下です！」梓は七海を促し、再び階段を下りていく。

二階に着いた梓は「小早川さん、どこですか！」と叫ぶ。しかし、広々としたフロアに声が虚しく響くだけで、返事はなかった。

なにかが起きた。なにか良くないことが。梓はそのことを確信する。

「一階です。声は一階から聞こえています」

七海が声を上げる。梓は頷くと、さらに階段を下っていった。

一階にたどり着くと、外来待合に聞いている者の胸をえぐるような慟哭が響いていた。その声は、手術室へと続く扉の奥から聞こえてくる。

梓と七海はポリタンク群を迂回すると、扉を開けて手術エリアに入る。長い廊下の奥、手術室の前で月村が立ち尽くしていた。

「月村さん、なにがあったんですか？」

梓たちは月村に走り寄る。月村は正面を向いたまま、ゆっくりと腕を上げ、手術室の中を指さした。梓は大きく息を呑む。

自分の見ている光景が信じられなかった。

手術室の奥にひざまずいた小早川が、桜庭を抱き起こしていた。嗚咽を上げる小早川の顔は涙と鼻水で濡れている。しかし、梓の目を吸い寄せたのはその異常な様子の小早川ではなく、その腕に抱かれた桜庭だった。

眠っているかのように目を閉じている桜庭のワンピースは、真っ赤に染め上げられていた。

大量の血液によって……。

＊

「あの分からず屋め！」

四月十九日の昼、鯖戸太郎はアスファルトの小石を力いっぱい蹴っていた。

「危ないですよ。歩行者に当たったらどうするんですか？」

冷めた口調で言う後輩刑事の南雲純平を、鯖戸はぎろりと睨んだ。

「お前は腹が立たないのか、課長のあの態度に」

「仕方がないですよ、課長の言うことももっともですから」

「なにがもっともだ。祖父江春雲が攫われたのは間違いないんだよ！」

鯖戸は道路わきのブロック塀に痰を吐きながら、上司である刑事課長とのやり取りを思い出す。

一昨日、課長の命令で祖父江春雲の仕事場を調べたあと、鯖戸はすぐに署に戻り、課長に「祖父江春雲が誘拐された可能性が高い。すぐに本庁の特殊班に応援を要請して、態勢を整えるべきだ」と伝えた。それに対する、課長の回答は「それだけで誘拐と断定はできない。取り敢えず、お前たちだけで捜査をしてくれ」というものだった。

「そもそも、祖父江の家を調べろって言い出したのは課長だろうが」

「たぶん、署長の親戚の顔を立てるため、一応調べたって形にしておきたかったんじゃないですか？　課長もどうせ愛人と旅行にでも行っていると思っていたんですよ」南雲が覇気のない口調で答える。

「けれど、実際は誘拐されていたんだぞ！」

「根拠はカーペットが消えていたってことだけですからね。身代金要求の電話でもあればまだしも、さすがにそれだけで誘拐っていうのは、話が飛躍しすぎじゃないですか？」

「……南雲、俺は二十年近く刑事をやっているんだ」

鯖戸は声を低くする。南雲の緩んでいた表情に緊張が走った。

「その俺の勘が言っているんだ。あの部屋で、なにかでかい事件が起きたってな」

「でも、勘だけで特殊班の出動を要請するのは、さすがに難しいですよ」

「そんなこと分かってる。けどな、拉致事件は初動が遅ければ遅いほど、ガイシャが助かる可能性が低くなるんだよ。一刻も早く、祖父江が拉致されたってことを証明する必要がある」

　そこで言葉を切った鯖戸は、首筋を掻きながら「まだ、祖父江が生きていればの話だけどな」と付け加えた。

「なら、急いで関係者を調べる必要がありますね」

　南雲のセリフに、鯖戸は「ああ」と頷いた。

　一昨日、本庁への応援要請を却下されたあと、鯖戸と南雲は祖父江春雲について調査をした。特に、誰に恨まれているかについて。その結果、たしかに祖父江は誹謗中傷に近い記事で多くの有名人を貶めていたが、大きなトラブルに発展しているものは少ないことが分かった。

　裏付けが不十分な祖父江の記事は、一流誌に掲載されることは少なく、都市伝説まがいの記事に混じって三流誌に載るのが関の山だった。そのような信用のない雑誌では、読者は最初から記事を鵜呑みにすることもなく、ネタにされた人々の大部分が、有名税と割り切って黙殺していた。唯一の例外が、あの『有名映画監督転落死事件』だった。

芝本大輝という医者が挟間洋之助の殺害犯であるとした祖父江の記事は、日本中に注目された。のちに発売された数冊のノンフィクション書籍の印税を含めると、祖父江が芝本を告発することで得た収入は、一億円を超えるとさえ言われている。そして、芝本大輝は祖父江への抗議を繰り返した末、最終的には自ら命を絶っている。

祖父江がトラブルに巻き込まれたとしたら、芝本大輝がらみだ。そう確信した鯖戸は昨日、芝本について徹底的に調べた。幸いなことに、事件については調布署刑事課が去年、再捜査をして芝本やその関係者について調べていた。芝本の死亡により捜査は終了していたが、鯖戸たちは調布署を訪れ資料を読み、担当刑事に話を聞くことで、様々な情報を手に入れることができた。

芝本には妻がいたが、映画監督死亡事件から二ヶ月ほどして離婚している。両親は芝本が高校生の頃に離婚しており、母親は数年前に死亡していることが分かった。父親は離婚後、芝本の二歳下の妹を引き取ってカナダに移住していたが、去年帰国して、いまは国分寺（こくぶんじ）のアパートに住んでいた。

この父親がくさい。そう感じた鯖戸は、まず手始めとして、芝本大輝の父親である浮間輝也（うきまてるや）という男の自宅に向かっていた。

「けど、たしかに芝本の父親は怪しいですよね。十年以上カナダに住んでいたのに、息子が自殺した三ヶ月後に、急に日本に戻ってくるなんて」

スマートフォンの画面で地図を確認していた南雲が、「あっ、そこを右に曲がったところですよ」と十字路を指さす。

「しかし、こんな時間に家にいますかね。その浮間っていう男」

南雲のつぶやきを聞いて、鯖戸は腕時計に視線を落とす。正午を回ったところだった。このあと、芝本の元妻や元同僚、あとは祖父江の知り合いなどにも話を聞く予定なので、早い時間にやって来ていた。

「さあな。けれど、そいつ六十過ぎだろ。もう仕事はしてない可能性が高い。平日の昼間に家にいてもおかしくはねえよ」

鯖戸はスーツのポケットから写真を取り出し、視線を落とす。そこにはサングラスをかけた長身で肉付きのいい男が、数人の外国人とともに写っていた。肌は日焼けし、白髪の目立つ頭はワックスできれいに整えられている。太鼓腹がシャツを突き上げていた。ここに来る前に、南雲がインターネットで浮間輝也を検索したところ、この画像が出てきたのだ。カナダの会社で同僚と撮ったものらしい。ただ画像がかなり荒く、さらにサングラスまでかけているので人相ははっきりしなかった。

写真をポケットに戻した鯖戸が十字路を右に曲がると、左手に古びたアパートが現れた。南雲が「ここの１０３号室ですね」とアパートを指さす。

「かなり年季が入ったアパートだな」

　敷地に入った鯖戸は、大股に１０３号室の扉の前に行くと、迷うことなくインターホンのボタンを押した。軽い電子音が響く。十数秒後、インターホンから「……はい」という陰鬱な声が聞こえてきた。

「警察の者ですが、少しお話いいですか？」鯖戸は声を張り上げる。

　再び十数秒の沈黙のあと、扉が軋(きし)みを上げながら開き、中から初老の男が顔を出した。

　こいつが浮間輝也か……。鯖戸は素早く男を観察する。顔には皺(しわ)が目立ち、髪はやや薄くなっているが、背がかなり高く固太りしているため、あまり老けて見えなかった。鯖戸を見る視線は鋭く、定年を迎えて悠々自適に生きている者の目付きとは思えない。

「……警察がなんの用ですか？」

「浮間輝也さんですね。芝本大輝さんのお父様の？」

　鯖戸が訊ねると、男は訝しげに目を細めた。

「大輝？　あいつは去年亡くなりましたが」

「ええ、存じ上げています。実はですね、祖父江春雲が行方不明になっておりまして、それでなにかご存じじゃないかと思いましてね」

なんの前触れもなく祖父江春雲の名前を出したことで、隣に立つ南雲が驚いた気配がする。鯖戸は気にすることなく目の前の男を観察し続けた。

「そふ……？　誰ですか、それは」

首をひねる男に、動揺は見られなかった。よほど肝が据わっているか、それとも本当に祖父江のことを知らないのか？　刑事として長い経験を積んだ鯖戸にも、判断がつかなかった。

「ジャーナリストですよ。息子さんの件を告発して、自殺に追い込んだ」

「……ああ、噂では聞いています」男は面倒くさそうに首筋を掻いた。

「興味なさそうですね。実の息子さんのことなのに」

「息子といっても、十五年も会っていませんでしたからね。あいつが俺のことを嫌っていて。まあ、他人のようなものでした」

「それじゃあ、息子さんが自殺したことに、なにも思うところはないと？」

「全くないってわけじゃないですけどね……」

「そうですか。ところで、どうして日本に戻ったんですか？　長い間、カナダに住んでいらしたらしいですが」鯖戸は話を大きく変える。

「あちらの会社に勤めていたんですが、定年になりましてね。やっぱり老後は故郷で過ごしたかったんですよ」

「なるほど。ちなみに、どのようなお仕事を？」

「電気工学の研究者です」

「そうですか。そう言えば、お嬢さんがいらっしゃるとか」

「……よく、調べていますね。娘はカナダに残っています。あちらで仕事がありますので」

「そうなんですか。娘さんはどんなお仕事を？」

鯖戸は顎を引くと、上目遣いに目の前の男を観察する。

「医者、……外科医ですよ。あの子の母親、私の元妻が外科医だったんで、憧れたんでしょう」

「ほう、外科医。たしか息子さんもそうでしたね」

「ええ、そうです。あの……、そろそろよろしいでしょうか？　色々とやることがあって忙しいんですよ」

一瞬、鯖戸はさらに質問をしようとするが、口に出す寸前に思いとどまる。

「ああ、これは失礼いたしました。ご協力ありがとうございました」

鯖戸が答えるやいなや、扉が勢いよく閉じた。鯖戸は苦笑を浮かべると、すぐに身を翻して歩きはじめる。これから話を聞く予定の者が多くいるのだ。

「冷たい男ですね。自分の息子が死んだっていうのに。やっぱり十五年も会わなかった息子なんて、他人みたいなもんなんですかね？」

南雲が隣に並んだ。鯖戸は分厚い唇の端を上げる。

「南雲、お前子供はいるか？」

「なに言っているんですか。俺はまだ独身ですよ」

「なら分からねえか。ちなみに俺は息子が二人いる。最近は反抗期で、俺の顔見ても挨拶もしねえけどな」

「それがどうしたんです？」

「自分のガキっていうのはな、どんなにでかくなろうが、どんなに離れていようが、ずっとガキなんだよ。自分の命より大事な存在なんだ。それが死んで、平気でいられるような奴はいねえよ」

「え、じゃあ……」南雲は振り返ってアパートを見る。

「ああ、あいつは祖父江の拉致にかかわっている可能性が高い。だからこそ、警戒されないようにおとなしく切り上げたんだよ。畜生、もっと人員がいりゃあ、あいつに二、三人張り付けるのに」

「仕方がないですよ。日野署の特捜本部にかなり人員を持っていかれて、うちの課はいまカツカツですから。しかしあの浮間輝也って男、独特の雰囲気がありましたね」

南雲は指で左目の下をこすった。

「特に目尻の傷跡なんて、かなりの迫力でした」

第三章　紅蓮病棟

1

　ふらふらと手術室に入り、桜庭を胸に抱いている小早川に近づいた梓は、片手で口元を覆う。桜庭のワンピースの胸元に、三つの穴が穿たれていた。さらによく見ると、前髪に覆われている額にも……。

　銃で撃たれた？　梓は四階で聞いた破裂音を思い出す。あれは銃声だったのか？　けれど、いったい誰が？　混乱で頭が回らない。

「小早川……さん……」

　梓はおそるおそる声をかける。その瞬間、小早川が勢いよく振り返った。充血した目から放たれる殺気に、梓は動けなくなる。

「誰だ？　誰が和子を……」

地の底から響くような声で唸ると、小早川は桜庭の体を抱き上げたまま、ゆっくりと立ち上がる。

「小早川君、落ち着くんだ」近づいて来た月村が声をかける。

「落ち着けだ？　和子が殺されたんだぞ！　誰が和子を殺したんだ！」

「それをはっきりさせるためにも、まずは落ち着かないと。この病院の中に、クラウンがいるかもしれないんだぞ」

「クラウンが……？」小早川の声にかすかに戸惑いが混じる。

「そうだ。そう考えるのが自然じゃないか。桜庭さんが映画監督を殺したこと、そして芝本君を陥れたことを告白したら、クラウンはピエロの人形を動かし、私たちを上の階に行かせてベッドを調べさせた。あれはきっと、私たちをバラバラに行動させるための罠だったんだ。そして、犯人は一人になった桜庭さんを撃った。きっと、芝本君の復讐として」

「誰がクラウンなんだ!?　芝本か？　それとも、目尻に傷跡がある男か？」

　小早川が吠える。

「それは分からない。けれど、問題はそのことじゃない。銃を持った人物がまだ院内にいるかもしれないっていうことだ」

　月村のセリフを聞いて、梓の呼吸が荒くなる。これまでは制限時間だけを気にしていた。クラウンはどこか病院の外、離れた場所からモニター越しにこちらの様子を窺っていると思っていた。しかし、状況は一変した。もはや、いつ自分たちも襲われるか分からない。

「院内にいるって、いったいどこにいるっていうんだよ!?　俺たちはこの病院の隅々まで探したんだぞ！」唾を飛ばして小早川が叫ぶ。

「備品倉庫……じゃないでしょうか」梓はこわごわと口を開いた。「五階の備品倉庫は鍵がかかっていて入れませんでした。もしかしたら、あの中に犯人がいるのかも……」

　小早川は少し考え込んだあと、大きく首を振る。

「五階ってことは、二、三、四階にいた俺たちに気づかれずに一階まで下りて和子を撃ち、そのあとまた上に戻ったってことだぞ。そんなことあり得ねえ！　そもそも、俺は銃声が聞こえてすぐに一階に下りていったんだ」

「もしかしたら、撃ったあと外来待合に隠れていたのかもしれません。そうして私たちが手術室に入ったあと、五階に戻った可能性もあります」

「裏口から侵入して来た可能性もある。クラウンなら、あの数字錠を開けられるんだからね」

　梓に続いて月村が言う。小早川は怒りに満ちた表情のまま、梓、月村、そして出入り口辺りで固まっている七海に順に視線を向けた。

「他の可能性もある。……お前たちの中にクラウンがいるかもしれない」

「僕たちの中に⁉」

　驚きの声を上げる月村を、小早川は鋭く睨む。

「ああ、そうだ。犯人が被害者の一人のふりをして紛れ込んで、周りの奴を殺していく。小説とかでよくありそうな話じゃねえか」

　小早川は低く籠った声で話し続ける。

「ここには、手の込んだ仕掛けが山ほどしてある。俺たちは生き延びようとしてそれを解いていった結果、九月十八日になにがあったか気づいた。けれど、もしもっと前の時点で完全に行き詰まっていたら？　この手術室にある金庫を一つも開けられなかったら？　そうなったら、クラウンだって困ったはずだ。それを防ぐのは簡単だ。クラウンは俺たちの中に紛れ込んで、行き詰まった場合にそれとなくヒントを出せばいい」

　そこで言葉を切った小早川は、梓に視線を向ける。

「そう考えると、あんたが一番怪しいな」

「なんで私なんですか⁉」梓の声が裏返る。

「あんたは襟の中のヒントをはじめ、いくつも謎を解いてきた。しかも、このリアル脱出ゲームとかのマニアなんだろ。このゲームを計画したのは、あんたなんじゃないか？　……あんたが和子を殺したんじゃないか？」

小早川は桜庭を抱きかかえたまま、一歩前に出る。

「違います！　なんで私がそんなことしないといけないんですか？」

「お前は芝本の恋人だったんだろ？　芝本の仇（かたき）を討とうとした。動機が十分にある」さらに小早川は迫ってくる。

「桜庭さんが撃たれたとき、私は四階にいたんですよ。そのあと七海さんと合流して、一緒に下りてきたんです」

「一階で和子を撃ったあと、四階まで戻ったんだ」

「どうやってですか？　あなたは発砲音がしたあと、すぐに一階に向かったんでしょ。もし私が犯人なら、階段であなたと鉢合わせになるはずです」

「……外来待合に隠れて、俺と月村さんが下りるのを待って四階まで戻ったのかも」

歯切れ悪く小早川が言うと、七海が「いえ、違います」と口を挟んだ。

「発砲音が聞こえてすぐに、私は廊下に出て階段の前に移動しました。そこで待機していたら、小早川さんの叫び声が聞こえてきたんで、倉田さんを呼びました。倉田さんは廊下の奥の部屋から来ました」

「発砲音が聞こえたとき、倉田さんは間違いなく四階にいたってことだね」

月村がまとめると、七海が「そうです」と頷いた。

「そんなの信じられるか！　お前たち二人とも犯人なのかもしれない。いや、俺以外全員が犯人の可能性だってある！」

血走った目で小早川が睨んでくる。梓は口を固く結びながら、必死に頭を動かす。

たしかに自分たちの中にクラウンがいる可能性は否定できない。少なくとも、クラウンが院内にいることは確かなのだ。

この中で桜庭を射殺することができたのは……。梓は眼球だけ動かして、部屋にいる人々を見る。

まず七海には難しいだろう。三階の月村、二階の小早川に気づかれることなく一階まで下りて桜庭を射殺し、さらに四階に戻って私を呼ぶ。絶対に不可能とは言えないが、かなり困難だ。

七海ほどではないが、三階にいた月村にも犯行は簡単ではない。一階に下りる際に小早川に見つかるかもしれないし、発砲したあと身を隠す前に小早川がやって来る可能性もある。

この犯行が確実に実行できた人物、それは一人しかいない。梓はいまだに怒声を上げ続ける小早川に視線を向ける。

二階の探索をしていた小早川なら、一階に行って桜庭を射殺できた。そのあと、凶器を隠して悲しんでいるふりをすればいい。

けれど、そんなことがあり得るのだろうか？　その顔にありありと絶望を浮かべている小早川の態度が演技だとは、梓にはとても思えなかった。

「小早川君、とりあえず落ち着こう。あれを見るんだ」

ゆっくりとした口調で言いながら、月村はタイマーを指さす。『1：28：56』、残された時間の少なさに、梓の呼吸が乱れる。

「桜庭さんを殺した犯人を明らかにして、罰を受けさせるべきだ。けれど、いま犯人を捜している余裕はない。まずは生き延びることを、ここから出ることを考えよう。そのあと、じっくりと犯人を追い詰めるんだ」

小早川は般若のような表情を浮かべたまま、口を開かなかった。

「時間になれば私たちは焼き殺される。そうなればクラウンは逃げおおす。それでいいのか？」

月村が必死に説得を重ねていく。小早川の表情に逡巡が見えはじめた。

「……ボディチェックだ」十数秒の沈黙ののち、小早川はつぶやいた。「銃声が聞こえてから、俺が駆け付けるまでほとんど時間がなかった。そのあとすぐに、お前たちがやってきた。拳銃を隠す余裕がなくて、いまも持っているかもしれない」

「身体検査をすれば、犯人捜しをいったん中断してくれるんだね？」

月村が訊ねると、小早川は憎々しげに頷いた。梓の体に緊張が走る。いくら極限状態とはいえ、男に体を触られるのには抵抗があった。見ると、隣で七海も困惑の表情を浮かべていた。

「とりあえず、二人は女性同士でチェックして。僕は小早川君に確認してもらう。それでいいね」

梓たちの気持ちを察した月村が提案するが、小早川は首を左右に振った。

「ダメだ。その二人は共犯かもしれない。俺がチェックさせてもらう」

梓が顔を歪めて距離を取ると、小早川は顎を引いた。

「なんだ？　ボディチェックされたら困るようなことがあるのか？」

そのとき、七海がつかつかと大股で小早川の前に近づいた。

「身体検査したいなら、さっさとやってください」

七海は力強く言うと、両手を水平に伸ばした。唇の端をかすかに動かした小早川は、抱きかかえていた桜庭の体を傍らの床に丁寧に横たえると、両手で七海の体に触れはじめる。胸に触れられたとき、七海の表情が一瞬こわばった。十数秒かけて七海の華奢に体を隅々まで触れたあと、小早川は手を引く。桜庭の血の付いた手で触れられたため、七海の服にはところどころ赤黒い染みがついていた。

「これで満足ですか？」

七海が言うと、小早川は答えることなく梓を見た。梓は奥歯を嚙みしめると、重い足取りで小早川に近づき、緩慢な動作で腕を横に伸ばす。小早川は無言のまま、梓の体を触りはじめた。ごつごつとした手の感触を内腿におぼえた瞬間、屈辱で目の前が赤く染まった気がした。

「……あんたも持ってないか」

淡々とつぶやいて手を引いた小早川を睨みつけると、梓は身を翻して離れていく。すぐに小早川は月村のボディチェックに移った。

視線を下げると、小早川に触れられたジーンズに血の染みがついていた。梓は部屋の隅の血だまりに視線を向ける。血液の中にかすかに脳漿らしき黄色が混じっているのを見て、胃の奥から熱いものがこみ上げてきた。両手で強く口を押さえ、必死に嘔気に耐える。

「倉田さん、これ」

七海が麻酔カートの上からアルコール綿を取り、梓に差し出す。梓は「ありがとうございます」と受け取ると、ジーンズに着いた血を拭いた。

月村のボディチェックが終わる。やはりなにも見つからなかったようで、小早川は乱暴に頭を掻いた。

「ボディチェックは終わりでいいかな」

月村が息を吐きながら言うと、梓は「まだダメです」と声をあげた。

「まだ小早川さんのチェックが終わっていません」

「俺が和子を撃ったっていいたいのか!?」小早川の唇がめくれあがる。

「私たちをチェックしたんだから、あなたも当然確認されるべきです。それとも、受けられない理由でもあるんですか?」

「てめえ……」

小早川は拳を握って一歩踏み出した。しかし、梓は引かなかった。体をまさぐられた屈辱と怒りが、まだ胸を満たしている。

「……小早川君、とりあえずチェックさせてくれ。十秒で終わるんだから」

月村が言うと、小早川は歯ぎしりをして腕を水平にのばした。月村は「じゃあ失礼するよ」と小早川の体に触れていく。

「特に異常はないね」月村の声には疲労が滲んでいた。

「じゃあ、やっぱりクラウンが拳銃を持って、病院のどこかに隠れているんでしょうか?」

七海がつぶやくと、小早川は大きくかぶりを振った。

「そうとは限らないだろ。俺が駆け付けるまでの少しの間に、どこかに隠したのかもしれない。この部屋とかな」

「誰も拳銃は持っていなかったんだ。約束通り犯人捜しはあとにして、脱出に集中しよう。倉田さん、この後に取るべき行動は?」

話を振られた梓は、数秒考えたあと口を開く。

「私たちは指示通り九月十八日の真相を明らかにしました。なのにまだ出られないとなると、新しい指令があるはずです。たぶん、この近くに」

そこで一度言葉を切った梓は、「犯人がゲームを続ける気があればですけど」と付け加える。

「もし、犯人の目的が私たち全員を殺すつもりだったら、わざわざ桜庭さんだけを撃つ理由なんてないはずだ。ガソリンを爆破して、全員まとめて殺せばいいんだからね。そうなっていないということは、きっとゲームは続いている。とりあえず、二人一組になってこの付近を探そう。僕は小早川君とペアになる」

月村の提案に反対する者はいなかった。なぜペアを作って部屋を探させるのか、誰もが言葉に出さずとも理解していた。月村もこの中にクラウンがいるかもしれないと疑っているのだ。もしばらばらに動けば、隠した拳銃をクラウンが回収する可能性がある。

「僕たちは診察室の方を探しに行こう」

月村は小早川を促す。小早川は目を伏せると、器具台の上にあったガーゼを手に取り、桜庭の亡骸に近づいていく。ゆっくりとひざまずいた小早川は、愛おしそうに桜庭の頬に一度触れると、痛みに耐えるような表情でその顔にガーゼを載せた。

「行くぞ」

なにかを振り切るように力強く言うと、小早川は月村とともに診察室へと入っていった。その背中を見送った梓は、七海とともに手術室の捜索を開始する。器具の棚、全身麻酔用のカート、麻酔器の下、並んだ金庫の裏などを見たが、拳銃はもちろん、犯人からの指示も見つからなかった。

「もしかしたら、拳銃って金庫の中にあるんじゃないでしょうか？」

開いた二つの金庫の中を覗き込みながら、梓はつぶやいた

「その金庫の中ですか？」

七海はまだ開いていない最後の金庫を指さす。

「はい。クラウンならあれの鍵を持っていてもおかしくないですよね。桜庭さんを撃ったあと、この中に拳銃を隠してすぐに部屋から脱出したのかも」

「……倉田さんも、私たちの中にクラウンがいると思っているんですか？」

「え、いや、そんなこと……」梓は胸の前で両手を振る。

「でもクラウンが私たち以外なら、拳銃を隠す必要がないじゃないですか。ずっと

持っているはずです」

たしかにその通りだ。梓は言葉に詰まる。

「……続けましょう。あと探していないのは、あそこくらいです」

七海が気怠そうに男が横たわる手術台を指さした。梓はためらいがちに顎を引く。少し抵抗を感じるが、たしかにあそこも調べるべきだ。

梓は手術台に近づくと、両手で青い滅菌シートをめくる。肋骨の浮き出た貧相な体が露わになる。みぞおちから下腹部まで、開腹した傷を保護するために薄いガーゼが貼られていた。白いガーゼにうっすらと赤い血が滲んでいる。ガーゼから視線を外した梓は、手術台の土台のそばになにかが落ちていることに気づいた。しゃがんで拾うと、それは名刺サイズのカードだった。滅菌シートが床近くまで垂れ下がっていたので、めくるまで気づかなかった。

ミッションクリアおめでとう！
けど、ごめんね。
ゲームはまだ終わりじゃ
ないんだ。
僕を泣かせて、
隠された本当の
指令を見つけてね

クラウン

梓は立ち上がって滅菌シートの中から出る。

「見つけました！」

声を上げると、月村と小早川が足音を立てて診察室から戻ってきた。七海も近づいてくる。

「なにがあったんだ？」月村が勢い込んで訊ねる。

梓は「これです」と、月村にカードを渡す。

「僕を泣かせて？　どういうことだ」

「そこに描かれているピエロは、裏口のピエロと同じです。たぶん、あそこでなにかをしろってことだと思います」

梓が答えると、小早川が疑惑に満ちた眼差しを向けてきた。

「……よく、すぐにそんなことが分かるな」

「私がクラウンだからって言いたいんですか？　このくらい、ちょっと考えれば分かります」

梓は反論するが、小早川の視線に含まれる疑いの色は消えなかった。

「時間がない。とりあえず、裏口に行こう」

月村が声をかけると、小早川は「ちょっと待ってくれ」とつぶやいて、桜庭の亡骸に近づき、慎重にそれを抱き上げた。

「和子をここに置いておきたくない。二階のベッドに寝かせる」

「ああ、そうだね。……それがいい」

月村が同意を示すと、小早川は無言のまま廊下へと出て行った。梓たちはその後を追う。

「診察室にはなにもなかったんですか」

廊下を歩きながら梓が訊ねると、月村は皮肉っぽく唇の端を上げる。

「拳銃がなかったか、ってことかな？　なにも見つからなかったよ」

「そうですか……」

診察室でも手術室でも拳銃は見つからなかった。もしどこかに拳銃が隠してあるとしたら、まだ開いていない金庫の中か、この廊下、あとは外来待合の可能性が高いはずだ。梓は廊下を見回す。ホワイトボードやポータブルレントゲンなどが置かれているが、物を隠せる死角はあまりない。ジーンズの裾を直すふりをしてしゃがみ、ポータブルレントゲンの下なども見るが、拳銃は見つからなかった。

やはりクラウンは自分たちの中にはおらず、拳銃を持ち歩いて院内に隠れているのだろうか？

外来待合に出ると、小早川は桜庭を抱きかかえたまま階段に向かう。二階に拳銃が隠してあるのかもしれない。梓は小早川を止めようとするが、声を出す前に月村が顔の前に手を差し出してきた。

「一人で行かせてあげよう」

「でも……」

「僕は銃声が聞こえてから二、三分で一階に下りた。そのとき、すでに小早川君は桜庭さんの遺体を抱いて泣いていた。二階に戻って拳銃を隠す余裕はなかったはずだ」

なにを考えているかを的確に読まれ、梓は言葉に詰まる。

「僕たちは一足先に裏口に向かおう」

月村と七海は裏口がある廊下に向かっていく。一瞬の躊躇（ちゅうちょ）のあと、梓もその後を追った。

「たしかに、同じピエロだね」

裏口に到着した月村は、カードに描かれているピエロと壁のピエロを見比べる。二体のピエロは完全に同じ泣き顔を晒（さら）していた。

梓は横目で出口の扉を観察する。そこに挟んでおいた数本の髪の毛は、いまも落ちることなく扉の隙間に固定されていた。最初にここを訪れて以来、この扉は一度も開いていない。少なくともクラウンがこの扉を使って、病院に出入りしていることはなさそうだ。

「けれど、『僕を泣かせて、隠された本当の指令を見つけてね』っていうのは、どういう意味だろう？」

月村のつぶやきを聞きながら、梓は額に手を置く。

泣かせる。泣かせるとなると……。梓は壁に近づくと、ピエロの顔辺りの壁を力いっぱい押した。しかし、びくともしない。ならばと拳を作ってピエロを叩（たた）いてみるが、手に痛みが走るだけでなにも起こらなかった。

「違うみたいですね……」

七海が冷めた口調でつぶやきながら、ピエロの絵に触れる。梓は手をさすりながら周囲にある物を見回した。靴棚、雑巾、箒(ほうき)、コルクボード、タイムレコーダー、水の張ったバケツ。この中に、なにかヒントがあるのだろうか？

梓が頭を絞っていると、背後から足音が響いた。見ると、無表情の小早川が扉から入ってきていた。

「小早川君、もういいのかい？」

月村の問いに答えることなく、小早川は「状況は？」とつぶやく。梓は首を左右に振った。壁のピエロに一瞥(いちべつ)を送ったあと、小早川は梓に近づいてきた。

「な、なんですか？」

声を上ずらせる梓の手首を、小早川は無造作に摑(つか)んだ。

「これはどうしたんだ？」

梓は「これ？」と自分の手を見る。いつの間にか、小指側が黒く汚れていた。

「あっ、私も……」七海が指先が黒くなった手を掲げる。「たぶん、壁のピエロを触ったときに……」

「ピエロを……」

小早川は数秒間、文字とピエロが書かれた壁を凝視したあと、床に置かれていたバケツを手に取り、入っていた水を勢いよく壁に掛けた。水滴を頬に受けながら、梓は啞然とする。

「なにしているんですか？　自棄を起こさないでください！」

「自棄じゃねえよ。見ろ」

振り返った小早川は、親指で背後の壁を指さした。梓は目を見張る。黒く縁取られたピエロの目元が滲んでいた。それはまるでピエロが黒い涙を流しているかのようだった。よく見ると、書かれている文字の一部や、壁に塗られたペンキも滲んでいる。

「このピエロの目は、水性のペンキで書かれているんだよ。だから、水をかければ消せるんだ」

小早川は雑巾掛けから雑巾を手に取ると、梓たちに向かって放る。

「ペンキを拭き取れば、そこに『本当の指令』ってやつが出てくるはずだ」

両手で雑巾を受け取った梓は壁を眺める。小早川の言う通り、灰色のペンキが溶け出して、その下から文字らしきものが浮かび上がっていた。

梓たちは壁に駆け寄ると、力いっぱい雑巾で拭きはじめる。かなり水に溶けやすいペンキらしく、みるみる色が落ちていく。デジタル数字で記された『０９１８』も一部分が消えていく。

床に溜まった水を雑巾に染み込ませながら、梓は必死に腕を動かす。しかし、ペンキの下から現れた文章が露わになるにつれ、腕の動きは鈍くなっていった。
「これは……」目の前に現れた文章を目で追いながら、月村がかすれ声でつぶやく。

0419の真実を探れ
誰が芝本大輝を殺した？
そうすれば
扉は開かれる

嘘つきピエロに
閻魔様の罰を

クラウン

梓の手から落ちた雑巾が、床で湿った音を立てた。

2

「芝本大輝を……殺した……？」

小早川は口を半開きにして壁を見る。

「どういうことだよ。芝本は自殺したんだろ？」

「でも、ここには『殺した』って……」

七海は震える指で、そのおどろおどろしい文字を指さした。

「『０４１９』って、これはどういうことなんだ？　四月十九日っていう意味だとすると、ちょうど今日だけど……」月村は腕時計を確認する。

「……命日ですよ」

梓がぼそりとつぶやくと、月村は「え？」と聞き返してきた。

「だから、芝本先生の命日です。去年の四月十九日午後十時、ちょうど一年前に芝本先生は車ごと海に落ちて亡くなったんです！」

ここに集められた人々が芝本大輝の関係者だと分かった時点から、梓はそのことに気づいていた。ただの偶然かもしれないと思ったので、いままで口にしなかったのだ。けれど、目の前の文章を読んで確信した。犯人の目的を。

「九月十八日の件を明らかにするのがクラウンの本当の目的じゃなかったんです！　命日に合わせて芝本先生を殺した人間を見つけて復讐する。クラウンはそのためにこのゲームを作ったんです！　だから芝本先生が亡くなったとされている午後十時が、タイムリミットに設定されているんです！」

「倉田さん、落ち着いて。芝本君は自殺したんだ。殺されたんじゃない」

月村が梓の背中に手を置く。

「けれど、ここにはっきりと『芝本大輝を殺した』って書いてあります。クラウンはきっと、芝本先生が自殺じゃないっていう根拠を持っているんです。だからここまでやるんです！」

芝本が殺されたのかもしれない。その衝撃で上手く舌が回らず、梓は何度もつかえながら言葉を絞りだした。

「違うって。警察もちゃんと発表しただろ。芝本君は自殺……」

「いや、そうとは限らないぜ」小早川が月村のセリフを遮った。「芝本の遺体は海が深くて引き上げるまでに二、三日かかったんで、かなり損傷していたはずだ。そんな状態じゃあ、ちょっとした傷ぐらいなら消えちまう。例えば、注射の跡とかスタンガンの火傷ぐらいならな」

「気絶させて、そのあと車ごと海に落としたっていうことですか？」

七海が訊ねると、小早川は気怠そうに「その可能性もあるってことだ」と答えた。

「けれど、雑誌で読んだところ、車内にはウイスキーの瓶があって、芝本君の血中からもアルコールが検出されたはずだ。死後ある程度経っているのに検出できたということは、かなりの量だったんだろう。きっと自殺する前に、恐怖を紛らわせるために飲んだんだよ」

月村が早口で言う。

「気絶さえさせたら、経鼻胃管を使って直接胃に酒を注ぎこめばいい。医療関係者にはそう難しくない手技だ」

小早川はもったいをつけるように一拍置くと、皮肉っぽく唇を歪めた。

「つまり、ここにいる全員に可能だったってことだ」

「こじつけだ。芝本君は映画監督殺害の濡れ衣を着せられ、それに耐えられなくって自殺した。それが真実だよ」

月村が声を荒らげると、小早川は鼻の頭を掻く。

「さっきから、やけに自殺にこだわるな。もしかして、あんたが殺したからじゃないか？」

「ふざけるな！　それを言ったら君だって怪しい。殺人説を口にすることで、自分は犯人じゃないと印象づけようとしているんじゃないのか」

「ああ、なんだと？」

二人の男は至近距離で睨み合う。その間に七海が割って入った。

「止めてください！　言い争いしてる場合じゃないでしょ。早くここから脱出する方法を考えないと、私たち死んじゃうんですよ！」

梓は横目でタイムレコーダーの液晶画面に表示されている文字を見る。そこには『1：19：38』と数字が点滅していた。このままでは、あと一時間半も経たないうちに、この病院は炎に包まれる。

桜庭が殺されたことで、あのポリタンクにセットされた装置が単なる脅しであるという希望はほぼ無くなった。時間になれば、自分たちは間違いなく生きたまま焼かれるだろう。着々と近づいてきている『死』の実感に、梓の背中に氷のように冷たい汗が伝った。

「あ、ああ、すまない。えっと……この『嘘つきピエロに閻魔様の罰を』というのが次の指示っていうことでいいのかな？」

月村が梓に視線を向けた。梓は「そうだと思います」と答える。

「ピエロは色々なところに描かれているけど、閻魔様っていうのはどういうことなんだ？　なんだか、気味の悪い響きだけど」

月村は両手を頭に当てると、がりがりと頭皮を掻く。これまで冷静さを保ってきた月村も、近づく『死』の足音に焦燥を募らしているようだ。

「こんなの簡単だろ」小早川は吐き捨てると、足早に部屋から出ていった。

「あ、小早川君、どこへ？」月村が声を上げるが、返答はなかった。

　梓たちは小早川を追う。小早川は手術室まで戻ると、その奥にある診察室へと入っていった。

「こいつだよ」

　倒れているピエロの人形に近づいた小早川は、その頭を軽く蹴った。

「そのピエロがどうしたんだ？」月村は訝しげに目を細める。

「まだ分からねえのかよ。閻魔様が嘘つきに与える罰だぞ」

　小早川はしゃがみこむと、ピエロの口から力なく垂れている長い舌を鷲掴みにする。

「舌を引き抜くんだよ。ピエロの中で舌を出しているのは、こいつだけだ」

　小早川が無造作に舌を引く。カチッというスイッチが入ったような音とともに、舌はピエロの口から引き抜かれた。

『やあ、久しぶり』

　唐突にピエロの口から声が響いた。醜悪な顔に似合わない爽やかな声。梓の口から「ああ……」という声が漏れる。

『えっと、大輝です。いや……、なんか留守電って苦手なんだよな』

それは芝本大輝の、かつて愛した男の声だった。梓は胸の中で暴れる感情を必死に押し殺しながら、ピエロの声に耳を澄ます。

『最近は心配させてばかりで悪かったな。こっちはなんとかやってるよ。そっちはまだ仕事中かな？　いや、今日ってお前の誕生日だろ。四月十九日。だからお祝いを言おうと思って電話したんだ』

梓の目が大きくなる。きっとこれは去年の四月十九日、芝本が命を落とした日の録音だ。

『あらためてあとで電話するつもりだけど、今日これから人に会う予定があるんだ。いま午後八時過ぎだけど、ちょっと話が長引くと日付変わっちまうかもしれない。まあ少しぐらい時間が経った方が、そっちにはちょうどいい時間になるか……』

独白のような芝本の声が響く。意味がよく理解できず、梓は眉間にしわを寄せた。

『前に言っただろ。大変なものを見つけたって。この半年苦労したけど、探偵とか雇って、それについて調べたんだ。それでようやく全容が見えてきたんで、いまから信頼できる人にそれを見せて、今後の対応を相談するんだよ。うまくいけば、俺のいまの状況も解決するかもしれない。俺が陥（おとしい）れられたのは、それを手に入れたからだと思うんだ』

　話が核心に迫っていくにつれ、梓の心臓の鼓動が速くなっていった。

『失くしたら大変だから、原本は秘密の隠し場所にしまってあるんだ。最高の隠し場所に。本当ならちゃんとアトラクションとして公開したかったのに……。残念だよ』

　芝本の声が暗く沈んだ。

『ああ、話がずれて悪かったな。なんにしろ、誕生日おめでとう。じゃあ、またあとで』

　音声が聞こえなくなる。しかし、誰一人として口を開かなかった。息をすることすら憚られるような、張り詰めた空気が部屋に充満する。

「……いまの声、芝本だよな」

　小早川が沈黙を破った。梓がためらいがちに頷く。

「ええ、多分。しかも……、去年の四月十九日、芝本先生が亡くなった日の留守電記録だと思います」

「これは、……本物なのか？」月村は気味悪そうにピエロを見下ろした。

「ここで合成された偽物なんて使う意味ないじゃないですか。きっといまのは本物です。芝本先生が亡くなる直前の声です！」

　梓は声を詰まらせながら叫ぶ。

「午後八時ということは、その二時間後に芝本は車ごと海に落下したっていうことになる。そして、芝本は誰かに会う予定だった……」

「その人が芝本先生を殺した犯人……」

小早川のつぶやきを七海が引き継いだ。

「待ってくれ。あまり先走らない方がいい。そもそも、いまの音声は留守電みたいだけれど、誰に掛けられたかが重要じゃないか？　その人物がクラウンの可能性がある」

月村のセリフを聞き、小早川の頬がぴくりと動いた。

「倉田さんよ。あんた、誕生日はいつだ？」

「え？　なんでですか？」

「いまの芝本の声は、かなり親しい相手に話しかけていた感じだった。しかも、誕生日を祝おうっていうぐらいだから、きっと女だ。あんたが一番怪しい」

「私じゃありません。私の誕生日は八月です！」

「証明できるか？」

梓はジーンズのポケットから定期入れを取り出し、その中に入れてある保険証を小早川に見せる。生年月日の欄を見た小早川は、「……しまっていいぞ」と言うと、今度は七海に向き直った。

「あんたは？」

「え？　なんで私？　私と芝本先生は単なる顔見知りですよ」

「そんなのあんたの自己申告だろ。もしかしたら、隠れて付き合っていたのかもしれない」

「違います！　いいですよ、見せればいいんですよね。見せれば」

七海はデニムジャケットのポケットから二つ折の財布を取り出すと、その中から運転免許証を取り出し、小早川の目の前に突きつけた。

「十月生まれか」小早川は小さく舌を鳴らした。「これ本物なのかよ。これだけのことをする奴だ。偽の身分証明書ぐらい用意していてもおかしくないよな」

「そんなの水掛け論になるだけじゃないですか。そもそも、誰がクラウンかより、誰が芝本先生を殺したかを考えるべきです。そうしないと、ガソリンが爆発するんですよ！」

七海は苛立（いらだ）たしげに言いながら、梓、小早川、月村の顔を眺めていく。

「さっきの音声の中で、芝本先生は『信頼できる相手に会いに行く』と言っていました。その『信頼できる相手』が芝本先生を殺した可能性が高い。つまり、皆さんの中に犯人がいる可能性が高いってことです」

「なに言っているんですか!?」梓の声が跳ね上がる。

「だって倉田さん、あなたは芝本先生とお付き合いをしていたんでしょ。それに小早川さんは芝本先生の親友で、月村さんは芝本先生の上司だった。つまり皆さんは『芝本先生に信用されている人たち』っていうことです。だからこそ、皆さんは疑われて監禁された。そう考えるのが自然じゃないですか?」

七海の正論に、梓はぐうの音も出なくなる。

「それなら、君が犯人なんじゃないか?」

月村が小早川を指さした。

「ああ? なんで俺が疑われるんだよ?」

「芝本君はなにか重要な書類を犯人に見せようとして殺された。つまり、犯人にとってその文書は都合が悪いものなんだ。しかも、芝本君は探偵を雇ってそれについて調べた。そうなると、君と桜庭君の不倫についてかもしれない。君は不倫について問い詰められて、芝本君を殺したんじゃないか」

「馬鹿かあんたは。妻の不倫相手に会って責めるつもりなら、『信頼できる人に会う』なんて言うわけがないだろ! 少しは頭を使えよ!」

小早川は唇を歪める。

「……皮肉のつもりだったのかもしれない。もしかしたら、不倫相手が君だって知らなかった可能性だってある」

歯切れが悪くなった月村の鼻先に、小早川は指を突きつけた。

「それを言ったら、あんたについての話だったのかもしれないな。例えば病院で横領していたとか、医療ミスを隠していたとか」

「馬鹿げてる！　万が一そんなことがあったとしても、院内の職員が気づかないのに、外病院に派遣されていた芝本君が気づくわけがない」

月村は大きくかぶりを振ると、梓を見た。

「君だって十分怪しい。もしかしたら、やっぱり君の離婚が成立する前にアリバイを証言してくれと芝本君に頼まれたのかもしれない。もう少しで離婚が成立しそうだった君は、芝本君の口を封じたのかも」

「私が芝本先生を殺したっていうんですか！」梓は月村を睨む。

「ああ、そうかもしれない。それに、君の可能性だってある」

月村は矛先を七海に向けた。

「さっき小早川君が言ったように、君が芝本君とそれほど親しくはなかったというのは、あくまで自己申告でしかない。麻酔チャートを改竄（かいざん）したところを見ると、なにか特別な関係だったのかもしれない」

「だから、私はチャートの改竄なんかしていません」

月村が「どうだか」とかぶりを振った。誰もが疑心暗鬼になり、部屋の空気がよどんでいく。タイマーの表示は『0：54：38』となっていた。

もう一時間もない。炎に炙られるかのような焦燥が梓を責め立てる。梓は額に手を当てると、さっき聞いた芝本の言葉を必死に思い出す。一つの単語が脳裏をよぎった。

「原本です！」

顔を上げた梓が叫ぶと、小早川が「なんのことだ？」とつぶやく。

「さっきの音声の中で、芝本先生は『原本は秘密の隠し場所にしまってある』って言っていました。それに、『ちゃんとアトラクションとして公開したかった』とも。ということは、この建物内にその書類の原本は隠してあるんじゃないでしょうか」

「そうだとして、その原本ってやつはどこにあるんだよ？」

「それは分からないですけど、アトラクションとして公開ということは、きっとどこかにヒントが……」

梓がそこまで言ったとき、月村が「しっ」と口の前で人差し指を立てた。

「どうしたんですか？」七海が眉根を寄せる。

「聞こえないか。音が」

梓は耳を澄ます。かすかな駆動音が鼓膜を揺らした。

「これって、エレベーターの音じゃ……」

梓がつぶやくと、月村は「多分そうだ」と頷いた。

「けれど、エレベーターはかなり離れているだろ。ここまで音が聞こえるか？　そもそも、扉は全部溶接されているはずだ」

小早川は眉をひそめる。

「なんにしろ行ってみよう」

月村の合図とともに、梓たちは診察室を出て手術室を抜ける。

「ちょっと待ってください」

手術室と外来待合をつなぐ廊下で、梓は声を上げた。小走りで進んでいた月村たちが足を止める。

「どうしたんだ、倉田さん。エレベーターはずっと奥……」

梓が人差し指を立てると、月村は口をつぐんだ。梓は天井に向けていた指を、ゆっくりと左側に向ける。そこにはホワイトボードが置かれていた。

「そこから聞こえてきます」

「ホワイトボード？」

「いえ、その奥からだと思います」

梓はホワイトボードに手をかけて脇に動かすと、その後ろにある白い壁に耳をつける。奥からはっきりとモーターの音が聞こえてきた。

「ここです！　この奥になにかがあります！」

「本当か!?」

小早川は壁を触りはじめる。月村と七海もすぐにそれに倣った。

「あった！」小早川が声を上げた。

見ると壁の一部が開き、そこにボタンが現れていた。小早川は梓が止める間もなく、そのボタンを押し込む。駆動音が大きくなり、梓の前の壁にしか見えなかった部分が左右に開いた。目の前に奥行きが優に三メートルはあろうかという空間が現れる。

「クラウンはこんなものまで作って……？」

月村が唖然としてつぶやいた。梓は正面を見たまま、小さく首を振る。

「いえ、……多分違うと思います。この病院では昔、非合法の臓器移植が行なわれていたんでしたよね。その患者を気づかれないように手術室に運ぶためのエレベーターだったんじゃないでしょうか？　このエレベーター、ベッド搬送用の大きさですし」

梓のセリフを聞いた小早川が、迷うことなくエレベーターに乗り込んだ。

「小早川さん、ちょっと待ってください。上には……」

「クラウンがいるかもしれないんだろ。和子を撃ったクラウンは、俺が駆けつける前にこのエレベーターで逃げたってわけだ」

梓の制止の声を、小早川が遮る。

「ちょうどいい。これでクラウンに会いにいって、ぶっ殺してやる」

「なに言っているんですか！　相手は銃を持っているんですよ。それに罠かもしれません。状況を考えてください」

「倉田さんよ。状況が分かっていないのはあんたの方だ。このままじゃ、俺たちはもうすぐバーベキューにされるんだぞ。罠だろうがなんだろうが、行くしかねえだろ」

梓が反論できず顔を引きつらせると、月村もエレベーターに乗った。

「小早川君の言う通りだ。ここで待つよりは、乗り込んでいった方がいい。犯人が拳銃を持っていようが、一斉に飛びかかれば制圧できるはずだ」

梓は「でも……」と七海に視線を送る。七海は決意のこもった表情で、エレベーターに乗った。

「倉田さん、君はどうする。ここで待っているのか、それとも一緒に来るのか？」

扉を押さえながら月村が結論を迫ってくる。梓は歯を食いしばると、足を踏み出した。拳銃を持った犯人と対峙するのは怖かった。けれど、なにもせずに死を待つのはそれ以上の恐怖だった。

　エレベーター内には、上と下の矢印が描いてある二つのボタンしかなかった。小早川は「行くぞ」とつぶやくと上の矢印が書いてあるボタンを押し込む。扉が閉まり、エレベーターが上昇をはじめた。

　ものの十秒ほどで、エレベーターは停止し、扉がゆっくりと開いていく。ピエロの仮面をかぶった男が、銃口を向けながら立っている。そんな想像に梓は体を震わせる。しかし、扉の奥には人影はなかった。

　小さく安堵の息を吐く梓の横で、小早川が警戒しつつエレベーターから降り、素早く左右を見回す。

「誰もいない。大丈夫だ」

　小早川が手招きをする。梓たちは腰を屈めながら、順にエレベーターから降りた。そこは短い廊下だった。エレベーターの正面に小さな扉があり、廊下を左側に進んだ突き当りには大きな鉄製の扉がある。

　小早川は大きく息を吐くと、正面にある扉のノブを摑んだ。次の瞬間、勢いよく扉を開いた小早川は、部屋の中に飛び込んだ。すぐに月村が続く。梓と七海は動くことができず、廊下にとどまっていた。

「誰もいない。入って来いよ」

　三十秒ほどして小早川の声が聞こえてくる。梓と七海は、おずおずと扉をくぐった。そこは十二畳ほどはありそうな、広々とした病室だった。埃がかぶっているが、高級感のある調度品が置かれている。バスルームやトイレ、ソファーセットすら備え付けられていた。

「ＶＩＰ用の病室みたいだね。きっと、違法な臓器移植を受ける側の患者が入院していたんだろ」月村は革張りのソファーに触れる。

「畜生！　ここの窓まで溶接されてやがる。意地でも俺たちを出さないつもりかよ」

　小早川は鉄板で覆われた窓を拳で叩くと、出入り口に向かう。

「小早川君どこへ？」

「もう一つの扉だよ。ここにいないなら、あっちの奥にクラウンがいるはずだ」

　部屋を出た小早川を梓たちも慌てて追う。小早川は廊下の突き当りにある扉に近づくと、迷うことなくノブを引いた。やはり鍵はかかっていないらしく、耳障りな軋みを上げながら扉が開き、小早川は中に入っていく。

「僕たちも行こう」月村が梓と七海を促す。

　銃を持った殺人犯がいるかもしれない場所に飛び込んでいくのは躊躇われたが、梓は覚悟を決めて月村の後ろについて扉をくぐった。

　部屋の中には闇が満ちていた。扉の隙間からわずかに光が差し込んできているが、蛍光灯の光に慣れた目には部屋の様子を捉えることができなかった。

「もう少し明るくします」

七海が重い扉を両手で開けていく。廊下からの光が強くなり、おぼろげながら部屋の全容が見渡せるようになった。そこはバスケットコートの半分ほどの空間だった。点滴棒やベッド、大量の段ボールなどが詰め込まれている。部屋の奥には、小早川らしき人影がいた。

「誰かいましたか？」

梓が声をかけると、人影が振り返った。

「いや。けどな、物が多くて隠れ場所はいくらでもある。油断するなよ」

梓は「分かっています」と軽く手を振る。

「ここは一体どこなんだ？」隣に立つ月村が一人ごちた。

「多分、備品倉庫じゃないでしょうか。五階の奥にあった部屋です」

梓が答えたとき、入り口の脇にいた七海が興奮した声を上げた。

「スイッチがあります。きっと蛍光灯のスイッチです」

「点けろ！」間髪いれずに小早川が言う。

かちりという音とともに、部屋に蛍光灯の光が満ちた。眩しさに目を細めながら、梓は部屋を見回す。小早川の言う通り、人の背丈ほどまで積み重なった無数の段ボールのせいで、部屋にはかなり死角があった。

「気をつけろよ。どこにクラウンが隠れているか分からないぞ」

小早川は段ボールの山を手で崩し、その裏を確認していく。梓は緊張で震えそうになる手に力を込めながら、死角を覗き込んでいった。

「……誰もいない」

全員で三分ほど部屋を探したあと、小早川が歯ぎしりをする。部屋の隅々まで探したが、隠れている者はいなかった。梓の胸で安堵と失望が入り混じる。

入って来た扉の反対側の壁近くまできていた梓は、何気なくそこにあった扉を引いた。鉄製の扉がゆっくりと開いていく。その奥に五階の廊下と、院長室の入り口、さらには四階へと下りる階段が現れた。

「鍵が開いている……？」梓は目をしばたたかせる。

「いま、君が開けたんじゃないのか？」

近づいてきた月村が扉のつまみを指さす。この扉は内側からはつまみを回すだけで錠の開閉ができるようになっていた。

「いいえ、私はやっていません。さっき外から開けようとしたときは、間違いなくかかっていたのに……。だれかここの鍵を開けましたか？」

梓が声を上げるが、名乗り出る者はいなかった。

「ということは、クラウンがこの鍵を開けたのかもしれない。つまり、クラウンはずっとこのエリアに潜んでいて、エレベーターで一階に下りて桜庭さんを撃ち、またエレベーターでここに戻ってきた」

　月村は額に指を当てながらつぶやく。

「なんでそいつはここにいない。そいつはどこに行ったんだ？」

　小早川が拳を握りしめながら近づいてくる。

「ここの鍵がかかっていないとなると、桜庭さんの遺体を見つけた僕たちが手術室に集まっている隙に、この扉から出てどこかに逃げたんだろう」

「だから、どこに逃げたかって聞いているんだよ！」

　唾を飛ばしながら小早川が叫んだ。月村は顔をしかめる。

「僕に聞かれても分からないよ。けれど、普通に考えたら一階の裏口から外に脱出したんじゃないか？　タイムリミットが近づいているんだから」

「畜生！」小早川は脇にあった段ボールを思い切り蹴り飛ばす。

　いや、違う。二人のやり取りを眺めながら、梓は胸の中でつぶやいていた。あの裏口は、この数時間一度も開いていない。クラウンはあそこから逃げていない。

　じゃあ、クラウンはどこにいるのか。裏口以外の秘密のルートから脱出した？　院内のどこかに隠れている？　それとも……。

「ちょっと皆さん、見てください！」

梓の思考は七海の声に遮られる。七海は壁の一部を指さしていた。

「どうしたんですか？」梓たちは小走りに七海に近づいていく。

「これです。これって、指示じゃないですか？」

段ボールの山で隠されていた壁に、小さな文字、そしてピエロの顔があった。そのピエロはこれまでのピエロとは違い、どこか愛嬌があって可愛らしくさえあった。

天を仰いで
ヒントを見つけて
クラウン

「天を仰いで……」
反射的に首を反らした梓は大きく目を見開く。天井に描かれた巨大な文字とピエロの顔を見つけて。

「天井です！　天井を見てください！」
梓が声を張り上げると、月村たちも首を反らした。驚きの声が響く。

闇を照らして
真実の道を無くし
最後の鍵を持つピエロを
探せ
クラウン

「あれは……」天井を見上げたまま、月村がつぶやく。
「……きっと、あれが最後の指令です」
梓は目を細めて、そこに書かれた文章を何度も頭の中で読み返す。
「けれど、なんかいままでの指令と雰囲気が違わないか？　文字もなんとなくポップだし、なによりピエロの雰囲気が違いすぎるだろ」

小早川が眉間にしわを寄せる。

「あれを描いたのはクラウンじゃないんだと思います。きっと……芝本先生です」

梓の言葉に、「芝本が？」と小早川の眉間のしわが深くなる。

「留守電で芝本先生が言っていたじゃないですか。『原本は秘密の隠し場所にしまってある』って。きっと、この指令が『秘密の隠し場所』のヒントなんです」

「けれど、重要な証拠の隠し場所のヒントをこんな派手に書くものかな？」

疑わしげに月村は目を細めた。

「そこに証拠品を隠しておくつもりじゃなかったんだと思います。この文章を見ると、たぶんアトラクションでの最後の謎、外に出るための鍵を隠す場所として用意したんじゃないでしょうか。気合を入れてそれを準備したけれど、挟間監督が死んで公開できなくなった。それでその場所を、証拠品を隠すのに使った」

梓は天井を見上げたまま言う。

「その証拠品ってやつを見つければ、誰が芝本を殺したか分かる可能性が高いよな。それなのにクラウンは、芝本を殺した奴を探している」

独り言のような小早川のセリフに、梓は頷く。

「はい。クラウンには、この暗号が解けなかったんだと思います。だからこそ、私たちをここにおびき寄せて、証拠品を探させようとしているんです」

「じゃあ、犯人はわざとあのエレベーターを見つけさせたってことか」

月村は顔をしかめる。

「早くその証拠品を探しましょうよ。もう本当に時間がありません！」

悲鳴じみた口調で言う七海を、小早川が睨みつける。

「こんな下らない謎々を解くより、クラウンを探した方がいい。クラウンさえとっ捕まえれば、裏口の暗証番号を聞き出せるんだ」

「クラウンはもう、裏口から病院の外に逃げている可能性が高いんじゃないか。七海さんの言う通り、証拠品を探す方がいい」

月村が七海に加勢するが、小早川は「いや、クラウンを探す」とがんとして譲らなかった。喧々囂々の議論が交わされる傍らで、梓は一人、ひたすら思考を巡らせる。

裏口は一度も開いていない。なら、この備品倉庫に潜んでいたクラウンはどこに消えたのだろうか？ いや、そもそも、本当にこの備品倉庫にクラウンが隠れていたのだろうか？ もしその前提条件さえ間違っていたとしたら……。

梓は院長室がある側の扉を見る。なぜあの扉の鍵が開いていた？

ふと、梓の脳裏に数十分前の記憶が蘇る。手術室で桜庭が射殺された時間帯に聞いた破裂音、そして……金属音。

頭蓋の中で火花が散ったような感覚に襲われ、梓は両手で口を押さえる。そうしないと、悲鳴が漏れてしまいそうだった。

もし、私の想像が正しかったら……。

梓は必死に脳に鞭を入れ、いま取るべき行動をシミュレートしていく。

これしかない。まずは確かめなくては、一刻も早く。

「分かりました！」

梓は顔を上げると、腹の底から声を張り上げた。激しく議論を交わしていた三人が、驚き顔で梓を見る。梓は天井を勢いよく指さした。

「あの暗号が解けたんです。証拠品が隠してある場所が分かりました」

「本当か？　どこだ？」近づいて来た月村が、両手で肩を摑んでくる。

「確かめないといけないことがあります。まず、四階に行きましょう！」

有無を言わせぬ口調で言った梓は、身を翻して月村の手を振り払うと、院長室がある側の扉に足早に進んでいく。部屋を出て院長室の前を通過し階段を下りた梓は、四階へ下りる寸前にある鉄格子を押して開く。ガチャガチャとした音が響いた。四階フロアに到着した梓は大きく深呼吸をする。月村たちも四階にやってきた。

「この階にあるのか？」小早川が周囲を見回す。

「まず、一つ確認することがあります。小早川さん、二階に行って目が覚めたときに着ていた入院着を持ってきてください。そして、それを院長室に置いてきてください」

「入院着を院長室に？　なんでそんなことを？」

「時間がないから早くしてください！　重要なことなんです」

梓が鋭く声を飛ばすと、小早川は軽くのけぞったあと、「分かったよ」と階段を下りていった。梓は月村と七海に「ここにいてください」と言うと、小走りで廊下を奥に進んで桜庭が撃たれたときにいた病室に入り、耳を澄ます。二分ほど経って、かすかに鼓膜を金属音が揺らした。

よしっ。梓は小さく顎を引くと、聴覚に神経を集中させ続ける。十数秒後、「言われた通りにしたぞ」という小早川のだみ声が聞こえてきた。

やっぱり……。胸に手を置いた梓は興奮を息に溶かして吐き出すと、再び階段の前まで戻った。

「言われた通り、入院着を院長室に置いて来たぞ。これでなにが分かったんだよ？」

五階へと続く階段の踊り場にいた小早川は、ぶつぶつとつぶやきながら下りてくると、鉄格子を開けて梓の前にやって来る。

「その証拠品ってやつが隠してある場所が分かったのか？」

梓は答えに迷う。ここに監禁されてから初めて、脱出のチャンスを摑んでいる。

この地獄に垂れた蜘蛛の糸を絶対に放すわけにはいかない。

「あの……、一度手術室に戻りませんか？　ずっと祖父江さんを放っておいているんで、一度様子を見たいんですけど」

おそるおそる七海が提案すると、小早川が露骨に顔をしかめた。

「そんな場合じゃないだろ。あんな奴、どうなろうが知ったことか」

「そうはいきません。あの人に麻酔をかけたのは私なんです。祖父江さんの状態を管理する責任があるんです」

「このままじゃ、その祖父江も焼け死ぬんだよ。少し黙ってろ」

手術室、悪くないかもしれない。口論する二人の傍らで、梓は口元に手を当てる。手術室なら出口を固めれば……。

もう迷っている時間はない。決意を固めた梓は、一歩前に出る。

「皆さん、手術室に行きましょう」

「なに言っているんだよ。祖父江なんてどうでもいいから、さっさと証拠品がどこにあるのか教えろよ」小早川が大声を上げる。

「あの男の様子を見るために戻るんじゃありません。手術室にその証拠品が隠してあるんです」

「手術室に？」小早川が聞き返していた。

「そうです。行きますよ」

梓は説明することなく階段を下りはじめた。足音で小早川たちがついて来ていることを確認しつつ、一階に到着すると、外来待合を横切っていく。

無数に並ぶポリタンクの中心に置かれたタイマーが『0：36：24』と点滅していた。その数字が減っていくたびに、胸が痛くなる。あと三十六分、その間に脱出できなければ、生きたまま焼かれることになる。

恐怖で震えそうな足を梓は必死に動かし、手術室の前に到着した。

「おい、本当にここに証拠品があるんだろうな？　時間がないぞ」

追いついた小早川の表情に焦燥が浮かぶ。月村、七海も不安げだった。

「大丈夫です。皆さん、手術室に入ってください」

手術室に入ると、七海は麻酔器に駆け寄り、モニターに表示されている心電図や血圧のチェックをはじめる。

「それで、『秘密の隠し場所』っていうのはどこなんだ」

早口で訊ねてくる小早川の言葉を聞きながら、梓は胸に手を当て俯き、緊張で乱れている呼吸を整えていく。

とうとうだ。とうとう、この恐ろしいゲームにピリオドを打つときがきた。梓は胸に当てた手を握りこむと、顔を上げて大きく息を吸った。

自分たちを拉致し、この病院に監禁し、そして桜庭を殺した犯人、クラウンの正体を暴くために。

＊

いったいなにが起きているんだ？

街灯が明かりを落とす道路を歩きながら、鯖戸は乱暴に頭を掻く。ふけがぱらぱらと舞い、スーツの肩を汚していく。頭皮に痛みをおぼえても、鯖戸は手の動きを止めることができなかった。

「鯖戸さん、大丈夫ですか……？」

隣を歩く南雲がためらいがちに声をかけてくる。

「大丈夫だよ！　それより急ぐぞ」鯖戸は足の動きを早めた。

「これって、やばい状況ですよね……」

鯖戸に合わせて歩く速度を上げながら、南雲が押し殺した声でつぶやく。

「ああ、やばすぎる」鯖戸は肩のふけを払いながら答えた。

なにかが起こっている。なにか恐ろしいことが。その疑惑はもはや確信に変わっていた。芝本大輝の父親である浮間輝也のアパートを訪れたあと、鯖戸たちは芝本の関係者に会って話を聞こうとした。

まず、芝本の元妻である桜庭和子が勤めているクリニックに向かった。クリニックで用件を告げると、初老の院長が出てきて不満顔で言った。

「桜庭さんは今日、無断欠勤をしているんですよ。携帯もずっと繋がらないし、本当に困っているんです」

院長から桜庭の住所を聞きだした鯖戸たちは、そこに向かった。桜庭の自宅は千歳烏山駅のそばにあるデザイナーズマンションの一室だった。『小早川』という表札がかかった玄関扉のインターホンを「男と同棲でもしているのか？」と思いながら押してみたが、反応はなかった。仕方がないのでマンションの管理人から情報を聞き出すと、部屋の借主は小早川賢一という、大学病院に勤める医者だった。

「小早川さん、半年ぐらい前から派手な美人と一緒に住んでいるんですよ。うらやましいですよね」

腹の出た中年の管理人は、そう言って下卑た表情を浮かべた。

勤務先だという南陽医大世田谷病院はそれほど遠くなかったので、鯖戸たちは小早川という医者に会うために、その病院に向かった。しかし、会うことはできなかった。

病院に着いて用件を告げると、小早川の上司だという外科部長が現れ、小早川が無断欠勤をしているうえ、連絡が取れなくなっていると言った。

一通り小早川についての話を聞いた後、鯖戸は外科部長に、一年半前の事件についてなにか知らないか、念のため話を振ってみた。すると、おかしな事実が浮かび上がってきた。

「そう言えば、その芝本とかいう医者が週刊誌で話題になった頃、小早川君は飲み会で酔うとよく言っていたんですよ。自分は芝本と高校、大学の同級生で、親友だってね」

死んだ男の元妻と親友が同棲をし、さらに二人とも連絡が取れなくなっている。

その時点で、鯖戸は不吉な予感をおぼえた。その予感は、芝本が所属していた景葉医大に連絡を取り、直属の上司であった月村一生教授に話を聞きたいと頼んだときにさらに濃くなった。

「申し訳ありませんが、月村は本日、当院にはおりません」

医局秘書だという女性は、電話でそう言った。

「もしかして、無断欠勤して連絡が取れなくなっているのでは？」

鯖戸が勢い込んで訊ねると、「なんでご存じなんですか!?」という驚きの声が返ってきた。

芝本に近しかった人物が三人、行方不明になっている。祖父江も合わせれば四人も。なにかとんでもない事件が起こっている。そう確信した鯖戸は、刑事課長に連絡を取り、「本庁に報告を上げて特別捜査本部の立ち上げを検討してもらうべきだ」と主張した。しかし、刑事課長の回答は期待していたものとは全く違っていた。

「それだけでは、事件が起こっているとは言い切れない。本庁に連絡してなにもなかったら恥をかくのは俺だ。もう少しお前たちで調べて、随時報告を入れてくれ」

この期に及んで保身を第一に考える課長を怒鳴りつけたいという衝動を必死に抑えつつ、鯖戸は電話を切ったのだった。

あの馬鹿上司め。鯖戸は歯ぎしりをする。なにもなかったら恥をかく？　この状況でなにもないことなどあり得ると、本気で思っているのか？　鯖戸は腕時計に視線を落とす。時刻は午後六時に近づいていた。夜になれば関係者に話を聞くのが難しくなる。行方不明になっている人々が拉致されていたら、時間が経てば経つほどに、救出できる確率は下がる。急いで、馬鹿課長を説得するだけの材料を集めなくては。

「あっ、あの病院ですね」

南雲の声で、俯いていた鯖戸は視線を上げる。前方に六階建ての病院が立っていた。青藍病院、一年半前に芝本が映画監督を運び込み、手術を行った病院だった。

南陽医大世田谷病院で話を聞いたあと、電車なら十数分で最寄り駅まで行けるということで、鯖戸たちはこの青藍病院に向かっていた。映画監督の手術で麻酔を担当していた麻酔科医に、話を聞くつもりだった。

病院のエントランスに着いたところで、鯖戸の背中に悪寒が走った。もしかしたら、その麻酔科医も行方不明になっているのではないか？　そんな想像が頭をかすめた。

南雲が「麻酔科の七海先生を呼んでいただきたいのですが」と、警察手帳を示しながら受付嬢に用件を伝えるのを横目に、鯖戸は近くにあるソファーに腰掛ける。

一年半前の映画監督死亡事件、あれは芝本による殺人だったのだろうか？　芝本の自殺、そこにも裏がある気がする。

芝本大輝の父親である浮間輝也、やはりあの男が怪しい。鯖戸の脳裏を、数時間前に会った、目尻に大きな傷跡がある男の姿がよぎる。

ここで話を聞いたあと、あいつに張り付くか？　いや、その前に、あの男についてもう少し情報を集めた方がいいか？　鯖戸は床を眺めながら、両手を組んで悩み続ける。数分その体勢でいると、視界の中にサンダルを履いた足が入り込んできた。顔を上げると、目の前に手術着のような青い服の上に白衣を纏（まと）った、小太りの中年男が立っていた。

「あなたは……」

鯖戸が立ち上がると、男は首をすくめるようにして会釈をした。

「あ、初めまして、麻酔科医の七海香太と申します」

3

「七海さん」梓は顎を引くと、七海を上目遣いに見る。「星座はなんですか？」

「え？　星座……？」

「そうです。誕生日の星座です。ちなみに私は乙女座です。七海さんは？」

「私は……」七海の表情がこわばる。

「おい、なに言っているんだよ、いまは……」

「黙っていてください！」

口をはさんできた小早川を、梓は一喝した。小早川は目を見開いて口をつぐむ。

梓はゆっくりと七海に近づいた。

「ほら、七海さん。どうしたんですか？　早く教えてください」

「……占いとか興味がないから」

「占いに興味が無くても、自分の星座ぐらい知っているはずです」

梓は振り返って小早川と月村に「ですよね？」と声をかける。二人は戸惑い顔ながらも、しっかりと頷いた。

「七海さん。もしあなたが本当に十月生まれなら、天秤座か蠍座のはずです。それなのにあなたは答えられなかった。それはあなたが十月生まれではないからですよね」

梓は緊張で乾いた唇を舐めると、言葉を続ける。

「あなたは四月十九日生まれ、芝本先生が留守電で誕生日を祝っていた相手はあなたですね」

背後で小早川と月村が息を呑む音が聞こえた。

「さっき見せた運転免許証は、前もって用意した偽物じゃないですか。自分があの留守電の相手だとばれないようにするための」

「じゃあ、この女が和子を殺したのか!?」小早川が梓の隣に並ぶ。

「違います！　私はそんなことしていません！　自分の星座を知らなかった？　そんなのなんの証拠にもなりません」

七海は震える声を張り上げる。梓はゆっくりと首を左右に振った。

「いいえ、証拠はあります。……鉄格子の音です」

七海は「鉄格子の音？」と聞き返した。

「階段に設置してある鉄格子は、開けるたびに音がします。桜庭さんが撃たれた前後の時間、四階の奥の部屋を探していた私は、二回鉄格子の音を聞きました。最初は探しはじめてすぐです。そのあと、遠くから破裂音が聞こえました。いま思えば、……桜庭さんが撃たれた音でした」

小早川が拳を握りしめるのを横目に、梓は言葉を続ける。

「二回目の鉄格子の音は、破裂音の数分後です。そのあと、私は七海さんに呼ばれて廊下に出ました。七海さん、そのときあなたは階段の前に立っていましたよね」

「……それがどうしたっていうんですか？」

「四階を調べると言って私と残ったあなたは、みんながそれぞれの場所に散ったのを確認したあと、鉄格子を開けて五階に行き、隠し持っていた鍵で備品倉庫の扉を開けたんです。備品倉庫の奥の廊下にあった隠しエレベーターで一階に行ったあなたは、桜庭さんを射殺した。そして、小早川さんが駆けつける前にまたエレベーターに乗って五階に戻ったんです。あとはまた備品倉庫を抜け、階段で四階に下りた。その際に鉄格子を開けた音が、私が聞いた二回目の鉄格子の音です」

「倉田さんが聞いたのは、二階の鉄格子の音だったかもしれないじゃないですか」

七海の反論に、梓は首を左右に振る。

「いいえ、違います。私がいた部屋からは二階の鉄格子を開ける音は遠すぎて聞こえないんです。さっき、小早川さんに手術着を取ってきてもらったときに確認しました。手術着を持った小早川さんは院長室の前に行くまでに、二階と四階の二つの鉄格子を開けたはずです。けれど、奥の部屋にいた私には、一回しか音は聞こえませんでした」

「で、でも……」七海は目を泳がせる。「たしかに四階の鉄格子が二回開いたかもしれないけれど、それを開けたのが私とは限らないでしょ。三階にいた月村さんが、私たちが病室を探している隙に階段を上がってきて、さっきあなたが言ったような方法で桜庭さんを撃ったあと、五階から三階に戻ったのかも」

「それも、違います。だってあのとき、七海さんははっきり言いました。破裂音が聞こえたあとすぐに廊下に出て、私を呼ぶまでずっと階段の前で様子を窺っていたって」

「そ、そんなの確実な証拠とは言えないでしょ！　そのセリフはあなた一人しか聞いていないんだから！」七海の声が上ずる。

「ええ、たしかに確実な証拠ではないかもしれません。けれど、この状況で確実な証拠かどうかなんてどうでもいいんです。二回鉄格子を開く音、それにさっきの星座を答えられなかった件、その二つから私は断言できます。……あなたこそクラウンだって」

梓が一歩足を踏み出すと、七海は怯（おび）えの表情を浮かべて後ずさる。

「いま思えば、あなたは肝心なところで私たちの行動をコントロールしていた。私たちが行き詰まったら、それとなくヒントを与えたり、行くべき場所に導いたりしていました。さっき小早川さんが言った通りだったんです。クラウンは私たちの中にいて、私たちが芝本先生と挟間監督の死の真相に近づく手伝いをしながら、それを一番近くで観察していたんです」

梓は七海の目を見る。七海は無言のまま軽く俯いた。

「桜庭さんを射殺したのは、予定外の行動だったんじゃないですか？　鉄格子の音に気が回らなかったり、備品倉庫の鍵を開けたままにしたりと、色々とほころびだらけでした。本当ならそんなことをせず、芝本先生を殺した犯人まで見つけてから復讐をするつもりだった。けれど、桜庭さんが挟間監督を殺したうえ、芝本先生を殺人犯に仕立て上げたことを知って我慢できず、隠しエレベーターを使って撃ち殺してしまった。違いますか？」

やはり七海は答えない。梓は構うことなく言葉を続けた。

「きっとあなたは青藍病院の麻酔科医でも、七海香っていう名前でもない。だからこそ、青藍病院の麻酔科医が当直ではなくオンコールで呼び出されるということも知らなった。改竄された麻酔チャートは、犯人に疑われて監禁された被害者であると見せかけるためですね。そう言えば、あのチャートでは『七海香』という文字の後ろにも修正された形跡が小さくありました。もしかしたら、挟間監督の手術麻酔を担当したドクターは違う名前だったのかも」

「麻酔科医じゃないとしたら、こいつは誰なんだ!?」

小早川が手術台の向こう側に立つ七海を、いや、そう名乗っていた女を指さす。

「若い女性で、ここまでして復讐をしようとするほど、芝本先生に近い人物。そして、祖父江さんを開腹して胃の中にスイッチを仕掛けたり、完ぺきに麻酔をかけることができるほどの医療技術を持っている人物。当てはまるのは一人だけです。……カナダで外科医をやっているという、芝本先生の妹、それがあなたですね？」

梓の問いかけに七海の顔から表情が消えていった。能面のようなその顔に寒気をおぼえながらも、梓は口を動かし続ける。

「芝本先生の留守電を聞いて、少し違和感をおぼえたんです。日付変わってからあらためて電話をするけど、そっちにはちょうどいい時間かもしれないっていうところ。あのときは、電話の相手が深夜まで仕事をしているからだと思いました。けれど、違ったんです」

「時差……か」月村がつぶやく。

「ええ、そうです」梓は頷いた。「カナダと日本ではかなり時差がある。日付が変わった後の方が、カナダでは電話するのにちょうどいい時間になる。そういうことだったんです」

もう言い逃れはできないはずだ。梓は緊張しながら女の反応を待った。残された時間はあと三十分ほど。その間にこの女から、出口の暗証番号を聞き出す必要がある。小早川がじりっと前に出た。それを見て、女は麻酔器が置いてある手術台の頭側からゆっくりと移動する。手術台を挟んで梓たち三人と女は対峙した。

「浮間有里……」目を伏せたまま、女がぼそりとつぶやいた。

「え、なに？」

梓が聞きかえすと、女は「私の名前よ」とつぶやきながら眼鏡をはずし、ポニーテールにしていた髪を解く。柔らかそうな黒髪がふわりと広がった。大きく息をつく女の顔からは、さっきまでの幼く弱々しい印象は消え去り、どこか退廃的な雰囲気すら醸し出していた。

「あなたは、芝本先生の妹よね？」

「ええ、そうよ」女は、浮間有里は眼鏡を床に捨てながら、あっさりと頷いた。

「てめえが和子を殺したのか！」

こめかみに青筋を立てた小早川は身を乗り出すと、滅菌シートの上から手術台に手をかける。いまにも手術台を飛び越えてきそうな小早川を見て、有里はジャケットの懐から財布を取り出し、中から薄いカードのようなものを抜いた。

「動かないで！　動いたら、ガソリンに火をつける」

手を掲げながら、有里が声を張り上げる。その手にある薄い板には、小さなボタンがいくつかついていた。有里の親指が、一番下にある赤く塗られたボタンの上に添えられる。

「このボタンを押したら、タイムリミットの前でも装置が作動して、ガソリンに点火できるわよ！」

「そうなれば、お前も焼け死ぬんだぞ。できるわけがない」

小早川は手術台に手をかけたまま、頬を引きつらせる。

「死ぬ覚悟もなく、こんなことしたと思っているの？　兄さんの仇が討てるなら、私は喜んでボタンを押す！」

目を血走らせながら有里は叫んだ。その迫力に、小早川は手術台にかけていた手を引く。

「兄さんは優しかった。あんなに優しかったのに、あんなことに……」

震える声で言うと、有里は梓たちを睨みつけた。

「あんたたちの誰かが、兄さんを殺したのよ！」

「冷静に話し合いましょう。芝本先生を殺した犯人が、私たちのなかにいるとは限らないじゃないですか」

梓のセリフを有里は鼻で笑う。

「いいえ、犯人はあなたたちの中にいる。両親が離婚したあと、ほとんど会えなくなったけど、私たちは連絡を取りつづけていた。いつも色々な話をしたの。倉田さん、あなたとのことも話してくれるぐらいね。だから、兄さんが『信頼する』って言う相手は見当がついた。その全員について、私は探偵を雇って兄さんが死んだ日のアリバイを調べさせたの。そして、あなたたち四人が容疑者に浮かび上がった」

有里は「桜庭さんも入れた四人ね」と付け加えながら、小早川に流し目をくれる。小早川が顔を紅潮させて身を乗り出すと、有里はボタンを押すそぶりを見せて牽制した。小早川の歯ぎしりが響く。

「けれど、親友が奥さんと不倫していたうえ、兄さんを殺人犯に仕立て上げていたなんてね。それに、上司は味方のふりをして兄さんをクビにしたし、恋人は我が身可愛さに兄さんのアリバイを黙っていた」

反論することができない梓たちに、有里は軽蔑の視線を送る。

「兄さんを殺していなかったとしても、私はあなたたちを殺したいぐらいなのよ。この男と一緒にね」

手術台の上で人工呼吸管理されている男を、有里は見下ろした。

梓は横目でタイマーを確認する。点滅する『0：26：08』の表示。もう時間がない。梓の隣にいた月村がゆっくりと手術台に近づき、手術台の前で小早川と並んだ。

「近づかないでって言ったでしょ！」

有里はカードのボタンにかけた手を、突きつけてくる。

「本当にそれは爆破ボタンなのかな？」感情を交えない声で月村が言った。

「……そうよ。試してみる？」有里は再びボタンを押すそぶりを見せる。

「できるならやってみたらいい」

月村の言葉に梓は目を剝いた。小早川も言葉を失っている。

「君は虚勢を張っているだけで、死ぬ覚悟なんてできていない。僕には分かる。そうやって牽制して、爆破前に一人だけ逃げるつもりだろ」

小早川はゆっくりと手術台の足側に回り込んでいく。

「来たら本当に押すわよ！」

「どっちしろ、このままだと僕たちは二十五分後に死ぬ。なら、君がブラフを張っている方に賭けるのも悪くない。僕たちが助かる道は、君を拘束して暗証番号を聞き出すしかないんだ」

そこで一拍置いた月村は、「君が祖父江さんにやったような手段を使ったとしてもね」と付け足した。有里はじりじりと後退する。その背後には、診察室へと続く扉が開いていた。

「そんなことない。備品倉庫の暗号を解いて証拠品を見つければ、兄さんを殺した犯人以外は解放する」

「君がずっと考えても見つけられなかった隠し場所を、あと二十五分で見つけろっていうのかい？　それより、君を捕まえる方が、はるかに助かる可能性が高いよ」

ゆっくりと移動していく月村の動きに、小早川も同調する。

「お前は和子を殺した。俺もお前を捕まえて、痛めつける方を選ぶ」

「待ってください。ちょっと落ち着いて」

梓はかすれ声で言う。こんな予定ではなかった。もっと簡単に有里を拘束できると思っていた。犯人の正体を摑んだことに興奮して、爆破装置を持っている可能性まで思いが至らなかった。

「なにを待つっていうんだ。このまま焼け死ぬのをか？」

梓の方を見ることもせず、小早川が吐き捨てた。有里と小早川たちの間に、触れれば切れそうなほどの緊張が満ちていく。次の瞬間、有里が身を翻して走り出した。それを見て、小早川と月村も動く。

梓には有里の意図が分からなかった。出口はこちら側だ。有里が向かう先には診察室しかない。あそこに向かっても逃げ場はないはずだ。

診察室に入ると同時に有里は振り返り、「来るな！」と持っていた機器を突き出す。診察室に飛び込もうとしていた小早川と月村の動きが一瞬止まる。有里の親指が赤いボタンを押し込んだ。同時に、重い音が梓の鼓膜を震わせる。

爆発した？　心臓が大きく跳ねる。しかし、梓はすぐにそうではないことに気づいた。手術室と診察室の間の壁が、勢いよく落ちてきていた。診察室に立つ有里の姿が壁に隠れていく。

「畜生！」

小早川が壁の下に両手を入れようとするが、間に合わなかった。地鳴りのような音ともに、壁は完全に閉じる。

「開けろ！　ふざけるな！」

小早川が力任せに拳を叩きつけた。しかし、壁はびくともしない。

「もしかしたら、診察室から裏口がある廊下に出る抜け道があるんじゃないか？この壁が開いたみたいに」

月村の言葉に、梓は息を呑んだ。たしかにこれだけおかしな仕掛けがある病院だ。その可能性も否定できない。それどころか、診察室から直接外へと出る地下通路があっても不思議ではない。だからこそ、有里は診察室に逃げ込んだのではないか？

「俺が廊下を見てくる！」

「頼む。私はここで、あの女に話しかけてみる」

走って手術室を出て行く小早川に、月村が声をかけた。梓は迷った後、閉じた壁の前に立つ月村に近づいていく。

「七海さん。いや、浮間さんだったか。ここを開けてくれ」

月村が声を張り上げると、扉の奥からかすかに声が聞こえてきた。

「開けるわけないでしょ。私を拷問しようっていうのに！」

梓はわずかに安堵する。隠し通路でどこかに逃げてしまったかもしれないと思ったが、どうやら有里は診察室の中にとどまっているらしい。

「話し合おう！　このままでは君も死んでしまうんだぞ」

「話し合うことなんてない！　あなたたちが助かるのは、時間内にあの暗号を解いて、兄さんを殺した犯人を見つけた場合だけ。そうじゃなければ、ここで全員死ぬ」

「……くそっ」

月村の舌打ちを聞きながら、梓はタイマーの表示に視線を向ける。『0：24：22』。もう本当に時間がない。

「お願いだから馬鹿なことしないで。さっきの留守電の音声を警察に提出すれば、きっと捜査をはじめてくれる。この病院を隅々まで調べて、芝本先生が隠した証拠品を見つけて、犯人を見つけ出してくれるはず」

梓が大声で言うと、鼻を鳴らすような音がかすかに聞こえてきた。

「もうやったわよ。あの留守電の記録を警察にも提出した。けれど、なにも変わらなかった。あの事件はもう自殺ということで結論が出ている。そう言われて門前払い」

「そんな……」

「あの留守電のあと連絡が来なかったんで、私は何度も兄さんに電話をした。けれど、一度もつながらなかった。なにかあったんじゃないかって心配だったけど、日本には頼れる親戚もいなくて、どうしようもなかった。私が兄さんの死を知ったのは二週間以上経ったあと、遺産の関係で弁護士が連絡を取ってきたからよ。そのときはもう、葬式も終わっていた」

壁の奥から悲痛な声が小さく聞こえてくる。

「すぐに日本に戻って警察に訴えたけどダメだった。だから、自分で犯人を捜すことにしたの。探偵を雇って犯人をあなたたちに絞り込むことができた。けれど、その中の誰が真犯人かまでは分からない。兄さんが証拠品を隠した秘密の場所も必死に探したけど、見つけられなかった。だから計画を立てたの」

かすかに聞こえてくる有里の声に、妖しい響きが混ざる。

「あなたたちを監禁して、兄さんが計画していたゲームに参加させながら、集めた証拠を突きつけようって。そうすれば、証拠品が見つかるかもしれないし、そうじゃなくてもお互いが話し合う中で、犯人があぶり出せるかもしれない。兄さんもゲームが無駄にならなくて喜んでいるはず」

梓は我慢できず叫んだ。

「芝本先生はこんなことをしても喜ばない！」

「そんなこと誰に分かるっていうの！　これは私なりの弔いなの！　殺人犯に仕立て上げられ、そのうえ殺された兄さんの弔い……。生きてこの病院から出たかったら、誰が兄さんを殺したか教えて。それがこのゲームをクリアするための条件。あと二十分で犯人を見つけられなかったら、いま院内にいる全員が死ぬことになる」

「そんな、あと二十分なんて短すぎる。せめてもう少し時間をちょうだい。そうすれば、備品倉庫の暗号を絶対に解くから」

「無理よ。ポリタンクに付いた装置は一度セットしたら、解除も制限時間を延ばすこともできない。なにをしようが、二十分後に病院は火の海になって、このゲームは終わる」

淡々とした、まるで台本を棒読みするような感情が混じっていない有里の声を聞いて、梓は背骨に冷水を注ぎ込まれたような心地になる。

本気だ。犯人が分からなければ、本気で自分ごと容疑者を全員焼き殺し、復讐を果たすつもりだ。絶望が胸に満ちていく。

「……最後のヒントをあげる」

扉越しに聞こえてきた小さな声に、梓は目を見開いた。

「ヒント!?　なんなの、早く教えて！」

「祖父江の右の脇腹、そこを調べてみて」

「右の脇腹？　そこになにが？」

梓は声を嗄らして訊ねるが、返答はなかった。梓と月村は一瞬顔を見合わせると、振り返って手術台に走り寄る。

「右の脇腹だね」

月村が滅菌シートを剝ぎ取った。手術台に横たわるやせ細った体が露わになる。梓はその右側腹部に顔を近づけて、乾燥して筋が浮き出ている皮膚を凝視する。腰の少し上あたりの皮膚に、かすかに線のようなものが入っていることに気づいた。梓はその線におそるおそる触れてみる。指の腹に硬い感触があった。

「ここです！　ここになにかが埋まっています！」

梓が声を上げると、月村もその線を指で触れる。

「皮下になにか埋め込んだあと、皮内縫合をして目立たなくしたんだな」

スイッチだけでなく、他のものも体に埋め込まれていたのか。有里の祖父江に対する恨みの強さを感じ、身震いする。

「取り出すぞ」

月村は脇にあった器具台からメスを手に取ると、皮膚に走る線にその刃先を差し込み、横に滑らす。メスを器具台に戻した月村は、代わりにピンセットを手に取り、開いた傷口に差し込んで中を探っていく。

「あったぞ」

声を上げながら月村がピンセットを引き抜いた。その先端には血と脂で汚れた金属が摑まれていた。

「鍵!?」

梓は麻酔器の後ろにある金庫を見る。その鍵は、二つの金庫を開けた鍵に似ていた。月村は手に血が付くことも気にせず素手で鍵を摑むと、まだ開いていない金庫に走り寄る。金庫の鍵穴に鍵を差し込み、勢いよく捻(ひね)ると、錠が外れる音が響いた。

月村はせわしなく扉を開ける。

梓は月村の肩越しに金庫の中を覗き込んだ。そこには一冊の大学ノートが入っていた。

「なんだ、これは?」

月村が金庫からノートを取り出す。その表紙に書かれていた文字を見て、梓は月村の手からノートを奪い取った。

『クラウンの病院からの脱出』。そこには大きくそう記されていた。

「倉田さん？」

「これは芝本先生が書いたものです。この病院を使ったアトラクションの設計図です！」

訝しげな視線を向けてくる月村に、梓は答える。かつて、芝本に昔プロデュースしたリアル脱出ゲームの設計図を見せてもらったことがあった。その設計図は、いま手にしているもののように、表紙に大きくタイトルが記された大学ノートに書かれていた。

梓はページをめくっていく。手術着の襟に仕込まれた暗号・ベッドに隠された鍵・階段の鉄格子・手術台の上に置かれたピエロの仮面をかぶった人形と、その腹腔内に隠されたスイッチ・手術室に置かれた金庫・天井からつるされたピエロ。アイデアを思いつくたびにメモしていったらしく、読めない文字や意味が分からない文章も多い。しかし、それらは間違いなく、この数時間で梓たちが解いて来た『謎』の設計図だった。

当然、ノートの中では同時に複数のグループが参加できるような工夫がされているため、実際に梓たちが体験したゲームとは細部に違いはある。しかし、大まかなところでは、ほぼノートに書いてある通りだった。

「兄さんもゲームが無駄にならなくて喜んでいるはず」

梓の耳についさっき聞いたセリフが蘇る。遺された設計図通りのゲームを作り出すこと、有里にとってそれが兄に対しての弔いだったのだろう。

梓は必死に設計図に目を通していく。そこに、この苦境から逃れるためのヒントを探すために。

ノートに書かれた謎の中にはいくつか、梓たちが体験していないものも含まれていた。今回の計画に適していなかったり、書きなぐってあるため詳細がわからず、採用されなかったものだろう。

梓は目を細めて、ノートの一ページに描かれた絵を見る。外来待合の床に道路を作り、おもちゃの車に乗ったピエロ人形と、端の歩道を歩くピエロ人形を置く予定だったようだ。車に乗った方のピエロ人形と『車道（しゃどう）』の文字が赤丸で囲まれている。しかし、肝心の『謎』の詳細を示した文字が判別不能なほど乱れていて、どのようなアトラクションを作る予定だったのか、はっきり分からなかった。

詳しい内容が読み取れず、さらに外来待合にはガソリン入りポリタンクを置く必要があったため、これは採用されなかったのだろう。

「どうなっているんだ⁉　廊下の方から女が逃げた形跡はなかったぞ」

小早川が戻ってくる。しかし、梓はノートから顔を上げることはなかった。

「おい、あの女はどうなったんだ！」

声を荒らげる小早川に向かって、月村は口の前で人差し指を立てる。

「女は診察室の中にいる。ただ、芝本君を殺した犯人を見つけない限り出てこないと言っているんだ」

「それで、あんたらはなにやってるんだよ？」

小早川のだみ声が響き渡る。

「うるさい！　少し黙っていて！」

振り返った梓は小早川を怒鳴る。その剣幕に小早川は身を引いた。

ふと、ページをめくっていた梓の手が止まる。そこには『闇を照らして真実の道を無くし　最後の鍵を持つピエロを探せ』と走り書きされていた。備品倉庫の天井に描かれていた文章。これが『秘密の隠し場所』の位置を示した謎の設計図。梓はそのページを隅々まで見る。備品倉庫で見た愛嬌のあるピエロの絵と、その周りにメモらしき記載があるが、あまりにも乱れたその文字を読み取ることは難しかった。ページの中央にはなぜか、シャワーノズルのような絵がある。

シャワー？　病院ならシャワーぐらいあるはず。けれど、それと『闇を照らして真実の道を無くし』という言葉が繋がらない。

考えろ、考えるんだ。梓はノートを凝視したまま、脳に鞭を入れる。

有里はいくら考えても『秘密の隠し場所』を見つけられなかった。それは、備品倉庫の天井に書かれた暗号だけでは解けない謎だったからではないだろうか？ 他の謎の回答をヒントとして使う。芝本はよくそういう仕掛けをした。

これは芝本先生が遺した最後のゲーム。なら、私が解かなくてどうする。

「おい、あと十七分しかねえぞ！」小早川が悲鳴じみた声を上げた。

『闇』ということは、明かりを消せばヒントが現れるということだろうか？ しかし、それでは三階のナースステーションにあった英語のヒントと同じだ。あまりにも捻りがなさすぎる。

そもそもあの暗号の中には場所が記されていない。普通に考えれば、暗号が書いてあった備品倉庫なのだろうが、それ以外の場所の可能性もある。『真実の道』というのが、その場所を表しているのだろうか？

道……。梓は眉間にしわを寄せると、違うページを開く。さっき見た、外来待合に『道』が描かれているページ。

有里が採用しなかったこの『謎』。これに描かれた道路こそ、暗号に記された『道』なのではないか？

とすると、外来待合に『秘密の隠し場所』があるのだろうか？ 『道を消す』というのは、そこに描かれた絵を雑巾かなにかで拭き取れば、その下からピエロの絵でも現れたということかもしれない。もしそうだとすると絶望的だ。この設計図で道路が描かれている場所はいま、ガソリンがつまった無数のポリタンクが置かれている。

「あと十六分！」小早川が叫ぶ。

いや、外来待合とは限らない。たんに描かれている道路を消すなんて、芸がなさすぎる。気合を入れた渾身のアトラクションのクライマックスで、芝本先生がそんな謎を出すとは思えない。なら『真実の道』とは……。

梓の目がページに記された赤い円を捉える。その円は車に乗っているピエロを囲んでいた。

文字が読み取れないので、どんな謎を提供しようとしていたか分からないが、芝本先生は歩道を歩くピエロでなく、車に乗っているピエロを正解にしようとしていた。もしかしたら、車が走っているこの道、これこそが『真実の道』なのではないだろうか？

歩道ではなく、車道。梓の目が赤いアンダーラインが引かれた『車道（しゃどう）』の文字に引き付けられる。

なぜ、わざわざ平仮名で書く必要が？　しかも、仮名のアンダーラインの方が明らかに濃くなっている。そこになんの意味が？

車道……、しゃどう……、シャドウ……。

梓は目を見開くと勢いよく振り返った。網膜に、この部屋にだけある機器が映し出される。

「分かった！」梓は叫んで立ち上がった。

「分かったって、『秘密の隠し場所』がか？」小早川が勢い込んで訊ねる。

「そうです！ 分かったんです。『真実の道』っていうのは車道のことでした。『シャドウ』は日本語にすると『影』。つまりあの暗号は『闇を照らして影を無くせ』ということです」

興奮してまくし立てる梓を前にして、月村が眉根を寄せる。

「どういう意味だ？ そもそも闇の中だったら影なんてないだろう？」

「違います。重要なのは『照らして真実の道を無くし』っていうところなんです。無くしっていうのがわざわざ漢字で書いてあったのもヒントです。この部屋にはあるじゃないですか。照らすことで影を消すための道具が」

「影を消す……」

月村は振り返ると視線を上げる。そこには、天井から伸びたアームに、巨大なシャワーノズルのような機器がぶら下がっていた。

「そうです、無影灯(むえいとう)です。あの暗号は、暗くした部屋を無影灯で照らせという意味だったんです！」

「じゃあ、あの無影灯で……」

小早川が奥の手術台の上にある無影灯を指さす。

「いえ、多分こっちです」

梓は手前にある、取り外された手術台跡の上にある、古ぼけた無影灯に近付いた。

小早川の表情に戸惑いが浮かぶ。

「なに言っているんだ。それは壊れていて、点かなかったぞ」

「違います。きっと壊れてなんていません。小早川さん、いいからフットスイッチで扉を閉めたあと、蛍光灯を消してください！」

梓が古ぼけた無影灯に近づきつつ鋭く指示を飛ばすと、小早川は慌てて言われた通りにする。手術室の中が闇に満たされた。

いま思えば、手術室の扉の窓が黒く塗られていたのは、このためだった。梓は納得しつつ、手探りで無影灯のスイッチを入れる。弱々しい紫色の光が梓の顔を照らした。

「それは……」月村がふらふらと近づいてくる。

「ブラックライト、長波長の紫外線を出す電灯です。目にはほとんど見えない光なんで、蛍光灯が点いているときには気づかなかった」

梓は説明しながら、無影灯を動かして部屋の中を照らしていく。次の瞬間、小早川が「あっ!?」と声を上げた。部屋の片隅の床近くの壁に、小さなピエロの顔が浮かび上がっていた。

「きっと、ブラックライトに反応する特殊な塗料で描いてあるんです。そこが『秘密の隠し場所』です」

小早川が浮かび上がったピエロに近づいてひざまずき、その部分に手をかける。

「力を入れて押してみてください」

梓が指示をすると、小早川は歯を食いしばって手を押し込んだ。二十センチ四方ほどの壁がゆっくりと奥に移動していった。

「やった、ここだ! 見つけたぞ!」

小早川が歓声を上げた。梓は出入り口に近づくと、フットスイッチで扉を開けるとともに、蛍光灯のスイッチを入れる。再び部屋に蛍光灯の光が満ち、ブラックライトの光を掻き消していく。

「なにが入っていましたか？」

梓は床に這いつくばって、穴を覗き込んでいる小早川に声をかける。

「下に取っ手があるな。これを引けばいいのか？」

小早川は取っ手を引くと、そこに空洞が現れた。

「なんか、やけに錆びついているぞ。これ、芝本が作ったものなのかよ?」

小早川は空洞に手を差し入れ、そこから分厚い紙の束を取り出した。

「これが『証拠品』……」

小早川はその書類を素早くめくっていく。小早川に近づいた梓は、その肩越しに書類に目を向ける。最初の数枚にはびっしりと人の名前や年齢、病名、手術の術式などが記されていた。よく見ると、そのほとんどが急性虫垂炎や急性胆嚢炎、絞扼性イレウスなどの緊急手術だった。一枚につき数人の名前に蛍光ペンでアンダーラインが引かれている。

「なんだよ、これ？　手術を受けた患者のリストか？」

小早川のつぶやきを聞いて、梓は「あっ」と声を上げる。

「もしかしてこれって、映画監督を突き落としたときに桜庭さんが見たっていう資料じゃないですか？　蛍光ペンでラインが書かれていたって、桜庭さんが言っていたじゃないですか」

「和子が？」

眉根を寄せながら、小早川は書類をめくっていく。やがて、アルファベットと数字が暗号のように羅列されたページが現れた。

「ＨＬＡ……」小早川がつぶやく。

「え？　なんですか？」

「ヒト白血球抗原、人間の細胞表面に発現している抗原だ」

「たしかそれって、移植のときに重要なものですよね？　それが合う相手の臓器じゃないと移植できないとか……」

「ああ、そうだ。完全に同じＨＡＬの型しかいけないってわけじゃないが、大きく違う型だと強い拒絶反応が出る。だから、移植の際にはできるだけ似通った型の臓器をもらうのが望ましい」

「……この病院って昔、入院している患者の臓器を摘出して、違法な臓器移植をやっていたんですよね。これってもしかして、臓器が摘出可能な患者のリストじゃないですか？」

「いや、この規模の病院に入院している患者のリストにしては、いくらなんでも載っている数が多すぎる。これは、かなり大規模な病院で患者のＨＬＡを調べたリストのはずだ」

　小早川は口元に手を置く。

「違法な臓器移植にかかわっていた人間は、この病院のスタッフだけじゃなかったのかもしれないな。もしかしたら、いくつかの大病院に共犯者がいて、意識がなくて家族もいない患者のＨＬＡを調べて、リストアップしていたのかも」

「移植を受ける患者に、一番適したＨＬＡの臓器を提供するために……」

そのおぞましい行為に梓が震える声で言うと、小早川は大きく頷いた。

「ああ、この資料は臓器のカタログっていうわけだ。最初にあったリストは、おおかた臓器を抜かれた患者たちだろうな。緊急手術にかこつけて深夜に臓器を摘出していたって、雑誌で読んだ気がする」

「どこで芝本先生はこんなものを……？」

「もともと、そこの穴に隠してあったんじゃないか？　この資料は、ＨＬＡの情報を提供していた共犯者たちにとっては、犯罪の証拠にもなりうる。そいつらに裏切られないように、そこに隠してあったのかも」

「……それを偶然、芝本先生が見つけた」

「ああ、壁が少しへこんでいたりしたのかもな。芝本のことだ。こんな隠し場所が見つかったら、喜んでアトラクションに組み込むにきまっている。その一方で資料を調べていくうちに、やばいものだと気づいた」

「もしかしたら芝本先生が探偵を雇ったのって、浮気じゃなくてこれについて調べるためだったんじゃないですか？　桜庭さんに見て欲しいって言っていたのも、この資料だったのかも。けれど、桜庭さんは勘違いしてここに乗り込んで、挟間監督を殺してしまった」

梓の言葉に小早川は苦虫を嚙み潰したような表情で黙り込んだ。梓は構うことなくまくしたてる。真実が明らかになっていく感覚に興奮していた。

「一昨年の九月十八日、芝本先生は挟間監督にこの資料を見せようとしていた。芝本先生は誰かがこの資料を取り返そうとして挟間監督を殺したうえ、自分に殺人犯の汚名を着せたと思ったのかもしれません。だからこそ、この資料の原本をまたこの穴に隠し、慎重に調べはじめた」

「おい、勝手に話を進めるな。挟間にこの資料を見せようとしたのはまだわかる。共同で開くアトラクションの会場で、やばいものが見つかったんだからな。けれど、なんで和子にこれを見せようと……」

そこまで言ったところで、ページをめくっていた小早川の手が止まる。ＨＬＡのリストのページが終わり、再び患者の名前が書かれたリストが出てきた。どうやら、転院してきた患者のリストらしい。どの病院からいつ転院してきたか、一覧になっている。その中の数人に、やはり蛍光ペンでアンダーラインが引かれていた。

「全員……、景葉医大付属病院からの患者」

小早川がつぶやいた瞬間、梓は人の気配をおぼえて背後を見る。いつの間にか、すぐ後ろに月村が近づいていた。ごく自然に梓の脇を通過した月村は、小早川の肩を叩く。振り返った小早川に、月村は体当たりをした。不意を突かれ、小早川の巨体が背中から壁にぶつかる。

なにが起こったか分からず立ち尽くす梓の前で、小早川は壁に体重を預けたまま、ゆっくりと崩れ落ちていく。その胸の中心には、細い棒のようなものが突き刺さっていた。すぐに梓はそれがなんなのか気づく。メスの柄。床に倒れた小早川の体が大きく痙攣(けいれん)しだした。

「小早川さん！」

梓は小早川に近付き、体に手を添えるが、痙攣が止まることはなかった。

「無駄だよ。肋骨の隙間から心臓を刺したんだ。もう助からない」

抑揚のない声が響いた。それが合図であったかのように、小早川の痙攣が収まっていく。大きく見開いた目の瞳孔が開き、そこから意思の光が消えていくのを、梓はただ呆然(ぼうぜん)と眺める。

「しかし、まさかこんなところに原本を隠してあったとはねえ……」

月村が床に散らばった資料を踏みつけた。

「あなたが……芝本先生を……」

月村を見上げながら、梓は震える声を絞り出す。月村の顔に笑みが浮かんだ。仮面をかぶっているかのように人工的な笑みが。

「ああ、僕が殺した。余計なことまで調べまわっていたからね」

なんの気負いもなく月村は答える。

「あなたが、違法臓器移植の共犯者……」

芝本は資料を見て、景葉医大付属病院の中にも違法臓器移植にかかわっていた者がいるかもしれないと疑った。だからこそ、かつてそこに勤めていた桜庭に資料を見せて、アドバイスをもらおうとした。けれど、桜庭は不倫の証拠を突きつけられるのだと勘違いした。梓の頭の中で、一年半前になにが起きたのか明らかになっていく。

「おいおい、人聞きの悪いことを言わないでくれ。僕がやっていたのは、院内にいる意識も身寄りもない患者のＨＬＡを調べて、その情報をこの病院の院長に送っていただけだよ。ただ、それだけだ」

「けれど、この病院の院長はそのリストから臓器を摘出する患者を選んで、転院させていたんでしょ」

「さあ、知らないね。たしかに田所病院はうちの病院からの患者を定期的に受け入れていた。身寄りがなくて長期療養が必要な患者を受け入れてくれる療養型病院は少ないんで、助かっていたよ。その患者に彼らがなにをしていたかは知らないが、私には関係ないことだ」

「関係ないで済むわけがない。だからあなたは芝本先生を殺した！」

　梓は唇を噛む。月村の顔から笑みの仮面がはがされていく。

「映画監督が死ぬ数日前に、芝本君が私を訪ねてきたんだよ。彼はこの資料を見せて、大学内に違法臓器移植の共犯者がいるかもしれない。けれど、これだけの証拠で、警察に出身大学を告発することはできないと言った。まったく、なにが共犯者だ。私はＨＬＡのデータを渡しただけなのに」

「そのデータを大金で売っていたんでしょ。立派な共犯者じゃない」

「……医学部の教授になるには、金が必要なんだよ」

　月村は皮肉っぽく唇を歪めた。

「だから、挟間監督の件で容疑がかかった芝本先生をクビにしたのね」

「ああ、どうしようかと悩んでいたときに、あれは本当に助かったよ。クビにさえすれば、彼は院内の資料を確認することもできなくなって、諦めると思った。しかし、まさか自分が殺人の容疑をかけられているのに、資料の件を調べ続けていたとは思わなかったよ」

　月村は深く嘆息する。

「芝本君は院内にいる知り合いや、探偵を使って、うちの病院から田所病院に転院した患者を調べ上げ、その大部分が腎臓を摘出されていたことを突き止めた。その上で去年の四月十九日、誰が共犯者なのか調べて欲しいと僕に依頼してきたんだ。目の前にいる僕がそうだって気づかずにね」

押し殺した笑い声が月村の口から漏れる。

「それで、芝本先生を……」

「ああ、準備したスタンガンでこん睡させたあと、経鼻胃管（けいびいかん）でウイスキーを大量に注ぎ込み、仕上げに車ごと海に落とした。間抜けな警察はいとも簡単に自殺だって判断してくれたよ」

月村は肩をすくめると、「他に訊きたいことは？」と訊ねてくる。

「これから……どうするつもりなの……？」

梓が震える声で訊ねると、月村が目の前にひざまずいた。手を伸ばした月村は、小早川の胸からメスを抜き取る。

「分かっているだろ。八分以内に君を殺して、ここから逃げるんだよ」

「どうやって逃げるっていうの。出口の扉は閉まっているっていうのに」

「簡単だよ。芝本君の妹さん、たしか有里さんだっけね、彼女に開けてもらえばいい」

「なんで芝本先生を殺したあなたを、有里さんが助けるのよ」

「彼女には僕が殺したとは分からないさ」

柔らかく微笑む月村を見ながら、梓は「え?」と声を漏らす。月村は診察室に通じる壁を指さした。

「壁越しでも声を張り上げないと会話できなかったんだ。いまのこっちの状況は彼女には分からない。君を殺したら、ゆっくりと説明するよ。芝本君を殺したのは小早川君だったって」

月村は嬲るかのように、ゆっくりとメスを左右に振った。

「最後の暗号を解いた君はこの資料を見つけた。そこには小早川君が違法臓器移植の共犯だった証拠が記されていた。それを知った小早川君が君の口を封じ、僕も殺そうとしたが、僕は必死に反撃して逆に小早川君を倒した。完璧なシナリオだろ」

「そ、そんなこと、有里さんが信じるはずが……」

「彼女は信じるよ」月村は断言する。「さっき対峙してみて分かった。彼女は死んでもいいと思っているのかもしれないけれど、生きたいという欲求も強い。若いんだから当然だよね。だから、僕の言葉を信じるはずさ。小早川君が犯人だと信じて、僕と一緒にこの病院から脱出するよ」

「そ、その資料を見れば、それが嘘だって分かる」

体の底から湧き上がってくる恐怖に、梓は震える。

「大丈夫だよ。ほら、見なよ。あと七分しかない。資料をゆっくりと確認している時間なんてないさ。この資料は病院と一緒に燃え尽きるんだ」

「もし……、もし脱出できたとして、そのあと有里さんをどうするつもりなの？」

梓が声を絞り出すと、月村の表情が笑みを形づくった。しかしその目には全く感情が浮かんでおらず、巨大な爬虫類に睨まれているかのような心地になる。

「それを聞いてどうするんだい？　そのとき、君はこの世にいないのに」

左右に振られていたメスの動きが止まる。もう助からない、そう思った瞬間、梓は無意識に口を開いていた。

「芝本先生を殺したのは……」

診察室にいる有里に聞こえるように、声を張り上げる。しかし、犯人の名前を叫ぶ前に、月村の掌が梓の口を勢いよく塞いだ。衝撃で後頭部を壁にぶつけ、一瞬意識が飛びかける。

「ふざけたことしやがって。……大人しくあきらめろ」

低い声で言うと、月村は顔の横にメスを掲げる。小早川の血で濡れた刃が、蛍光灯の光を妖しく反射した。

梓は固く目を閉じる。

次の瞬間、内臓を揺さぶる轟音が辺りに響き渡った。

*

「こんな遅い時間に申し訳ありません」

南雲と並んでソファーに腰掛けながら、鯖戸はローテーブルに紅茶の入ったカップを置く初老の男に頭を下げる。髪は白髪が目立つが、肌は褐色に焼けて健康的に見えた。

「いえいえ、こちらこそ」

この家の主である芝本直彦は笑みを見せると、自分の分の紅茶を淹れに台所へと戻っていった。青藍病院で麻酔科医の七海香太に話を聞いた二時間後、鯖戸は豊島区要町にあるこのマンションにやって来ていた。腕時計に視線を落とすと、時刻は午後九時になるところだった。

三時間ほど前に話を聞いた七海香太からは、大した情報は得ることができなかった。失望しつつ青藍病院をあとにした鯖戸は、そのまま芝本大輝の父親である浮間輝也のアパートに張り付くつもりだった。しかし、浮間輝也のアパートに向かっている最中に、南雲のスマートフォンに着信があった。その相手こそ、いま台所で紅茶を淹れている芝本直彦だ。

この芝本直彦は芝本大輝の伯父にあたる人物だった。去年、芝本大輝が死亡した際、遺体の確認や、葬儀の取り仕切り、さらには遺産にまつわる諸業務を行ったのもこの直彦だった。

鯖戸は昨日から何度も直彦に連絡を取ろうとしたのだが、電話をしても留守電になるだけだった。もしかしたら、直彦も拉致されているのではないか、ついさっきまでそんなことも考えていた。しかし二時間前、突然「連絡に気づかず申し訳ございませんでした。いまから二時間後でしたらお目にかかれますが」と電話があったのだ。

直彦の説明によると、一週間ほどハワイに旅行に行っていて、帰国して初めて留守電に気づいたということだった。浮間輝也のアパートに向かうか、それとも直彦に話を聞くか一瞬迷った後、鯖戸は直彦のマンションに向かう方を選んだ。

「ハワイに行っていたとなると、直彦さんは事件には関係ないですかね」

台所にいる直彦に聞こえないよう声をひそめて、南雲がつぶやく。

「いや、そうとも限らねえぞ」鯖戸も声を押し殺しつつ答えた。「海外にいたっていうパスポートの記録は、最高のアリバイになるからな」

「どういうことですか?」

「簡単だ。まず自分の本物のパスポートで海外に行く。そのうえで、偽造パスポートで日本に戻ってきて犯罪を犯すんだ。そして、その偽造パスポートでまた海外に戻り、最後には本物のパスポートで日本に帰国する。そうすれば、鉄壁のアリバイが完成する」

「いや、偽造パスポートで入国なんて、そう簡単にできないでしょ」

「まあ、簡単とは言わないが、外国人が偽造パスポートで日本に入国するほどは難しくない」

「そうなんですか？」

「入国審査では、外国人の入国は厳しくチェックされるが、日本人の帰国に関してはかなり甘い。ある程度精巧な日本の偽造パスポートさえあれば、十分に可能だ」

「それなら、外国人の不法入国も簡単ってことですか？」

「なわけないだろ。日本のパスポートを持って帰国しようとしている奴が、片言の日本語喋(しゃべ)ってみろ。すぐに疑われる。この方法は日本語が完璧に話せたうえ、外見的にも日本人に見えないとできない方法なんだよ」

「ああ、なるほど。それじゃあ、直彦さんも事件に関係しているかもしれないと？」

「先走るなって。その可能性がゼロじゃないっていうだけだ」

鯖戸が南雲にくぎを刺すと、自分の分のティーカップを持って直彦が台所から出てきた。二人は口をつぐみ、姿勢を正す。

「散らかっているうえ、狭い部屋ですみません。一人暮らしなもので」

直彦はそう言うが、１ＬＤＫのマンションの部屋はかなりの広さがあり、十分掃除も行き届いていた。いまいるリビングも、優に十二畳はあるだろう。デザイナーズマンションなので、家賃はかなりになるはずだ。

記録によると芝本直彦は十年以上前に妻を亡くし、それ以降独身でいるらしい。二年前には専務についていた商社を定年退職している。金銭的には余裕があるのだろう。一人でハワイ旅行に行くのも不思議ではない。

「いえ、そんな。こちらこそ、急にお邪魔して申し訳ございません」

「それで、大輝についてのお話でしたよね」

ティーカップをローテーブルに置いた直彦は、探るような視線を向けてくる。鯖戸が「はい、そうです」と答えると、直彦はカップを手に取って一口紅茶をすすったあと、大きく息を吐いた。

「ちょうど一年前でしたね、大輝が自殺したのは。あれはショックでした」

「たしか、芝本大輝さんの遺体の身元確認や、葬儀の手配は直彦さんがなさったんですよね」

「ええ、そのとき日本にいた大輝の親戚は私だけでしたから。ただ、遺体はかなりひどい状態で……。最終的に歯型と、私のＤＮＡを取ってそれと比較することで大輝だと確認されました」

　直彦は痛みを耐えるような表情を浮かべる。

「直彦さんは大輝さんとは親しかったんですか？」

「親しいというほどでは。年に二、三回連絡をとるぐらいでしたかね」

　頰を掻く直彦を、鯖戸は観察する。甥が殺人犯と告発され、命を失った。この男も、祖父江春雲に恨みを抱いていてもおかしくない。

「直彦さん、祖父江春雲をご存知ですか？」

「……そふえ？　人の名前ですか？」

　直彦は目をしばたたかせる。その反応を見て鯖戸は瞬時に確信した。目の前の男が本当に祖父江を知らないことを。この男は今回の事件にかかわってはいない。

「いえ、気になさらないでください。ちなみに直彦さん、浮間輝也さんはご存知ですか？」

「ああ、浮間ですか。ええ、もちろん。妹の夫でしたからね。妹夫婦が離婚するまでは、よく顔を合わせていました」

「浮間さんは息子さんにあまり関心がなかったという話を聞いたのですが、それは本当ですか？」

「浮間が大輝に関心がない？」直彦の声が高くなる。「誰がそんなことを？　全くのでたらめですよ」

「では、浮間輝也は息子さんを大切にしていたと？」

「ええ、あんなに子煩悩な男、なかなかいません。大輝も妹の有里も、二人とも溺愛していた。私の妹と離婚する際も、最後までもめたのが親権についてでした。一応、妹が大輝の、浮間が有里の親権を持つことになりましたが、お互いに自由に会えるということでまとまったはずです」

やはりそうか！　鯖戸は直彦に気づかれないように拳を握りこむ。あのアパートで浮間が語っていたことは嘘だった。あの目尻に傷跡のある大男は、息子を愛していた。あの男は今回の事件にかかわっているに違いない。

「つまり、芝本大輝さんは父親との関係は良好で、よく連絡を取っていたと？」

興奮を隠しながら鯖戸が訊ねると、直彦は首を横に振った。

「いや、大輝は父親を快く思っていなかったようですね。まあ、思春期に両親が離婚したんで、父親に捨てられたように感じていたのかもしれません。有里とは連絡を取っていたようですが、浮間とは没交渉だったはずです。だから息子があんなひどいバッシングを受けているとは知らなかったと、浮間は後悔していました」

「最近、浮間さんとお会いしたんですか？」

「いえ、最近というわけではないです。ただ半年以上前から何度か顔を合わせてはいます。カナダから帰国した浮間から突然連絡があり、私を訪ねてきたんです」

記憶を探るように、直彦は天井あたりを見上げる。

「どうして訪ねてきたんですか？　大輝さんのことを訊くためですか？」

「たしかにそれもありましたが、メインの目的は不動産取引のためです」

「不動産の？」意味が分からず、鯖戸は首をひねる。

「ええ、大輝の遺産は、銀行口座に残っていた金に関しては全て妹に相続させるということで、浮間家とは話がつきました。あと、遺品に関しては有里が欲しがったので、全てまとめて送りました。ただ、大輝が持っていた不動産については私が相続することになりました。浮間と有里はカナダに住んでいるので、不動産相続の手続きが困難でしたから」

「その不動産を売って欲しいと言ってきたんですか？」

「はい、そうです。正直、私もどう処分しようか持て余していたので、ありがたい話でした。相場よりかなり安く譲りましたよ」

「その不動産というのは……」鯖戸は身を乗り出す。

「ああ、府中市にある廃病院ですよ。田所病院という」

「田所病院!?」鯖戸は目を剝く。隣では南雲も息を吞んでいた。「数年前に職員三人が殺され、一年半前に映画監督が転落死したあの病院ですか？」

鯖戸の勢いに背を反らしながら、直彦は「よくご存じで」と頷いた。

「なんで浮間はあの病院を？」

「『あそこで息子がやり遺したことをする』とか言っていましたが」

「大輝さんはたしか、あそこでなにかアトラクションをやろうとしていたはずです。それを代わりに完成させようということですか？」

「多分そうだと思います。一度気になって見に行きましたが、業者を使ってかなり大掛かりな工事をしていました。窓を全て鉄板で溶接したり、地下を掘って抜け道を作ったり」

鯖戸は胸元を押さえる。掌の下では狂ったように心臓の鼓動が加速していた。田所病院、この事件のはじまりとなったその場所。きっと、祖父江たちはそこに監禁されている。

さらに情報を得ようと、鯖戸は口を開く。そのとき、陽気なポップミュージックが響いた。隣を睨むと、南雲が着信音を響かせるスマートフォンを慌てて懐から取り出していた。

南雲は「失礼します」と断りを入れると、ソファーから立ち上がって部屋の隅に移動する。口元に手を当てて通話をはじめる南雲に一瞥をくれると、鯖戸は正面を向き直った。

「つまり、あの大男は、あなたから田所病院を買い取り、それを改造していたということですね」

鯖戸が確認すると、直彦は「大男？」と首をかしげる。

「浮間輝也ですよ。目尻に傷跡のある大男です」

「えっ、浮間は目尻に傷跡なんてありませんよ。それは代理人です」

「は？　代理人？」意味が分からず、鯖戸は聞き返した。

「そうです。目尻に傷跡がある大男ですよね。たしかに浮間は私に会いに来たときも、その男を連れてきました。自分の代理人だって言ってね」

そこで言葉を切った直彦は、身を乗り出すと声をひそめる。

「代理人といってもあの男、弁護士とかそういう類の人間ではなかったですね。私も長年商社で色々な人物を相手にビジネスをやってきました。その中には、かなり危険な人物もいました。だから分かるんです。あの大男は、明らかに裏の人間です。……たぶん、金さえもらえばどんな危険な仕事でも引き受けるような。なんで浮間があんな人間と行動しているのか、正直、不安をおぼえました」

あの大男が浮間輝也ではなかった？　じゃあ、浮間はどこに……？

「でも、たしか浮間輝也はかなり体格のいい男で……、だから傷跡の男が浮間輝也だと……」

鯖戸が混乱したまま訊ねると、直彦の表情が硬くなった。

「ええ、たしかに浮間はかなり体格のいい男でした。体重も三桁はあったはずです。

……もともとは」

「もともとはということは、いまは違うということですか？」

「ええ、違います。これは言っていいことなのか分かりませんが……」

直彦は数瞬ためらったあとに続ける。

「浮間は癌を患っています。末期癌です」

「末期癌!?」鯖戸の声が裏返った。

「二年ほど前に肺癌が見つかったようです。発見時、すでに転移していたらしくて手術はできず、化学療法を行ったと言っていました。それで一時的に癌の進行は抑えられていたけれど、去年あたりからまた悪化してきて、余命はそれほど長くはないということでした」

「じゃあ、浮間は……」

「ええ、完全に外見が変わっていました。化学療法のせいで髪は全て抜けています。あと癌細胞が栄養を奪うらしく、かなり瘦せていました。悪液質とかいう状態ということです。私が最後に会った三ヶ月ほど前には、体重は半分以下になっていました。いまはもっと瘦せているでしょう」

ため息をついた浮間は、「まだ生きていればの話ですが」と付け加えた。

あの傷跡の男は浮間輝也ではなかった。そして、浮間は末期癌に冒され、余命いくばくもない。突然突きつけられた新しい情報を鯖戸が必死にかみ砕いていると、

「鯖戸さん！」と声が上がった。

「でかい声出すんじゃねえよ」

鯖戸はスマートフォン片手に近づいてくる南雲を睨む。

「あの、課長がすぐに署に戻れと……。日野署で捜査本部の立っている事件が大きく動いたから、そちらに応援に行くようにって……」

声を震わせながら南雲は言う。

「ああ？　日野署の事件？　あれだろ、なんか拷問された痕跡がある遺体が林の奥から偶然見つかったってやつだろ。どうせヤクザがらみのトラブルに決まっている。いまはそんな事件より、こっちの……」

「違うんです！　祖父江春雲だったんです！」南雲が声を張り上げる。

「祖父江？　祖父江がどうしたっていうんだ？」

鯖戸が眉根を寄せて訊ねると、南雲は唾を飲み込んだあと、かすれ声で答えた。

「その拷問された遺体、その身元が祖父江春雲だと確認されたんです」

4

轟音（ごうおん）に身をすくめた梓は、ゆっくりと瞼を上げる。まずは自分の首元に触れ、手を確認する。血は付いていなかった。首を切られてはいない。

なにが起こったか分からないまま、梓は顔を上げる。そこに広がっていた光景を見て、混乱はさらに深くなった。

目の前で月村が体をくの字に折り、腹を両手で押さえていた。梓の首を切り裂こうとしていたメスは床に落ちている。

慌てて後ずさった梓は、腹を押さえる月村の指の隙間から、血があふれ出していることに気づく。

いったいなにが？　そう思った瞬間、再び鼓膜に痛みをおぼえるほどの轟音が響きわたり、月村の右太腿で血飛沫（ちしぶき）がはじけた。苦痛の声を漏らしながら、月村はその場にもんどりうって倒れる。

口を開いたまま月村を見下ろした梓は、視線をゆっくりと上げる。

手術台の上で男が体を起こしていた。体に掛けられていた滅菌シートははだけ、肋骨が浮かび上がった貧相な上半身が露わになっている。そして、その手には黒い光沢を放つ、無骨な鉄の塊が握られていた。リボルバー式の拳銃。銃口からは一筋の煙が立ち上っている。

なぜ？　祖父江は全身麻酔をかけられて意識がなかったはず……。

そのとき、視線が手術台のそばに置かれている麻酔器を捉えた。梓は気づく。男にずっと意識があったことに。

小早川に筋弛緩剤を打たれ、男が息ができなくなったとき、有里が静脈麻酔薬によって麻酔導入を行い、その後の管理も全て引き受けた。

静脈麻酔薬の効果はそれほど長くは続かない。そのため、全身麻酔の維持には、麻酔器を使って吸入麻酔薬を投与し続けなければならない。しかし、もともと吸入麻酔薬がセットされていなかったとしたら……。

きっと、男にはずっと酸素のみが投与されていたのだろう。月村と小早川が腹を開け、胃の中のスイッチを探している間に、男の意識は戻ったはずだ。しかし、その時点では筋弛緩剤が効いて、動くことができなかった。だからこそ、意識を取り戻しても混乱で暴れるようなことはなかったのだ。

やがて月村によって閉腹がされ、次第に筋弛緩剤の効果が切れてきて、体が動くようになっても、男は目を閉じて微動だにしなかった。自分が全身麻酔をかけられ続けているように見せかけるために。

この部屋に置かれている麻酔器は最新のものだ。筋弛緩剤の効果が切れて自発呼吸がはじまっても、むせたりしないように、患者の呼吸に合わせて空気を送り出すモードが備わっている。

けれど、意識がある状態でこの男は開腹手術の痛みに耐えたというのだろうか？　そんなことが可能なのだろうか？

いや、そうじゃない。梓は手術台に置かれた筒状のプラスチックを見る。硬膜外（こうまくがい）麻酔だ。適切な位置に硬膜外麻酔を施せば、開腹手術も不可能ではない。あの硬膜外麻酔は、術後の痛みを取り去り、全身状態を保つためのものではなかった。最初から、意識がある状態での開腹手術に耐えるためのものだったのだ。

すべて、最初から仕組まれていた。

有里と協力して全身麻酔下にあるように見せかけ、ずっと様子を窺っていた男。この男が祖父江春雲ではないことは、もはや間違いない。では、この男はいったい？

立ち尽くす梓が眺める前で、男は止（とど）めを刺そうと引き金を引く。しかし、撃鉄がガチリと重い音を立てるだけだった。

桜庭は四発撃たれていた。二発しか弾が残っていなかったということは、あの拳銃こそ桜庭を撃ち殺した拳銃だろう。しかし、いったいどこに隠していたんだ。滅菌シートを捲って手術台も調べたが、この部屋で拳銃は見つからなかったのに。

そのとき、梓は男が腹から出血していることに気づいた。月村が縫ったはずの傷口が開いている。

「嘘……」

梓の口からかすれ声が漏れた。

腹腔内だ。拳銃は男の腹の中に隠してあったのだ。あの男の体はずっと、滅菌シートに覆われていた。私たちが診察室などをさがしていた隙に、ひそかに器具台からメスなどを手に取り、皮膚と腹膜を閉じている縫合糸を切断したのだ。

そして、桜庭を撃ち殺した有里から拳銃を受け取ったこの男は、自分の腹の中にそれを隠した。熱された銃身で内臓が焼けることもいとわずに。

いや、そうじゃない。梓は頭を振る。有里が桜庭を撃ったんじゃない。きっとこの男こそ、桜庭を射殺した張本人だ。あのとき、桜庭は手術室でこの男と二人きりになっていた。前もって有里から拳銃を受け取り、滅菌シートの下に隠しておけば簡単に撃てたはずだ。そのうえで腹の中に拳銃を隠せばいいのだ。その方が、有里がわざわざ五階からエレベーターを使って犯行を行うより、はるかに効率がいいはずだ。

けれど、だとしたらなぜ、私は二回も鉄格子が締まる音を聞いた？

その理由に思い至り、梓は身を震わせる。

私に有里が犯人だと思わせるため。私に糾弾された有里は自白したうえで診察室にこもり、その結果この男は全く疑われることなく手術室に残ることができた。

そしてこの男は、私たちの会話を聞いていた。芝本先生殺害の容疑者である私たちの会話を。

あのとき私たちは、壁の向こう側にいる有里には声が聞こえず、さらに残り時間がわずかしかない状況だった。だからこそ隠していることをすべてさらけ出し、必死に誰が芝本先生を殺したかを探った。この男が本当に聞きたかったのは、その会話だったのだ。

誰を罰するべきか判断するために。

そして、芝本先生を殺害した人物が明らかになり、男はとうとう正体を現した。

男は拳銃を床に放り捨てると、気管チューブを両手で摑み、強引に口から引き抜いていく。棒立ちでその光景を眺める梓の足首に、なにかが触れた。

悲鳴を上げた梓が視線を落とすと、床に這いつくばった月村が手を伸ばしてきていた。

「助け……て……」

哀れを誘う声で言う月村の手から逃げるように、梓は後ずさる。

「行け……」

しわがれた、聞き取りにくい声がかけられる。梓が振り向くと、手術台の上の男がこちらを見ていた。強引に気管チューブを引き抜いたので、声帯を痛めたのだろう。

「あ、あなたは……？」梓はこわばった舌を動かして訊ねる。

「私は浮間輝也。……大輝の父親だ」

その名前を聞いた瞬間、全ての謎が解けた。かつて、芝本に聞いたことがあった。父親は電気工学の研究者だと。ガソリンを爆発させるための装置をはじめとしたさまざまなギミックも、きっとこの男がやったものなのだろう。

全ては復讐のためだった。この恐ろしいデスゲームは、息子を殺した人物を探し、そして仇を討つために仕組まれたものだったのだ。

「早く行け。もう時間がない」

男は、浮間輝也はタイマーを指さす。『0：04：22』。そこに点滅している数字を見て、梓は小さく悲鳴を上げる。

「あ、あなたは……。それに有里さんも」

「有里はもう脱出している。私は……月村とここに残る」

床に倒れうめき声を上げている月村を睥睨（へいげい）しながら、浮間はひび割れた声で淡々とつぶやいた。

「でも、番号……、出口の暗証番号が……」

「誕生日だ」

浮間は眼窩が落ちくぼみ、頬骨が目立つ顔にかすかに笑みを浮かべる。

「大輝の誕生日、それが暗証番号だ」

息を乱しながら動けなくなっている梓に、浮間は静かに「行きなさい」と促す。

梓は身を翻して出口に向かった。

「置いていかないでくれ！」

背後から響いた絶叫に、梓の足が止まった。首だけ振り返ると、月村が血で濡れた手を必死に伸ばしていた。

「頼む……、私も連れて行ってくれ」

白かった月村のシャツは赤く染まり、その体の下には小さな血だまりができていた。

浮間は手の甲に刺さっていた点滴針を引き抜くと、ゆっくりと手術台から下りる。ふらふらと力なく揺れながら、はだしのまま、浮間は月村のそばに近づいた。背中に挿入されている硬膜外麻酔のラインが引かれ、麻酔薬の入った筒が床に落ちて軽い音をたてる。恐怖に顔を歪めながら、月村は浮間を見上げた。

「私の息子を殺したな」

浮間はかすれ声でゆっくりと言った。月村は口を開くが、そこから声は漏れることはなかった。

「お前には息子に会いに行ってもらう。……私と一緒に」

浮間は足を上げると、月村の撃たれた太腿を踏みつける。絶叫が手術室に響き渡った。梓は顔を背け、床を蹴る。

手術部の廊下を抜け、ポリタンク群を横目に外来待合を横切っていく。一瞬目に入ったタイマーは『0：03：18』と点滅していた。

あと三分、震える足を必死に動かして裏口の部屋に入り、扉に駆け寄る。鉄製の重そうな扉の横に立った梓は、大きく息を吐くと数字を打ち込んでいった。

『1』、『1』、『2』、『7』。

十一月二十七日、それこそが芝本大輝の、愛した男の誕生日だった。梓は液晶画面に表示された『1127』の数字を確認したあと、『Enter』のボタンに指を伸ばす。しかし、そのボタンに指先が触れたところで手が動かなくなった。

もし間違っていたら。もし浮間が嘘を教えていたら。背後から炎が迫ってくるイメージに囚われ、ボタンを押し込めない。

梓は目を固く閉じた。そのとき、脳裏に芝本の顔が浮かぶ。少年のようにはにかんだ笑顔が。

目を見開いた梓は、歯を食いしばってボタンを押し込んだ。指先に軽い手ごたえがあり、ピッという電子音が鼓膜を揺らす。

次の瞬間、重い金属音が響いた。梓は息を乱しながら扉を押してみる。どんなに押しても動かなかった扉がゆっくりと開いていった。吹き込んできた冷たい風が髪を揺らす。梓は扉の隙間に体をねじ込んだ。

外に出た瞬間、梓は倒れこんだ。胸の中では喜怒哀楽、どれともつかない感情の嵐が吹き荒れる。目から零れ落ちた涙が、背の低い雑草が生えた地面に吸い込まれていった。

そのとき、視界に靴が入ってくる。顔を上げた梓の喉から、笛が鳴るような声が漏れた。

「脱出おめでとう」

目の前に立った女、浮間有里は平板な声で言った。梓の額に拳銃の銃口を向けながら。

梓は視界の隅に、マンホールのような穴が開いていることに気づく。きっと、地下を通ってそこに出る脱出ルートが、診察室に隠されていたのだろう。

「有里……さん……」

梓がつぶやくと、有里は耳から小さなイヤホンを取り外す。

「手術室の様子は聞いていた。月村が撃たれたことも、父さんがあなたを逃がそうとしたこともね。けれど……」

有里の目に怒りの炎が灯る。

「私はあなたも許せない。あなたがアリバイ証言をしなかったから、兄さんはあんな目にあった。あなたにも兄さんの死の責任はある」

声を絞り出す有里を前に、梓はなにも言えなかった。

その通りだ。反対されてもアリバイを証言すれば、芝本先生は死なずに済んだのかもしれない。九月十八日の深夜、芝本先生を呼び出したりしなければ、そもそも誰も死ななかったのかもしれない。

すべては私のせい……。

「なにか言い残したいことはある？」

有里は細い指を引き金にかける。梓の口から声にならない音が漏れた。

「なに？　聞こえない」有里は苛立たしげに聞き返す。

梓はからからに乾いた口腔内を舐めると、もう一度口を開いた。

「……ごめんなさい」

梓は突き付けられている拳銃越しに、有里の目を見る。

「本当に……ごめんなさい」

有里は一瞬唇をゆがめると、迷うことなく引き金を引いた。軽い破裂音が響き、梓は顔を背ける。しかし、それだけだった。

「消えてよ」

手にしていた銃をジャケットのポケットにしまうと、有里は扉に近付き、それを片手で閉める。再び錠がかかる重い音が響いた。

「その銃は……」

「モデルガンよ。本物を何個も手に入れられるわけがないでしょ」

有里はかぶりを振ると、親指で背後を指さす。数メートル先に錆びの目立つフェンスがあり、その奥に道路が走っていた。フェンスの端に柵状の扉がついている。

「これは父さんの復讐。父さんが赦(ゆる)したなら、私にあなたを裁く権利はない。分かったら、さっさと消えて、それとも爆発に巻き込まれたいの。あと二分もないのよ」

有里は座り込んでいる梓とすれ違う。

「ああ、私のことを告発しても無駄だから。私はいま、カナダにいることになっている。私がこの病院にいた証拠も……すぐに消える」

有里は軽く手を上げると、病院の陰へと消えていった。おそらく、建物の脇を通って、正面に回り込むつもりなのだろう。

このゲームの結末を見守るために。

梓は立ち上がると、ふらふらと左右に揺れながらフェンスの扉に近づいた。扉を開いて敷地の外に出た梓は、弱々しい街灯の光に照らされた道路を進んでいく。百メートルほど進んだところで、スーツ姿の二人組とすれ違った。二人はなにか叫びながら走っていく。梓は振り返ることなく、足を動かした。

背後から全身の細胞を震わせるような爆発音が響いても、梓はただ歩き続けた。

自分がどこに向かっているかも分からないままに。

脳裏でピエロがおかしそうに笑った気がした。

エピローグ

「そっちです。そっちの角を曲がって二百メートルぐらいのところです」

スマートフォンで地図を見ながら、小走りに先導する南雲が言う。鯖戸は息を弾ませながら頷いた。

数十分前、日野市で見つかった遺体が祖父江春雲のものであることを知った鯖戸は、すぐに刑事課長に連絡を取り、田所病院に警官を送るように要請した。そこでなにか恐ろしいことが起こっていると説明して。

しかし、課長の答えは「いいからすぐに戻ってこい」というものだった。鯖戸たちがこの三日間、祖父江を追っていたという情報が捜査本部にあがり、捜査を指揮する管理官が鯖戸たちを捜査に加えるように要請してきたということだった。

すぐに戻って来いと繰り返す課長との通話を途中で切ると、鯖戸は南雲を連れて芝本直彦の家をあとにした。田所病院のある府中までは、タクシーを使えば一時間もかからない。ならば自分たちが直接田所病院に乗り込むべきだ。そう判断した。

タクシーで近くまできたところでドライバーから、田所病院の周囲は一方通行の道が複雑に入り組んでいるため、遠回りしないといけないと説明された。すぐに「ここで降ろしてくれ」と財布から一万円札を抜いた鯖戸は、それをドライバーに押し付けてタクシーを降り、路地へと飛び込んだのだった。

走りながら鯖戸は腕時計を見る。針はもうすぐ午後十時を指す。鯖戸は視線を上げると、南雲とともに十字路を右に曲がった。

「まっすぐ行けば田所病院です」南雲がスマートフォンを懐にしまう。

「急ぐぞ！」

足に鞭をいれた鯖戸は、前方から若い女が歩いてきていることに気づいた。その足取りはおぼつかず、ふらふらと左右に揺れている。

酔っぱらいか？　こんな寂れた住宅街で？

違和感をおぼえつつ女とすれ違った鯖戸は、数メートル進んだところで足を止めて振り返る。一瞬見えた女の目、完全に焦点を失っているその目が気になった。

「鯖戸さん、なにをしているんですか？」南雲が声をかけてくる。

「あ、ああ、悪い。行こう」

我に返った鯖戸は再び走り出す。そうだ、いまは田所病院に急がなければ。そう思いつつも、女の顔が頭から離れなかった。

「そこです。それが田所病院です」

南雲が指さす先には、五階建ての年季の入ったコンクリート製の建物が立っていた。その手前と奥の敷地は駐車場になっているようだ。芝本直彦が言っていたように、窓が鉄板でふさがれているのが遠目にも見て取れる。

鯖戸と南雲は敷地を囲むフェンスの前に到着する。フェンスの奥に十メートルほど雑草の生えたスペースが広がり、その先に裏口らしき扉が見える。どうやら、裏側に来てしまったようだ。

「その扉から敷地に入れそうです」

南雲が脇にある、フェンスに取り付けられた扉を指さす。その瞬間、衝撃が全身に叩きつけられた。鯖戸はその場に尻もちをつく。

なにが起こったのか分からなかった。横を見ると、南雲が同じように道路に座り込んでいる。南雲が指をさしながら、必死の形相でなにか叫んでいるが、耳鳴りのせいで全く聞き取れない。聴覚が麻痺（まひ）している。鼓膜が破れたのかもしれない。

声を聞くのを諦め、南雲が指さす先を見た鯖戸は目を疑った。

目の前の建物が炎に包まれていた。爆発で塞（ふさ）いでいた鉄板がいくつか吹き飛んだのか、窓から炎と黒い煙が吹き上がっている。換気口らしき穴からも真っ赤な炎が噴き出し、天へと昇っていた。それはまるで、深紅（しんく）の大蛇が建物に巻き付いているかのようだった。

呆然としながら立ち上がった鯖戸は、目を凝らす。駐車場越しに、建物を挟んで向こう側の道路が見える。そこに一人の女が立っていた。熱のせいか、その姿はかすかに揺れている。

野次馬か？　一瞬そう思うが、すぐに刑事としての勘がそれを否定する。病院を見上げる女の顔に浮かんだ、哀愁と恍惚(こうこつ)が複雑に混ざり合った表情を見て。

「……とさん、鯖戸さん！」

名前を呼ばれて、鯖戸は横を向く。南雲が歪んだ表情を向けていた。

「なんなんですか、これは!?」

また耳鳴りはするが、かすかに声は聞こえる。鼓膜は無事のようだ。

「あの女だ。あの女を……」

鯖戸が駐車場を指さした瞬間、再び爆発音が響き、裏口の扉が吹き飛んだ。そこから炎が噴き出し、焼けつくような熱気が吹きつけてくる。鯖戸は反射的に顔を片手で守った。

「女？　どこに女がいるんですか？」

南雲の声に、鯖戸は駐車場を見る。その奥に立っていたはずの女の姿が消えていた。まるで、もとから誰もいなかったかのように。

「そんな……」

いったい、ここでなにがあったんだ。俺たちの知らないところで、なにが起きていたっていうんだ。

鯖戸は正面に立つ建物を見上げる。

紅蓮の炎の中、田所病院の姿が陽炎(かげろう)のように揺れていた。

本書は書き下ろしです。

本作品はフィクションであり、実在の個人・団体とはいっさい関係ありません。（編集部）

実業之日本社文庫　最新刊

あさのあつこ
花や咲く咲く
「うちらは、非国民やろか」——太平洋戦争下に咲き続けた少女たちの青春と運命をみずみずしい筆致で描いた、まったく新しい戦争文学。（解説・青木千恵）
あ121

桜木紫乃
星々たち
昭和から平成へ移りゆく時代、北の大地をさすらう女の数奇な性と生を研ぎ澄まされた筆致で炙り出す。桜木ワールドの魅力を凝縮した傑作！（解説・松田哲夫）
さ51

沢里裕二
処女刑事 大阪バイブレーション
急増する外国人売春婦と、謎のペンライト。純情ミニパトガールが事件に巻き込まれる。性活安全課は真実を探り、巨悪に挑む。警察官能小説の大本命！
さ33

朱川湊人
遊星小説
怪獣、UFO、幽霊話にしゃべるぬいぐるみ、懐かしき「あの日」を思い出す……。短編の名手が贈る、傑作「超」ショートストーリー集。（解説・小路幸也）
し31

知念実希人
時限病棟
目覚めると、ベッドで点滴を受けていた。なぜこんな場所にいるのか？　ピエロからのミッション、ふたつの死の謎…。『仮面病棟』を凌ぐ衝撃、書き下ろし！
ち12

実業之日本社文庫　最新刊

鳥羽 亮
くらまし奇剣　剣客旗本奮闘記
日本橋の呉服屋が大金を脅しとられた。非役の旗本・市之介は探索にあたるも…。大店への脅迫、斬殺される武士、二刀遣いの強敵。大人気シリーズ第十一弾!
と211

東川篤哉
探偵部への挑戦状 放課後はミステリーとともに
美少女ライバル・大金うるるが霧ケ峰涼の前に現れた——探偵部対ミステリ研究会、名探偵は『ミスコン』=ミステリ・コンテストで大暴れ!?(解説・関根亨)
ひ42

水生大海
ランチ探偵
昼休み+時間有給、タイムリミットは2時間。オフィス街の事件に大仏ホームのOLコンビが挑む。安楽椅子探偵のニューヒロイン誕生!(解説・大矢博子)
み91

田中啓文
漫才刑事(デカ)
大阪府警の刑事・高山一郎のもうひとつの顔は腰元興行の漫才師・くるくるのケンだった——事件はお笑いの現場で起きている!?　爆笑警察&芸人ミステリー!
た63

泡坂妻夫、折原 一ほか
THE密室
人嫌いの大富豪が堅牢なシェルターの中で殺された。絶対安全なはずの密室で何が!?(泡坂妻夫「球形の楽園」)。「密室」ミステリー7編。(解説・山前 譲)
ん51

実業之日本社文庫 ち12

時限病棟（じげんびょうとう）

2016年10月15日　初版第1刷発行

著　者　知念実希人（ちねんみきと）

発行者　岩野裕一
発行所　株式会社実業之日本社
〒153-0044　東京都目黒区大橋 1-5-1
クロスエアタワー 8 階
電話 [編集]03(6809)0473 [販売]03(6809)0495
ホームページ http://www.j-n.co.jp/
DTP　株式会社ラッシュ
印刷所　大日本印刷株式会社
製本所　大日本印刷株式会社

フォーマットデザイン　鈴木正道（Suzuki Design）

ISBN978-4-408-55316-0（第二文芸）